Gabi Haug

Vermächtnis der Altvorderen

Bibliografische Information der Deutschen Nationalbibliothek:
Die Deutsche Nationalbibliothek verzeichnet diese Publikation in der Deut-
schen Nationalbibliografie; detaillierte bibliografische Daten sind im Internet
über http://dnb.dnb.de abrufbar.

Hinweis: Die Namen in dieser Geschichte sind frei erfunden und entstammen meiner Fantasie. Ähnlichkeiten mit anderen Geschichten sind rein zufällig und nicht beabsichtigt

Herstellung und Verlag: BoD – Books on Demand, Norderstedt

ISBN: 978-3-7534-8297-2

Mein großer Dank geht an …

Erika für die geopferte Freizeit
als Korrekturleserinnen.

Ebenso geht ein solcher Dank
an meine liebe Lektorin,
für die wertvolle Unterstützung.

Prolog

Im Reich der Höhlenelfen herrschten die Frauen. So hatten die Hohepriesterinnen, im Glauben an die Göttin des unendlichen Schattens, die absolute Oberhand über das Volk. Männliche Höhlenelfen hatten, wenn überhaupt, nur wenig Macht. Es bestand für einen Höhlenelf nur die Möglichkeit ein wenig Ansehen bei den Kriegerinnen zu erlangen, indem er zum Waffenmeister aufstieg, was jedoch einer langen und intensiven Ausbildungszeit bedurfte. Es stand auch nur einer Hohenpriesterin zu, einen geeigneten Waffenmeister auszuwählen. So ein Waffenmeister bedurfte blitzschnelle Reflexe, musste im waffenlosen, so wie im gerüsteten Kampf bestehen. Wenn ein solcher Waffenmeister den gegebenen heiligen Eid, den er der Hohenpriesterin ablegte, verletzte, musste er ohne Einschränkungen in Demut deren Urteil hinnehmen.

Untergebene, darunter vor allem die Männer, die zu handwerklichen oder zu niederen Arbeiten und zur Fortpflanzung dienten, hatten stets widerspruchslos einen erhaltenen Befehl auszuführen - auch dann, wenn dieser die Hingabe des eigenen Lebens bedeutete. Diese Ideologie wurde jedem Höhlenelf von Kindesbeinen an eingeimpft und beigebracht. Befehle, die nicht ausgeführt wurden, zogen umgehende und meist grausame Strafen nach sich. Doch schon das bloße Infragestellen der Hohenpriesterin in ihrem Handeln konnte den Tod nach sich ziehen, denn sie galt durch ihre Weihe als gottgleiche Tochter der absolut vollkommenen Schattengöttin.

Andere Rassen galten bei den Höhlenelfen als minderwertig und sie zu töten gehörte nach deren Glauben zum Willen ihrer Göttin. Die Lichtelfen aber waren für die Höhlenelfen die größten Erzfeinde, die so schnell wie möglich beseitigt gehörten oder wenn man ihnen lebend habhaft werden konnte, wurden diese bei besonderen Opferzeremonien der Göttin als Opfergabe dargebracht.

Im dunklen Tal

Alsi-Jatha, die Höhlenelfe mit der fülligen hellen etwas ins strohblonde gehenden Haarpracht und den Alexandrit[1] grünen mandelförmigen Augen, lief schnellen Schrittes die steinernen Stufen der langen Treppe hinab. Alsi-Jatha hatte einfach zu lange ihren Gedanken freien Lauf gelassen und somit wieder einmal die Zeit und ihre Übungen ganz vergessen. Hastig hatte sie sich noch etwas Ruß auf ihre Hände, dem Gesicht und dem Hals verteilt, denn sie hatte für Höhlenelfen einen Makel, ihre Haut war nicht so grau wie bei anderen ihres Volkes. Die Hohepriesterin bestand auf dieser Maßnahme. Als Grund, warum ihre Haut heller war, so war ihr schon als Kind gesagt worden, sei dies die Folge des Schrecks und die Trauer über den Tod der Eltern gewesen.

»Du hast es aber mal wieder eilig! Getrödelt was?«, hörte sie eine lachende Stimme hinter sich.

Alsi-Jatha blieb abrupt stehen, entrang sich ein genervtes Seufzen und zischte mit unwirschem Unterton in der Stimme ins Dunkel des Treppenganges hinein: »Sarl-Marad du Dummkopf, lass es gut sein, sonst komme ich wegen dir noch zu spät zu meinen Übungen!«

Sarl-Marad der drei Jahre ältere Höhlenelf, holte sie ein und äußerte empört: »Sei doch nicht immer so unfreundlich. Immerhin bin ich dein Bruder!«

Der hoch gewachsene Elf mit schlanker Figur, trug an diesem Morgen eine hellbraune Tunika unter einem Waffenrock aus Leder, dazu lederne Beinlinge und kniehohe Stiefel. Das graue Haar fiel ihm bis über die Schultern den Rücken herab.

»Du bist nicht mein Bruder, sondern lediglich mein Vetter und der Sohn des Waffenmeisters, der mein Oheim und Ziehvater ist, seit meine Eltern nicht mehr leben«, stieß sie hervor. »Dies auch nur, weil seine Schwester - unsere Tante die Hohepriesterin, als ich als Säugling zu euch kam, es so bestimmt hat.«

Er sah sie aus silbergrauen Augen an, während er bemüht

beschwichtigend lächelnd, ihr erwiderte: »Ich bin auf dem gleichen Weg wie du, warum sollte ich ihn dann nicht mit dir gemeinsam beschreiten?«

»Ich will einfach nur meine Ruhe vor dir und deinen dümmlichen Bemerkungen! Also lass mich in Ruhe, oder ich beschwere mich bei unserer Lehrmeisterin Silz-Marla und sage ihr, dass du mich aufgehalten hast!«

Der Elf holte tief Luft. »Lehrmeisterin Silz-Marla jetzt ins Spiel zu bringen ist nicht gerecht.«

Sie zuckte leicht mit den Schultern. »Mag sein, aber lassen wir es doch einfach darauf ankommen, und sehen, wie sie dich bestraft.«

Solche Drohungen halfen immer, ihn sehr schnell los zu werden. Auch diesmal wollte er es anscheinend nicht darauf ankommen lassen. Sie grinste in sich hinein und applaudierte sich selbst, da er gleich eine Gangart mit langsamerer Geschwindigkeit anschlug und sich am Treppenabsatz angekommen, in eine andere Richtung begab.

Nach den Kampfübungen hätte Alsi-Jatha ruhen sollen, doch sie machte einen Streifzug durch das spätherbstliche Tal. Das Licht an diesem Tag war samtig und die Luft klar. Der Wind schob die ersten Wolken am Himmel vor sich her. Sie genoss abseits der Höhlenfestung die Stille und Harmonie der Landschaft in vollen Zügen. Unter den Sohlen ihrer Stiefel raschelte gelb-braun-rotes herabgefallenes Laub, als sie ein kleines Waldstück durchquerte. Sie sah in die Baumkronen hinauf, an denen nur noch vereinzelt Blätter hingen. Der aufkommende Wind strich um die Zweige und nahm eines der letzten Blätter mit sich fort. *Wohin wird es fliegen? Das weiß wohl nur der Wind!* Sie war so in ihre Beobachtung und Gedanken vertieft und vergas dabei, wie so oft die Zeit und kehrte wieder einmal zu spät von ihrer kleinen Exkursion zurück. Sie wusste, es würde Ärger geben, wenn man davon erführe.

Denn die Sonne versank schon hinter dem Horizont. Auch hatten die anderen Höhlenelfen wenig Verständnis für ihre Vorliebe an der Natur. Es hatte aber auch andere Zeiten gegeben, das wusste sie. Doch ein paar junge Elfen hatten vor Jahrhunderten gegen den Willen der Ahnelfen von einem Magier den Umgang mit dunkler Magie erlernt. Eigentlich, für Wesen die nur Gutes im Herzen trugen – so wie sie damals dachten – zum Wohle ihres Volkes, um ihre Gebiete vor der immer stärker werdenden Macht der Menschen und der anderen Wesen zu schützen. Der Rat der Hochelfen wandte sich wegen des Ungehorsams dieser jungen Brüder und Schwestern gegen sie und verstießen sie. Keine andere Möglichkeit sehend, da dieser endgültige Ausschluss aus der Gemeinschaft alsbald in den ersten blutigen Konflikten endete, flohen die gebrandmarkten Verbannten auf der Suche nach neuem Lebensraum in ein Höhlengebiet und erbauten dort ihr eigenes Reich. Die Dunkelheit und der ständige Aufenthalt in diesen Höhlen, lies ihre Haut ergrauen und ihre Augen mit der Zeit gegen die Sonneneinstrahlung empfindlicher werden. Aus dem sonderlich tiefen Groll und Hass gegen die, die sie ihrer Meinung nach zu Unrecht verstoßen hatten, bauten sie eine intuitive Bindung zu ihrem eigenen Glauben auf und fuhren fort, jeder weiteren Generation dessen Ideologie beizubringen.

Rass-Baran der Waffenmeister, stand am Tor der Felsenburg und erwartete sie. Ihr Ziehvater sah wütend drein, als sie ihn erreichte.

Zu spät!, dachte sie.

Der Ziehvater maßregelte sie auch sofort in der trügerisch ruhigen Tonart, die dem Höhlenelfenwaffenmeister anhaftete, wenn er höchst ungehalten war. »Deine Ungebührlichkeit nimmt allmählich überhand, Alsi-Jatha! Ich will hoffen, du wirst verstehen, dass dies so nicht weitergehen kann. Ich werde die Hohepriesterin über den erneuten Vorfall deines Ungehorsams informieren, damit du eine angemessene Strafe für dein Verhalten erhalten wirst. Du wirst jetzt in deinen Raum gehen und ihn erst wieder verlassen, wenn ich es dir erlaube oder dich holen lasse.«

Alsi-Jatha schritt mit hängenden Schultern, ohne ein Wort zu sagen, neben ihrem Ziehvater her. Es gab Augenblicke, in den Alsi-Jatha nur zu gerne einmal ausgerufen hätte, *lasst mich doch einfach so sein, wie ich bin!* Doch sie hatte auch gelernt, dass man selbst als Familienmitglied die Oberpriesterin zufriedenstellen muss, oder einem Strafe droht. Denn all jene, welche eigene Ambitionen gegen die Matrone der Sippe gehabt hatten, waren stets bestraft worden. Solche Strafen waren immer drastisch und grausam. Also hatte sie im entscheidenden Moment geschwiegen, um das Wohlwollen von Para-Saran nicht zu verspielen oder bei einer ihrer Verfehlungen möglichst gut bei der Bestrafung wegzukommen.

Im Inneren der Höhlenelfenfeste angekommen, stieg sie die lange düstere Treppe zu ihrem Raum hinauf. *Hach was ist das nur für ein langweiliges Leben!*, dachte sie. Sie kannte fast jeden Stein in diesem Tal, und jede Spinne und jeden Käfer in der Feste persönlich. Meist hielt man sich sowieso in der dunklen Feste, deren Gänge verwinkelt waren, auf. Wie oft hatte sie sich aber auch schon vorgestellt mit den Kriegerinnen und der Hohenpriesterin reiten zu dürfen, um gegen die Feinde ziehen zu können, die weit entfernt außerhalb des Tales lebten. Vielleicht hätte sie dann sogar einen dieser Feinde fangen und der Folter unterziehen können, um ihn nach einer gewissen Zeit des Leidens der Göttin opfern zu können! Silz-Marla, ihre Lehrmeisterin, hatte ihr erzählt, dass sie lange vor Alsi-Jathas Geburt einen der kurzlebigen Menschen gefangen hatte. Ihr gesagt, dass sie die Haltung eines Sklavenwesens für besonders nützlich hielt. Das Sklavenleben des Menschen war für sie laut ihres Berichtes jedoch unbedeutend gewesen, genauso wie dessen Tod. Er hatte sein Ende nach für Elfen kurzen dreißig Jahren, als dargebotenes Opfer an die Göttin gefunden, da er zu alt für die geforderten Dienste geworden war. Menschen alterten schnell, aber ein Elf aus den verfeindeten Sippen, das wäre dann schon etwas anderes. Doch bis heute war es Alsi-Jatha vergönnt geblieben, an einem solchen Beutezug Teil zu nehmen. Ihre Tante Para-Saran, die Herrscherin über die Sippe, wachte, auch wenn ihr Bruder als Ziehvater für Alsi-Jatha eingesetzt war, nur zu gestreng über sie. Da ihr Bruder nur einen Sohn gezeugt hatte und seine Gemahlin im Kampf gefallen war, so hatte sie ihm nach dem Tod ihrer Eltern sie als Mündel übergeben.

Die steinerne Feste erhob sich mit ihrer Vorderseite hoch über dem Tal und war rückseitig tief in die südliche Felswand des Bergmassives getrieben worden. Nur auf der nördlichen Vorderseite gab es einige Balkone und einige kleine Fensternischen. Auf dieser Seite der Feste lag auch Alsi-Jathas Raum. Daher konnte die junge Höhlenelfe von ihrem Fenster aus das Tal überblicken, das von einem Bergmassiv gänzlich eingeschlossen war. Es gab nur einen Durchgang in das Tal, der durch das nördliche Felsmassiv führte und sehr verborgen von außen war.

Wehmütig blickte Alsi-Jatha eine Weile gen Himmel, der sich im Schein der untergehenden Sonne rot färbte. Sie sah gut im Dunklen, doch merkwürdigerweise machte ihr im Gegensatz zu den anderen Höhlenelfen selbst der Sonnenschein wenig aus. Diese mussten bei Sonnenschein die Augen zukneifen oder einen Augenschutz tragen, damit sie vom Licht nicht geblendet wurden. Sie sah kurz zur nördlichen Felswand hinüber, in der der Durchgang lag, als sie bemerkte, dass sich dort aus dem Spalt ein Trupp Kriegerinnen näherte.

»Alsi-Jatha«, hörte sie die Stimme ihres Ziehbruders kurz darauf rufen und dann öffnete sich auch schon die Tür.

Verärgert fuhr sie herum. »Was willst du schon wieder von mir?«

»Na, na, schon wieder so garstig zu mir! Ich soll dir von Vater ausrichten, dass du hinunterkommen sollst.«

In diesem Augenblick hörte man eine Stimme von unten ungehalten heraufrufen: »Wo bleibt ihr?«

Als Alsi-Jatha mit Sarl-Marad unten ankam, sahen sie die zuvor in der Ferne erspähte Gruppe Höhlenelfenkriegerinnen durch das Tor auf den Vorhof treten. In ihrer Mitte führten diese einen Gefesselten mit sich. Dessen Augen waren verbunden und man hatte ihm zwei Schlingen um den Hals gelegt. Er wurde an den Stricken in den Innenhof gezerrt.

Plötzlich ergriff ein seltsames Gefühl ihr Inneres. Alsi-Jathas Gefühls- und Gedankenwelt geriet gerade aus den Fugen. Sie starrte den Gefangenen an. Sein Gesicht so hell und rein, als hätte er noch nie etwas Böses gesehen oder gehört. Seine Kleidung hell und freundlich, ja sie leuchtete sogar. Es war seltsam. Es kam ihr so vor, als ob der Gefangene ihr einen stummen Hilfeschrei zusenden würde. *Was geschah hier gerade mit ihr?* »Wer mag das sein?«, fragte Alsi-Jatha leise.

Sarl-Marad zuckte mit den Schultern. »Keine Ahnung. Aber egal, er wird jedenfalls sein Leben beenden, wie alle anderen die sie von Außen mit hierhergebracht haben. Die große Göttin wird mit ihm ein Opfer bekommen, an dessen Schmerzen sie sich wieder einmal ergötzen kann.«

Ras-Baran, der schon auf dem Hof gestanden und gewartet hatte, trat an die vorderste weißhaarige Kriegerin der Gruppe heran. Die in schwarze Lederrüstung mit Verzierungen gekleidete Elfe war schlank und groß. Er beugte sein Haupt ehrfürchtig und tief. »Es ist gut, dich wohlbehalten wieder zu sehen, meine liebreizende Schwester!«

»Auch ich bin erfreut wieder zu Hause zu sein, mein Waffenmeister!« Dann Verkündete die Höhlenelfenherrscherin: »Den Gefangenen legt in Ketten und sperrt ihn in ein Verlies. Wir werden uns später mit ihm beschäftigen.«

Die Kriegerinnen übergaben die Enden der Stricke an zwei Krieger, die als Wachen für den Kerker abgestellt waren. Als diese den Gefangenen in die dunkle Feste abführen wollten, begann sich dieser aus Leibeskräften dagegen zu wehren. Doch jener Versuch sich aufzulehnen fand mit einem Schlag ins Gesicht durch einen der Kerkerwachen ein jähes Ende. Blut strömte ihm aus der Nase.

»Endlich mal wieder eine Abwechslung!«, stieß Sarl-Marad erfreut hervor. »Mal sehen was unsere Tante und die Kriegerinnen sich für ein Martyrium für ihn einfallen lassen.«

Alsi-Jatha hatte aus dem Augenwinkel gesehen, dass der Ziehvater und seine Schwester noch etwas besprochen hatten, so ging sie nicht auf seine Bemerkung ein, sondern trat nach einem knappen Wink des Ziehvaters mit der Hand zu ihm. Sie nickte nur und drehte sich ihrer Tante zu, kreuzte ihre Arme vor der Brust und verbeugte sich dabei vor Para-Saran. »Hohepriesterin, seid willkommen zuhause!«, begrüßte sie.

Die Höhlenelfenherrscherin nahm ihre Worte mit einem sonderbaren Ausdruck im Gesicht zur Kenntnis.

»Vater, du hast mich rufen lassen!«, sprach Alsi-Jatha, ihren Ziehvater danach respektvoll an.

»Ja, das habe ich!«, antwortete dieser knapp.

Eindringlich wurde Alsi-Jatha von Para-Saran gemustert. Diese schien dabei über etwas nachzudenken. So war es nicht ihr Ziehvater, sondern die Höhlenelfenherrscherin, die zu ihr sprach: »Du warst wieder einmal ungehorsam, wie mir mein Bruder berichtet hat. Ich habe soeben über die Strafe nachgedacht, welche du für deine Nachlässigkeit im Gehorsam erhalten sollst. Du, Alsi-Jatha, wirst dich um den Gefangenen kümmern, bis ich mich entschieden habe, was mit ihm zu geschehen hat! Doch ich warne dich, sehe dich vor diesem vor. Sprich nicht mit ihm! Und vor allem, wenn er versucht mit dir zu sprechen, höre nicht auf dessen schändliche Lügen. Hab' acht, er ist eines der niederträchtigsten Wesen auf unserem Planeten, er ist ein Lichtelf und dem Tode durch unsere Hand geweiht! Er wird in geraumer Zeit auf dem Opferhügel unserer Göttin als Opfergabe dargeboten. Er ist der Sohn eines Lichtelfenherrschers und somit ein ganz besonderes

Opfer. Unser Volk hat das Recht und die Freude, seinem Tod feierlich beizuwohnen! Geh nun wieder in deine Kammer, denke dort über dein für unser Volk wiedersittliches Verhalten nach. Ab dem morgigen Tag wirst du nach deinen Übungen die von mir erteilte Aufgabe pflichtgetreu erledigen, anstatt dich bei Tageslicht auf der Ebene aufzuhalten.«

Alsi-Jatha gefiel dies zwar nicht, doch sie nickte gehorsam, verbeugte sich noch einmal ehrerbietig vor der Hohepriesterin und ging ohne Umschweif dem Befehl nach.

Als sie in ihrer Kammer ankam wurde sie von einer unbekannten inneren Unruhe geplagt. Sie hatte mit einer anderen Strafe gerechnet, jedoch eine Aufgabe erhalten, die sie so nicht erwartet hatte. Die Hohepriesterin hielt sie mit ihrer Bestrafung und der ihr erteilten Aufgabe von der Ebene fern, die sie so sehr mochte. Sie sollte sich um den Gefangenen kümmern. Dies war eine der niederen Aufgaben, die ansonsten nur männliche Höhlenelfen zu verrichten hatten. Sie straffte dennoch ihren Körper und verabschiedete sich geistig für einige Zeit von der Ebene. Sie würde ihre Strafe annehmen und ihre Aufgabe erledigen, ohne Para-Saran und ihren Ziehvater zu enttäuschen.

----

[1]Alexandrit Kristall - Effekt: Bei Tageslicht erscheint ein herkömmlicher Alexandrit grün, bei Kunstlicht rot.

Der Gefangene

Der neue Tag war angebrochen, die Kampfübungsstunde im Morgengrauen beendet und die Stunde gekommen, um ihre Aufgabe zu erfüllen. Mit einem Krug voll Wasser und einem flachen Holzteller, auf dem zwei Scheiben altes Brot lagen, machte sich Alsi-Jatha auf den Weg hinunter in das Kerkergewölbe. Zweihundert Stufen hinab ins tiefste für ihr Volk freundliche Dunkel, bis sie die Tür zur Nächsten noch tiefer gelegenen Ebene erreichte.

Neben dem Eingang, der noch weiter hinab in die Tiefe führte, hielt ein Höhlenelf, mit Lanze und Dolch bewaffnet, wache.

»Nehmt Euch vor ihm in Acht, Alsi-Jatha!«, warnte dieser ernst, als er ihr die Tür öffnete.

»Das brauchst du mir nicht zu sagen Belo-Retz!«, erwiderte sie kurz und streng.

Sie kannte die Schrecken erregenden Geschichten über die Lichtelfen nur zu gut. Angst hatte sie jedoch keine vor dem Gefangenen! Eher war sie ein wenig neugierig und mit jedem Schritt, den sie die von Kristallen matt beleuchtete Treppe hinabging und dem schmalen Gang entlang folgte, wurde diese Neugier in ihr noch stärker.

Ihr Weg führte sie an einer der Qualkammern, dann an den Türen einiger nicht besetzter Verliese vorbei bis ans Ende des Ganges, wo der Lichtelf gefangen gehalten wurde.

Um ihre Hände freizubekommen, damit sie die Tür öffnen konnte, stellte sie Teller und Krug auf dem Boden ab. Sie schob den großen Riegel an der Tür zurück und öffnete diese. Die Tür knarrte und ein gähnend dunkler Raum tat sich vor ihr auf, der selbst für ihre Augen fast zu finster war. Kaum konnte sie die Konturen des Gefangenen sehen. Sie nahm eine Fackel aus einer Halterung und entfachte diese an einer brennenden blassorange leuchtenden vor der Kerkertür im Gang. So trat sie in den pechschwarzen Raum hinein und steckte die brennende Fackel in eine Halterung an der Wand.

Der Raum wurde heller. Sie trat zurück auf den Gang und griff nach dem Krug und dem Teller, trat wieder in die Zelle ein und zog die Tür hinter sich zu.

Sie fand den gefangenen Elf ausgestreckt am Boden liegend vor. Seine Hand- und Fußgelenke waren umschlossen von Eisenringen und diese waren mit Ketten am Boden an weiteren dort eingelassenen Ringen befestigt. Der Elf hatte helle, im orangenen Flammenschein, rotgoldglänzende Haare. Diese reichten ihm weit über die Schultern, wie sie am Tag zuvor bei der Ankunft schon gesehen hatte. Seine feinen Gesichtszüge waren männlich, jung und alterslos. Seine Augen hatten eine erstaunlich hellblaue Farbe, als er sie anblinzelte. Die Ohren des Gefangenen liefen nach oben hin spitz zu und sprachen deutlich dafür, dass er ein Elf war. Seine Kleidung glänzte und war aus edlem Stoff, obwohl sie an einigen Stellen schmutzig war. Auf einmal wurde Alsi-Jatha sich bewusst, dass der Gefangene sie ebenfalls musterte.

»Was starrt Ihr mich so dämlich an?«, fragte er mit glockenheller und für sie ungewohnt abfälliger Stimme.

Unweigerlich zuckte Alsi-Jatha leicht zusammen, bei den für sie laut erscheinenden, respektlosen Worten. Wie sie an seinem Blick erkannte, schien ihm das auch noch zu amüsieren. Der Kerl grinste all zu unverschämt. *Arroganter, überheblicher Kerl! Genau so, wie die Lehrmeisterin mir diese Lichtelfen beschrieben hat!*, dachte sie. *Wie kann er in der Lage, in der er sich befindet, so unverschämt dreinschauen?* Sie ließ sich jedoch nicht mehr weiter von ihm beirren. Man hatte ihr auch ausdrücklich gesagt, sie sollte nicht mit ihm reden, sonst hätte sie ihm gehörig ihre Meinung gesagt und ihm für die Unverschämtheit mit Folter gedroht. So jedoch kniete sie sich schweigend und missgelaunt, seine Worte ignorierend, neben ihn, um ihre Aufgabe zu erfüllen. Sie stellte den Teller ab und gab ihm erst einmal etwas zu trinken. Dies mit ernstem, ausdruckslosem Gesicht. Nachdem sie den Krug zur Seite gestellt hatte, brach sie vom Brot ein Stück ab und hielt es ihm hin.

Er brach erneut das Schweigen: »Danke! Sag wie heißt du

und was hat die Priesterin und ihre Kriegerinnen eigentlich mit mir vor?«

Nachdem sie ihm erneut keine Antwort gab, fragte er: »Verstehst du mich etwa nicht oder kannst du nicht sprechen?«

»Natürlich kann ich sprechen!«, rutschte es Alsi-Jatha heraus. »Doch ich bin nicht hier, um mich mit einem gefangenen Feind zu unterhalten, sondern um eigens meine Pflicht gegenüber meiner Hohenpriesterin und meiner Göttin zu tun. Nicht mehr und nicht weniger!«

»Mein Name ist Albarell, ich hätte wohl nicht so unbekümmert sein sollen. Aber ich konnte ja nicht ahnen, dass ein Haufen verrückter Höhlenelfinnen in unser Tal eindringt und über mich herfällt. Nun liege ich hier gefesselt herum. Was eigentlich unnötig ist, bei der dunklen Magie, die in dieser Feste herrscht, zumal ich den Weg zurück aus diesem bezaubernden Reich sowieso nicht kenne. Bestimmt ist Euer Gebiet gut von Euren Kriegerinnen bewacht! Oder haben die etwa Angst vor mir?«

Sofort wurde Alsi-Jatha argwöhnisch. Was versuchte dieser Lichtelf da gerade? Erhoffte er sich, dass sie ihn von den Fesseln befreite oder ihm gar etwas über den Weg aus dem Tal erzählte? Da hatte er sich aber gewaltig geirrt!

»Wenn Du so ein Gesicht machst, kommen deine für eine Höhlenelfe ungewöhnlich grünen Augen besonders gut zur Geltung!«, sagte er und heftete dabei seinen Blick fest auf den Ihren. »Du könntest mir ruhig mal deinen Namen nennen.«

»Alsi-Jatha!«, nannte sie ihm auf einmal ihren Namen und wusste nicht einmal, warum sie es getan hatte. Wütend über sich selbst, richtete sie sich auf und ging zu Tür.

»Willst du schon gehen, Alsi-Jatha?«, fragte er.

Doch eine Antwort auf seine Frage bekam er nicht. Sie öffnete die Tür ein Stück, schlüpfte durch den Spalt hinaus und schob den Riegel vor. Draußen atmete sie erst einmal tief durch. Eilte dann verwirrt den Gang entlang, die Treppe hinauf und an dem Wächter vorbei. Dann blieb sie nach dreißig weiteren Stufen, ruckartig stehen. Sie hatte die Fackel brennend im Kerker des Gefangenen gelassen. *Ach, auch egal!,* dachte sie, *Der kommt so festgekettet sowieso nicht an sie heran.* So setzte sie ihren Weg aus dem Kerkergewölbe fort.

Den Rest des Tages ruhte Alsi-Jatha bis zum Abend hin, ging dann ihren normalen Aufgaben, wie lernen und üben nach. Doch mit ihren Gedanken war sie merkwürdigerweise oftmals bei dem Elf im Kerker.

An diesem Tag begann es auch das erste Mal im Tal der Höhlenelfen zu schneien. Der Winter stand vor der Tür.

Immer und immer wieder überlegte sie, ob sie ihre Tante und Herrin nicht bitten sollte, ihre Strafe in eine andere zu verwandeln, damit sie nicht wieder zu dem Gefangenen hinunter in den Kerker musste, um ihm Nahrung und Wasser zu bringen. Irgendwie hatte sie der Kontakt mit dem Elf, und seinem Gerede etwas aus ihrem gewohnten Gleichgewicht geworfen. Sie hatte den Gedanken jedoch dann schnell wieder verworfen, als ihr Ziehvater ihr eine Schale mit Suppe für den Gefangenen in die Hand drückte. Er hatte ihr gesagt, dass der Gefangene bei Kräften bleiben musste, um eine recht lange und peinvolle Opferung zu überstehen. So ging sie in den Kerker hinunter.

Als sie die Tür öffnete, empfing sie der Elf mit den Worten: »Schön, dass du wieder da bist, dass macht diesen Kerker nur noch halb so trist.«

»Ach ja!«, stieß sie hervor. Erschrocken stellte sie fest, dass sie dem Elf schon wieder geantwortet hatte.

»Das meine ich ernst«, bekräftigte Albarell mit fester Stimme. »Immerhin bekomme ich dann etwas von diesem seltsam orangen leuchtenden Fackellicht! Die andere, die du mir dagelassen hattest, sie ist schon ewig ausgebrannt.«

Sie kniete sich neben ihn, hielt ihm den Löffel und die Schale vor die Nase.

Er nahm Beides aus ihrer Hand, was mit den Ketten um seine Handgelenke nicht so einfach war. Er kostete verhalten von der Suppe, ließ dann jedoch Löffel für Löffel davon in seinem Mund verschwinden, bis die Holzschale leer war.

»Das hat ganz gut geschmeckt und es wärmt ein wenig. Danke!« Er lächelte dankbar.

Sie lächelte zaghaft und unbeholfen zurück. Dann erinnerte sie sich wieder daran, warum sie eigentlich bei ihm war, und gab ihm aus dem mitgebrachten Krug zu trinken. Sie versuchte jedoch verbissen kein weiteres Wort mehr zu ihm zu sagen.

Er seufzte und schüttelte den Kopf. »Haben dir diese Höhlenelfen vielleicht gedroht dich zu bestrafen, wenn du mit mir sprichst?«

Alsi-Jatha starrte ihn irritiert an, *wie konnte er von ihrer Strafe wissen?* Sie befürchtete, dass er einen Zauber auf sie durch seine Worte ausüben wollte. Doch dann rief sie sich innerlich zur Ordnung. Es gab hier nur eines, an das sie zu denken hatte und das war, ihm Nahrung zu bringen, damit er nicht schon vor seiner Opferung starb. Und sie hatte die über sie verhängte Strafe abzuleisten. Mehr nicht!

Albarell bemerkte ihre innere Anspannung, immer wenn er mit ihr sprach. Er konnte die Magie ihrer dunklen Aura dann noch ein wenig mehr spüren. Doch was ihn wunderte, diese ihr anhaftende Aura und ihre Magie schmerzten seine Seele nicht. Bei den anderen Höhlenelfen hatte er das Gefühl gehabt, sie wollten in seine Seele eindringen und sie zerstören, denn deren Nähe hatte ihn geschmerzt und geschwächt.

»Es gibt anscheinend nicht viele Lichtelfen, die du gesehen hast?«, fragte er. Als er keine Antwort auf seine Frage erhielt sprach er weiter: »Glaubst du vielleicht, ich wäre in der Lage dir irgendetwas anzutun, wenn du mir antwortest oder mich gar durch ein Gespräch mit dir befreien zu können?« Er versuchte es noch einmal, auch wenn sein Instinkt ihm sagte, dass es nicht einfach sein würde, sich mit ihr zu unterhalten.

Alsi-Jatha ging hingegen gerade eine Sache nicht aus dem Kopf, über die sie gegrübelt hatte. Dieser Elf kam von außerhalb des Tals und sie wollte schon immer wissen, wie es da draußen war. Was wenn sie ihn fragen würde. Doch ihre

Hohepriesterin und auch die Lehrmeisterrinnen hatten immer gesagt, dass Lichtelfen nur Lügen erzählten. *Wie es wohl da draußen ist!*, dachte sie erneut und merkte nicht einmal, dass sie die Frage laut ausgesprochen hatte.

»Außerhalb Eures Tals?«, fragte er auch schon nach.

Alsi-Jatha war sich nicht sicher, würde auch nur ein einziges wahres Wort über seine Lippen kommen, wenn sie auf seine Frage bejahend einging?

»Soll ich dir davon ein wenig berichten? Natürlich aber nur, wenn es dir keinen Ärger einbringt! Ich habe Zeit, und hier gerade nichts anderes zu tun.«

Sie nickte nur bejahend.

»Womit fange ich da nur am besten an?«, überlegte er laut. »Eure Festung hier scheint sehr versteckt in den Bergen des Tales zu liegen, denn der Weg war weit. Na ja, ich schätze dies, denn sehen konnte ich ja nichts. Die Kriegerinnen, die mich gefangen nahmen, die hatten mir die Augen gleich nach dem sie mich überwältigt hatten verbunden. Wir Lichtelfen betreten ansonsten schon das Gebiet vor dem Gebirge normalerweise nie. Die Ebene hat bei uns den Namen Dunkelebene und das Bergmassiv Dunkelgebirge. Wir meiden ein mögliches Aufeinandertreffen mit euch Höhlenelfen, denn seit Jahrtausenden sind wir schon die erbittertsten Feinde. Aber das dürftest du ja auch wissen. Jedenfalls, das Land vor dem Bergmassiv ist sehr groß. Es gibt dort weitere Gebirge, Wälder, Landstriche der unterschiedlichsten Art, Flüsse, Strände - die aus Stein oder auch welche die nur aus Sand bestehen und die großen Meere. Die unterschiedlichsten Völker wie Zwerge, Trolle, Menschen, sie alle leben dort und auch Frauenstämme, die eine Herrscherin haben, so wie ihr. Es sind schöne Kriegerinnen aus den Steppen des Nordens, die nur ihre Töchter aufziehen und ihre Söhne den Vätern übergeben. Die Väter sind Männer, die sie sich auf ihren Beutezügen zeitweilig zur Bettgenossenschaft und Fortpflanzungsabsicht bei sich behalten. Sie sind jedoch in ihrem Handeln nicht einmal so grausam und sadistisch veranlagt, wie ihr weiblichen

Höhlenelfen, die sich für ihre Opfer natürlich besonders grausame und schreckliche Methoden ausdenken, um sie zu quälen und um sie im Namen ihrer Göttin zu töten.«

Alsi-Jatha warf ihm für diese Bemerkung einen höchst ungehaltenen Blick zu und stieß die Luft hörbar durch die Nase aus, was ihn aber keineswegs zu stören schien, denn er fuhr einfach fort: »Die einen dieser Völker sind gefährliche Feinde, die anderen sind friedlich und freundlich. Auch die verschiedensten Tiere gibt es. Bunte Vögel, Insekten, Schlangen, Fische, Raub-, Wald und auch Nutztiere.«

Alsi-Jatha sah ihn irritiert an.

»Kann es sein, dass du die Bedeutung mancher Worte, die ich gebraucht habe, nicht kennst oder verstehst?«

»Was bedeutet das Wort Meer?«, fragte sie ihn auf einmal, denn hier war eine Möglichkeit mehr von der Außenwelt zu erfahren.

»Ein Meer, ist eine riesige Wasserfläche, so weitläufig, dass man von einem Ufer nicht bis zum anderen sehen kann. Weißt du was ein Boot ist?«

Sie nickte heftig. Natürlich wusste sie was ein Boot war! Immerhin gab es bei ihnen im Tal einen Bergsee und in diesem Fische, die nicht nur vom Ufer, sondern von Booten aus geangelt wurden. Gerade kam er ihr wieder sehr überheblich vorm, genauso wie ihre Sippe die Lichtelfen charakterisierten.

»Mit einem Boot, einem sehr großen Boot, auf das viele Lebewesen passen, mit dem kann man ein Meer mehrere Tagelang befahren, ohne jemals Land zu sehen. Es gibt in seinem Wasser Tiere und Fische, die du bestimmt noch nicht gesehen hast und auch nicht kennen wirst.«

Alsi-Jatha wurde sich auf einmal bewusst, dass sie seiner Erzählung trotz einiger unfreundlicher Bemerkungen fasziniert gelauscht hatte. Das war nicht gut, sie sollte gehen. »Ich muss gehen!«, sagte sie daher, so als sei sie ihm eine Erklärung schuldig.

»Ich verstehe! Wenn du zu lange bleibst, dann wirst du Ärger bekommen.

Was ist mit der Fackel?«, fragte er, als sie schon an der Tür war und gerade nach ihr greifen wollte, um sie mit sich zu nehmen.

Alsi-Jatha bemerkte das seine Stimme gerade sehr bedrückt klang. Sie überlegte einen Moment. »Ich lasse sie dir, sie wird sowieso in kürze ausbrennen.«

»Danke!«

Sie schloss die Tür, dann klackte es, als sie den Riegel vorschob und sie ihn dem Schicksal der Einsamkeit seiner Zelle überließ.

Alsi-Jatha ging langsam die vielen Stufen hinauf.

Als sie gerade den Absatz der Treppe zu ihrem Raum emporsteigen wollte, trat ihr Para-Saran entgegen.

Ihre Tante hob die Augenbraue und sah sie scharf und prüfend an. »Hast du Deine Aufgaben erfüllt, Alsi-Jatha?«

»Ja, Herrin!«

»Dann geh, begib dich jetzt zu Ruhe!«

»Ich wünsche eine gute Ruhe, Tante!«, sagte Alsi-Jatha schnell und lief die Treppe empor. Sie eilte in ihr Zimmer und schloss dessen Tür von innen ab.

Ihr Herz klopfte wild. Sie hätte Para-Saran sagen müssen, dass sie einiges von dem Gefangenen erfahren hatte. Doch dann hätte sie auch zugeben müssen, dass sie mit ihm gesprochen hatte. Das würde jedoch für sie eine weitere Bestrafung nach sich ziehen, also schwieg sie lieber.

Sie wusch sich den Ruß vom Gesicht und sah sich in der glänzenden Metallschale nachdenklich an, die ihr als Spiegel diente. Ihre Haut war fast so hell wie die seine. Ein paar Minuten lang saß sie nur da, fragte sich: *Was ist nur los mit mir?* Diese Frage hatte sie sich schon einige Male, doch häufig vor allem in der letzten Zeit gestellt. In ihrer Regenerierungsruhe hatte sie in tiefster Entrückung Bilder von hellen und lichtdurchfluteten Gebäuden und Räumen gesehen. Sie fand es beeindruckend, was sie erlebt hatte, auch wenn sie sich immer wieder fragte, woher diese Geistesbilder überhaupt hergekommen sein konnten, da sie noch nie eine Siedlung oder eine Stadt eines anderen Volkes gesehen hatte.

Auch davon hatte sie nie jemanden erzählt. Der einzigen, der sie sich und ihre Geheimnisse anvertraute, war ihre langbeinig und behaarte schwarze Freundin Zillaria.

Verzweiflung

Belo-Retz, der Wächter, der auch am nächsten Tag wieder Wache hatte, sah sie fragend an. »Was wollt Ihr denn heute hier, Alsi-Jatha?«

Empört sah sie ihn an. *Was erdreistete sich dieser Elf eigentlich, einer ihm übergestellten Elfe, wie ihr, eine solche Frage zu stellen?* »Dem Gefangenen Essen bringen, du Tölpel von Wächter!«, fauchte sie daher ungehalten.

»Verzeih mir Niederen! Die ehrenwerte Hohepriesterin ist unten im Kerker bei dem Gefangenen, dies mit einigen Kriegerinnen ihrer persönlichen Garde! Ich konnte ja nicht wissen, dass sie auch Euch dabeihaben will«, äußerte der Wächter ein wenig kleinlauter und öffnete ihr die schwere Tür, die er bewachte.

Schon als Alsi-Jatha die Treppe hinabstieg, bemerkte sie, dass etwas anders war. Selbst sie verspürte die noch stärkere dunkle Magie, die von unten her ihr entgegen strömte. Dann hörte sie einen hellen, gellenden Schrei. Sie erkannte die Stimme sofort. *Albarell!*, dachte sie.

Kurz darauf drang die gefährlich klingende Stimme ihrer Tante, ihr ans Ohr. »Wir werden dir schon noch deine Zunge lösen, Lichtelfenprinz! Das Seil hier wird dich würgen, bis deine Zunge anschwillt und dir die Augen aus den Höhlen treten werden. Wir werden unser Vergnügen und unsere Freude an deinem Leiden haben. Du wirst erleben was du alles aushalten kannst, da du keine andere Wahl hast.« Para-Sarans Worte waren noch leiser als sonst.

Alsi-Jatha wusste, dass dieses nichts Gutes für Albarell zu bedeuten hatte. Eine ihr nicht bekannte Verzweiflung überflutete auf einmal ihr Inneres. So holte sie tief Luft, um sich ein wenig zu beruhigen, hatte jedoch Schwierigkeiten ihr Entsetzen unter Kontrolle zu halten. Ihr Instinkt sagte ihr jedoch, dass sie jetzt schon gar kein Mitleid für den Gefangenen zeigen durfte. Er war für eine Opferung bestimmt. Ein Fest, das im Namen der Göttin aus wohlverstandenem

Interesse öffentlich und lange dauern sollte. So würde man ihn bis dahin auch am Leben lassen.

Sie ging langsam bis zu Folterkammer und dann sah sie die Kriegerinnen und Para-Saran, die Albarell dort einer sogenannten Befragung unterzogen.

Der junge Elf lag mit nacktem Oberkörper, gefesselt an Händen und Füßen auf dem Gestell. Sein blasser Körper war überstreckt, ihre Tante würgte ihn und eine der Kriegerinnen drehte die Kurbel mit den Seilen, an denen seine Hände und Füße befestigt waren, noch um eine Kerbe weiter in dem Rad, bevor sie es wieder einrasten ließ. Punktförmige Einblutungen in seinen Augenbindehäuten und ein Würgemal an seinem Hals waren zu sehen, als Para-Saran den Strick um seinen Hals losließ.

»Rede endlich! Glaube nicht, dass wir dich sonst einfach sterben lassen werden.«

»Dies werdet... ihr doch... sowieso nicht!«, presste Albarell nach Luft ringend und mit schmerzverzerrter Miene hervor.

Para-Saran lachte leise auf: »Du brauchst dir keine Sorgen zu machen, Prinz der Lichtelfen, wenn es so weit ist, dass der Tod dir Erlösung schenkt, dann wirst du nicht lange allein bleiben. Dein Vater und deine Sippe, sie werden dir daraufhin alsbald folgen. Denn diesmal wird er gewiss aus seinem Bau herauskriechen, um Rache für den Tod seines geliebten Sohnes an uns zu nehmen.«

»Ihr scheint mir ... etwas zu vorschnell, bei der Vorstellung ... dem Ziel unserer Vernichtung ... durch mich ... ein Stück näher gekommen zu sein. Wenn Ihr Euch da nicht mal ... gehörig ... verrechnet«, hörte Alsi-Jatha Albarell auf die Worte ihrer Tante kontern.

Para-Saran hielt theatralisch eine Hand an den Mund, dann jedoch flüsterte sie höhnisch klingend: »Jetzt bekommen wir aber Angst! Doch erlaube mir festzustellen, du hast mir ein ziemlich großes Mundwerk, dafür dass du hier auf der Folter liegst, Prinz! Ich denke du musst vor deinem Tod noch lernen den Realitäten unendlichen Schmerzes und die deines Versagens, dein Volk vor uns zu retten können, noch ins Auge sehen! Na, dann wollen wir mal weiter machen ….

Alsi-Jatha fragte sich, ob diese Grausamkeiten an Albarell gerechtfertigt und überhaupt nötig waren.

Albarell versuchte mit aller Macht der Folter trotzend stand zu halten. Doch sie wusste genau, so wie er auch, der Schmerz, er würde seine Zunge bald lösen. Wenn nicht heute, dann doch in einigen Tagen.

Eine der Kriegerinnen drehte sich auf einmal um, sagte dann etwas zu Para-Saran, deutete dabei mit ihrer Hand auf den Gang in dem Alsi-Jatha stand, die in dem Moment Ekel gegen die eigenen Kriegerinnen und deren Handeln in sich aufsteigen fühlte.

»Macht weiter mit blutigen Lehren für den Prinzen!«, befahl Para-Saran. »Was willst du hier Alsi-Jatha?«, hörte sie die Stimme ihrer Tante.

Alsi-Jatha trat näher. Eine der Kriegerinnen nahm gerade ein Messer auf. Grausame Sekunden schwebte die Klinge über der Schulter Albarells, bis sie gesenkt wurde. Die schwarze Klinge schnitt tief, an der Schulter, in des Lichtelfen zarte, milchweiße Haut. Tapfer hielt er stand, kein Schmerzenslaut drang über seine Lippen. Seine Augen waren auf einmal auf Alsi-Jatha gerichtet. Sie erkannte, der Elf versuchte sich eine andere Vorstellung zu suggerieren, um somit dem Schmerz zu entkommen. Alsi-Jatha sah, wie der Schmerz ihm jedoch Tränen in die Augen schießen ließ, doch gestattete er den salzigen Perlen nicht, aus diesen zu entweichen.

Als die Kriegerin das Messer aus der Wunde zog, überströmte das aus seiner Wunde quellende Blut seinen Oberarm.

Es dauerte einen Augenblick, bis Alsi-Jatha sich über den grausamen Anblick beruhigt hatte. Sie holte noch einmal tief Luft.

Zum Glück hatte Para-Saran in dem Moment auf das

Geschehen geachtet und ihr Luftholen so verstanden, als hätte sie die Folter genossen, die man dem Elfen zukommen ließ.

Alsi-Jatha setzte ein gespielt grausames Lächeln auf, als ihre Tante sie wieder ansah.

Diese Posse schien ihr ausgezeichnet gelungen zu sein, denn Para-Saran nickte ihr sogar noch anerkennend zu. Sie vergas sogar das Alsi-Jatha ihr nicht auf ihre Frage geantwortet hatte und setzte dann im Glauben, an ihrem Interesse an der Folter, die man dem Gefangenen angedeihen ließ, zu einer Erklärung an: »Alsi-Jatha, solange ein Gefangener, schon gar einer aus dem Adelshaus der Lichtelfen, nicht redet, so lange sollte man ihn nicht zum Schweigen bringen. Das musst du wissen! Doch ich kenne deine stille Sehnsucht, wenn es bei ihm soweit ist, dass er unserer Göttin geopfert wird, werde ich dich, meine Nichte, daran teilnehmen lassen!«

Alsi-Jatha konnte die Vorfreude auf das Töten in den kalten Augen der Tante erkennen.

»Gehe wieder deinen Pflichten nach, mein Kind«, wies diese sie an.

Im nächsten Augenblick hatte sich ihre Tante auch schon umgedreht.

Ihr Blick und der Albarells trafen sich noch einmal kurz. Sichtbar deutlich werdender abschätzige Verachtung blitzte in seinen Augen auf. Sein durchdringender Blick erschütterte sie und sie schloss unwillkürlich ihre Augen, dann lief sie davon.

Albarell schrie erneut vor Schmerzen gepeinigt auf, als eine Höhlenelfe ihm etwas in die Wunde an der Schulter träufelte. Es schien ihm, als würde sein Körper in Flammen stehen. Einen Augenblick lang wurde er von Krämpfen geplagt. Doch die erhoffte Wirkung der Höhlenelfinnen blieb aus, denn eine erlösende Dunkelheit umfing ihn kurz darauf.

Alsi-Jatha indes, die Treppe schon ein Stück empor gelaufen, hörte den schrecklichen, schmerzerfüllten Schrei, der anhielt, dann in ein Stöhnen überging und auf einmal schlagartig verstummte.

Albarells Schrei verfolgte sie jedoch weiter in ihrem Kopf, als sei er ihr Schatten. Sie grub ihre Fingernägel tief in ihre Handflächen, da sie glaubte, seine Pein nicht ertragen zu können. Sorge, ja sogar Angst um ihn machte sich tief in ihrem Herzen breit. Sie war überrascht so zu fühlen, verstand es nicht. Das Schicksal Albarells hatte sie in dem Moment, als sie sah, was ihm Para-Saran mit ihren Kriegerinnen ihm antat, sie unheimlich stark berührt. Sie hatte das Bedürfnis empfunden ihn vor der Folter zu schützen. Doch das durfte sie nicht! Er war der Feind!

Die ganze Zeit über waren ihre Gedanken bei Albarell dem Lichtelfenprinzen gewesen, den sie doch eigentlich hassen sollte und musste. Doch die Frage, die ihr Herz sich stellte, war … was war mit ihm weiter geschehen? Was hatten sie ihm noch alles angetan? Para-Saran hatte ihr versichert, dass sie seiner Opferung beiwohnen würde. Sein Blick, war er daher so voller Verachtung gewesen oder warum? Dann fragte sie sich, durfte sie überhaupt weiterhin noch zu ihm, um ihm Nahrung zu bringen? All die Fragen und Gedanken bewegten sie.

Als der Nachmittag des nächsten Tages über das Tal hereinbrach, bekam sie die Antwort auf all diese Fragen, denn ihr Ziehvater schickte sie mit den Worten in den Kerker: »Bring dem Gefangenen etwas zu essen und sieh auch nach seinen Wunden, vor allem nach der an der Schulter. Da ist das Risiko einer Wundinfektion sehr hoch. Sollte dir da etwas auffallen musst du entsprechende Maßnahmen treffen. Er darf vor der Opferungszeremonie nicht sterben.«

Bei jeder Stufe hinunter zu dem Verließ in dem er eingesperrt war, wurde ihr Herz ein Stück mehr von der Furcht ergriffen, wie sie ihn dort vorfinden würde. Hatte man ihm ein Gegenmittel gegeben? Oder, würde sie ihn unkontrolliert zuckend, kaltschweißig und im Fieberwahn vorfinden?

Vor der Tür angekommen, schob sie den Riegel langsam zurück und öffnete die Tür, so als wollte sie jedes Geräusch vermeiden. Dann trat sie langsam in den Kerkerraum ein. Einen Moment glaubte sie, ihr Herz würde aufhören zu schlagen, als sie den geschundenen, zusammen gekauerten Körper des Elfen auf dem Boden liegen sah. Sie starrte regelrecht auf seinen Oberkörper, der nackt, aber an der Schulter verbunden und mit Blutergüssen übersät war. Albarell war dieses Mal jedoch nur mit einem Eisenring am linken Fuß an die Wand gekettet. Dies hatte ihm wenigstens das zusammenrollen seines Körpers möglich gemacht.

»Gefällt dir ..., was du ... siehst, hinterlistige Höhlenelfe?«, hörte sie ihn leise und abgehackt sagen.

Sie erkannte die träge Verachtung und dennoch den Schmerz, der in seinen Worten mitschwang.

»Nein! Das tut es nicht!«

Albarells Körper erbebte, als er sich aus der Kauerstellung ein wenig aufrichtete. Er sah sie aus stumpfen, glasigen Augen an. Sein Gesichtsausdruck beunruhigte sie. Dennoch ging sie zu ihm, kniete sich nieder und legte ihre Hand sanft auf die seine.

Sein Mund verzog sich gequält. »Haben sie dich jetzt geschickt, damit ich mein Volk an dich verrate, weil du mir erneut glauben machen sollst, dass dich mein Zustand interessiert?«

Albarell fühlte sich müde und dachte sehnsüchtig an seinen Vater, seine Freunde und sein Volk.

Alsi-Jatha wollte zuerst etwas auf seine Verdächtigung erwidern, doch sie schwieg.

Seine Augen musterten sie ausdruckslos, dennoch sah er sie an, als suche er darin nach der Wahrheit. »Du kannst ihnen sagen, dass ich der Nichte der Hohenpriesterin auch nicht verrate, wo unsere Feste sich genau befindet. Auch nicht, wo unsere Wachen im Wald ihre Posten beziehen. Ich bin bereit für den Tod! Selbst die Androhung, dass man mir die Haut in Streifen mit der Peitsche vom Körper zieht, die schreckt mich nicht im Geringsten.«

Ohne sich dessen bewusst zu sein, was sie tat, fuhr Alsi-Jatha ihm sanft mit der Hand über die Wange. Dann sah sie zu seiner Schulter hin. Der Verband wies einen dunkelroten Fleck auf, an der Stelle, wo sein Blut durchgesickert war. Sie tastete vorsichtig seine Schulter um den Verband herum ab.

Er verzog das Gesicht schmerzvoll. »Aua! Hör auf!«, entkam es seinen Lippen, ohne dass er es wollte.

Alsi-Jathas Gesichtsausdruck wurde mit einem Mal weich, sie hatte begriffen, er hatte sie wohl ebenfalls für eine Gefangene oder was auch immer gehalten. Doch nun wusste er, dass sie die Nichte der Herrscherin der Höhlenelfen war. Sie gab ihm daher einen kurzen Einblick in ihre Gedanken frei.

Albarell konnte Mitgefühl, für ihn, in ihrer Seele lesen, als sie ihm in die Augen sah. Er schloss seine jedoch resigniert und zog sich geistig in seine eigene Welt zurück. Langsam begann er ein Lied zu summen, eines das sich seiner Seele annehmen und ihn ins Reich seines inneren Friedens tragen sollte.

Alsi-Jatha sah in zuerst verständnislos, dann auf einmal wütend an, denn sie begriff den Sinn in dem Summen. »Hör sofort auf damit! Tu gefälligst, was ich dir sage. Verdammt, Albarell, gib dich nicht auf!«

Nicht ein Zucken seiner Augenlider offenbarte seine Gefühle, als er seine Augen wieder öffnete und sie ansah.

»Du bist eine von ihnen!«, stellte er trocken fest.

»Was dachtest du denn?«

»Eine Hörige - eine Sklavin, mit deiner beinah bleichen Haut und deinem strohblonden Haar. Nicht für sowas wie eine potenzielle Nachfolgerin der Hohepriesterin«, stieß er mit angewiderter Mine hervor.

»Schweig Lichtelf, ich kenne meine Makel und doch bin ich die Nichte der Hohepriesterin«, fauchte sie ihn an, beruhigte sich aber dann. »Ich hole dir erst einmal eine Decke, danach kümmere ich mich um deine Verletzungen. Wenn ich damit fertig bin, bekommst du zu essen und zu trinken.«

»Was soll es bringen?«, stieß er hervor.

»Man sollte sein Leben nicht aufgeben, bevor es den Körper verlassen hat.«

»Wohl eine eurer höhlenelfischen Weisheiten.«

»Nein, ich habe nur gesagt, was mir gerade auf deine Frage hin in den Sinn gekommen ist.«

»Du bist also der Meinung, dass alles was ich tun müsste, ist am Leben zu bleiben, um irgendwann vielleicht zu fliehen! Natürlich würdest du mir dabei helfen, da du anders als dein Höhlenelfenvolk bist. Du bist wohl die Höhlenelfe, die aus Grausamkeit heraus, wenn einem Gefangenen der Tod naht, ihm Hoffnung machen soll? Wie einfältig bist du eigentlich, dass du glaubst, dass ich das Böse in dieser Absicht nicht erkenne? Wo mein Volk versucht zu Heilen und zu Schlichten, sorgt das deine in ihrer Wut für Gewalt und Tod.«

Sie war gekränkt! Eine Empfindung die für sie neu war. Sie verband ihn schweigend seine Wunde neu, während sie dachte: *Ich kann schon verstehen, dass er vor allem jetzt ein tiefsitzendes Misstrauen gegen mich hegt. Dennoch, es trifft mich, denn auch mir wohnt eine Seele inne, die in der Lage ist Gefühle zu entwickeln.*

Sie gab ihm noch zu essen und zu trinken, und ging.

Finster brütete Albarell vor sich hin. Wenn er sterben müsste, um sein Volk vor den Höhlenelfen zu retten, dann würde er es tun. Er hatte dennoch mittlerweile Angst vor deren grässlichen Foltermethoden. Diese waren einfach zuviel für ihn gewesen, denn er kannte solche Grausamkeiten von seinem Volk nicht. Einen schnellen Tod, wenn es denn schon sein musste, den wünschte er sich. Doch den würden ihm die Höhlenelfen und vor allem ihre Herrscherin ihm nicht gewähren. Grausame Legenden und Geschichten rankten sich seit Jahrhunderten um das dunkle Elfenvolk. Jetzt wusste er, warum sich diese oftmals so sehr glichen und warum andere Völker diese Elfen so sehr hassen und vor allem sie auch fürchteten. Wer von diesen gefangen wurde, der hatte kaum eine Möglichkeit zu fliehen. Wer es dann vielleicht doch geschafft hatte, der war mit Sicherheit ein Opfer des Wahnsinns geworden. Man hatte den Höhlenelfen vielleicht einst Unrecht getan, doch ihre Rache dafür war abscheulich.

Alsi-Jatha hatte ihm bei ihrem letzten Besuch vor der Folter noch erzählt, dass das Streben nach Perfektion das Wesen der Höhlenelfen beherrschte und dass sie dies ständig schulen würden. Die Ausbildung und das Lernen hatten eine große Bedeutung für – wie er nun wusste – ihr Volk. Oftmals wurde schon bei der Geburt der weitere Lebensweg eines Höhlenelfen festgelegt. So war jedes Mitglied versucht, großartige Leistungen zu erzielen. Auch sie, glaubte er, war bereit für dieses Ziel alles zu opfern, und jeden der sich ihr in den Weg stellen würde zu vernichten. Dennoch, wenn die Legenden stimmten, dann konnte er sogar ein wenig verstehen, warum die Höhlenelfen ihren ehemaligen Verwandten – denn vor Jahrhunderten waren sie dies gewesen – Hass und Zorn entgegenbrachten. Der Bruch mit dem eigenen Volk hatte bei allen Elfen tiefe Narben hinterlassen. Doch war, was sie den Lichtelfen antaten, nicht der Weg in eine Gemeinschaft zurück zu kehren. Mit Mord und Folter konnte man keine freundschaftlichen Bande zu seinem alten Volk knüpfen. Misstrauen und Vorwürfe gab es auf beiden Seiten und machte die einmal begangene Blutschande nur noch schlimmer. Der Glaube der Höhlenelfen an ihre sadistische Göttin ließen sie denken, andere Rassen und selbst Teile der eigenen alten Sippe seien minderwertig. So hatten sie mit der Zeit wohl alles Gefühl für Liebe, Mitgefühl und Respekt gegenüber anderen verloren. Ihre dunklen magischen Kräfte aktiv gegen anderer einzusetzen, waren die Grundlagen für ihre innere Stärke und ihre Fähigkeit die Angst eines anderen Wesens zu verstärken und somit vernichtende Magie zu praktizieren. Mit Waffen hervorragend umgehen zu können, war ihre zweite Stärke. In dieser Ausbildung schienen die Höhlenelfen eine besondere Beharrlichkeit zu besitzen. Seltsam jedoch hatte es ihn dann fast angemutet, als er festgestellt hatte, mit welchen starken Gefühlen Alsi-Jatha seinetwegen zu kämpfen gehabt hatte. Sich die Verwirrung darüber jedoch nicht anmerken zu lassen, das war einer der Schritte zur Perfektion der Selbstbeherrschung eines Lichtelfen. Dennoch hatte er dadurch herausbekommen, dass bei ihr Gefühle vorhanden waren, die man den Höhlenelfen seit langen schon absprach. Alsi-Jathas Pflichtbewusstsein ihrer Sippe gegenüber, hatte sie wegen ihm an ihre eigenen Grenzen gebracht, als man sie zur Strafe dazu gezwungen hatte, ihn zu betreuen. An seinem Leiden konnte sie sich nicht ergötzen und in seinem bevorstehenden Tod, sah sie mittlerweile wohl auch nur noch eine sinnlose Verschwendung seines unsterblichen Lebens. Er verfluchte sich bald selbst, sie in eine solche Schwierigkeit gebracht zu haben, denn er hatte einen großen Fehler begangen, … er mochte sie. Sie hatte einen ebensolchen begangen, denn auch sie schien ihn zu mögen.

Eine Entscheidung mit schweren Folgen

Zur gleichen Zeit als Albarell in seinem Kerker vor sich hin grübelte, dachte auch Alsi-Jatha in ihrem Raum über alles nach, was sie von Albarell erfahren und was er gesagt hatte. Auch sie kannte die Legenden und Geschichten über ihre beiden Völker. Ihr war aufgefallen, dass sie zwar aus unterschiedlicher Sicht dargestellt waren, dennoch gab es immer wieder Berührungspunkte darin. Sie war sich nun sicher, dass die Alten vor langer Zeit Fehler begangen hatten und dass sowohl Licht- als auch Höhlenelfen gleichermaßen aneinander Verrat geübt hatten. So hatte ihr Volk aus Zorn jedoch die Macht des dunklen Weges eingeschlagen. Nun waren sie vom Hass gegen die Lichtelfen verblendet und sahen ihr Heil nur noch in der Rache und in deren Tod. Wie Albarell ihr berichtet hatte, nannten die Lichtelfen die Magie der Höhlenelfen *Schwarze Magie,* da sie anderen Schaden zufügen konnte, und ihre nannten sie *Weiße Magie,* da sie zu guten Zwecken eingesetzt wurde. Die Magie an sich war jedoch allen Elfen bekannt.

Alsi-Jatha, deren Eltern einst, wie man ihr gesagt hatte, von Trollen getötet worden waren, hatte dank ihrem Ziehvater, der eigentlich auch ihr Onkel war und durch die Tante viel erreicht. Sie wollte dies Erreichte eigentlich auch nicht gefährden. Doch hatte sie das Gefühl, Albarells Tod als Opfer für die Göttin, nicht einfach hinnehmen zu können. So beschloss sie nach weiterer Überlegung, ihm zur Flucht zu verhelfen.

Alsi-Jatha griff in die kleine Schale mit dem Ruß und verteilte diesen auf ihrem Gesicht und den Händen, wie sie es immer tat. Sie war mit allen ihren Vorbereitungen fertig. Der Mond warf sein weißes, kaltes Licht durch die Lücken in den Schneewolken am Himmel. Sie sah ihn als Symbol ihres

Weges und begab sich auf zu Albarell, der sich in den letzten drei Tagen bemerkenswert gut erholt hatte, da Para-Saran und ihre Kriegerinnen ihn erst einmal in Ruhe gelassen hatten. Das Gefühl, dass es die richtige Entscheidung war, was sie vorhatte, war so stark, dass sie sich nicht mehr gegen diese Kraft wehrte. Sie wusste, von dieser Nacht an würde sie eine Verräterin an ihrer Sippe sein und ihr war bewusst, wenn ihre Tat entdeckt wurde, würde die Strafe hart sein.

Der wachhabende Krieger sah sie etwas verwundert an. »Zwei Krüge? Was wollt Ihr denn mit zwei Krügen bei dem Gefangenen, Alsi-Jatha?«

Sie zog die Augenbrauen in einer strengen Geste hoch und trat einen Schritt näher an ihn heran. »Du irrst dich!«, sagte sie ein wenig schroff, damit ihm ihre Absicht nicht auffiel. »Nicht zwei für ihn, nur der eine mit Wasser ist es. In diesem hier ist Gewürzwein für dich. Bei der Kälte kann ein bisschen Wärme von innen heraus nicht schaden. Jedenfalls dachte sich dies dein Freund der Waffenmeister. Ich soll ihn dir mit einem Gruß von ihm bringen.«

Sie überreichte Pata-Rillis das Gefäß.

Der Wächter nahm den Krug auch dankbar an.

Alsi-Jatha wusste ganz genau, dass die beiden Höhlenelfen gute Freunde waren, und wer würde der Tochter seines Freundes schon misstrauen? Sie wusste jedoch auch, dass der Wächter nach dem Genuss des Weins schnell einschlafen würde. Sie hatte dem Getränk eine betäubende und schlaffördernde Kräutergewürzmischung eigenhändig beigefügt.

Als sie kurze Zeit später das Verließ erreichte, öffnete sie fast hektisch den Riegel. Sie begann sofort Albarells Fessel an seinem Fußgelenk zu lösen.

Nicht verstehend was dies sollte, fragte er: »Soll das bedeuten, dass die Unterredung mit eurer Hohenpriesterin für mich weitergeht?«

»Nein Albarell! Es bedeutet, dass ich dir die Flucht ermögliche, sofern ich kann.«

Albarell sah sie ungläubig an. Ein ironisches Lächeln breitete sich auf seinen Zügen aus. »Ach ja – versucht ihr es jetzt so! Last mich entkommen, folgt mir, um dann meine Sippe zu vernichten?« Tief blickte er ihr in die Augen.

Sie hielt dem prüfenden Blick von ihm stand und spürte wie sich ihre Nackenhaare aufrichteten.

Er suchte in ihrem Geist nach der Wahrheit. Sein Verdacht wurde jedoch nicht bestätigt. Erschöpft stieß er hervor: »Es ist dein wahrhaftiger Ernst!«

Sie nickte. »Der wachhabende Krieger oben an der Tür, er beschäftigt sich gerade mit einem herzhaften Würzwein, der ihn bald ins Land der Träume versetzen wird. Komm!«, sie reichte ihm auffordernd die Hand.

»Na', wenn das mal gut geht!«

»Es kann nur gelingen, wenn du dich beeilst, und solange die Wache schläft!«

Langsam ging Alsi-Jatha, einen leisen Schritt nach dem anderen setzend, vorsichtig voraus. Sie durften sie nicht entdecken. Natürlich nicht, denn was sie hier gerade machte, war ein geplantes Opfer zu befreien. Sie beging damit einen Verrat an ihrem Volk und sogar an der Göttin. Doch obwohl sie vor Anspannung kaum Luft bekam, konnte sie einfach nicht anders.

Sie schafften es kurz darauf unbemerkt an dem betäubten Wächter vorbeizukommen und ebenso die zweihundert weiteren Stufen hinauf. Oben angekommen drückte sie Albarell einen ledernen Sack in die Hand, gab ihm einen hellgrauen Umhang, der im Schnee nicht so leicht zu erkennen war. Seine Waffen hatte sie auch heimlich aus der Waffenkammer geholt, denn diese wurden bei dem Arsenal an Klingen, das sich dort befand, wohl nicht so gleich vermisst. Die Höhlenelfen hatten in den Jahren, seit sie geboren war, schon einige Bögen, Dolche, Schwerter, Äxte und andere Waffen erbeutet und sie dort meist nur achtlos abgelegt, da sie selbst über genügend und ausgezeichnete Waffen verfügten.

Alsi-Jatha brachte Albarell unter Beachtung aller Vorsicht aus der Festung heraus. Fast wurden sie dabei noch entdeckt, doch sie konnten sich noch rechtzeitig in einer Mauernische verbergen. Kurz bevor sie durch das Tor schlichen, warf sie noch einmal einen raschen Blick zurück. Alles war wieder ganz ruhig.

Ihr Flüstern war kaum wahrnehmbar gewesen, als sie auf die Felswand in der Ferne zeigte und ihm erklärte: »Dort unter dem überhängenden Felsen, da ist der Durchgang!«

Albarell runzelte die Stirn, nickte aber schon im nächsten Augenblick, jedoch fragte er besorgt: »Was ist mit den Wachen und warum sagst du mir das, du kommst doch mit?«

Sie schüttelte verneinend den Kopf.

Albarell sah sie nunmehr entsetzt an. »Alsi-Jatha, bist du verrückt? Bei den Göttern, was geschieht, wenn man herausfindet, dass du mich befreit hast!«

»Was soll schon geschehen?«, log sie, sich jedoch bewusst, dass sie dann vielleicht selbst als das Opfer an seine Stelle treten würde. Sie setzte jedoch weiter mit ihrer Erklärung fort, denn es blieb ihr nicht mehr viel Zeit, um Albarell alles Weitere zu erklären. »Wachen sind am Tag in dem Durchgang keine, es wird schon langsam hell, sieh die drei dunklen Punkte, sie kehren in die Feste zurück. Gehe ihnen jedoch aus dem Weg! Doch beachte die beiden Fallen, die man für Eindringlinge errichtet hat, du hast doch aufmerksam meinen Worten zugehört und weißt, wo sie sind?«

Albarell nickte. »Ja, die Bodenfalle ist in der Mitte des Ganges, die Steinschlagfalle kurz vor dem Ausgang von hier aus gesehen.«

»Geh!«, sie hielt ihm noch einen Wasserschlauch entgegen.

»Was ist mit meinem Pferd?«

»Das konnte ich nicht holen, der Stall ist bewacht und das es fehlt, dies würde auffallen. Du musst ohne es gehen und versuchen zu Fuß zu entkommen. Geh' endlich!«

»Hab' Dank, Alsi-Jatha«, sagte er und drückte ihr die Hand.

»Die Götter mögen mit dir sein!«
Er lief los und verschwand.

Albarell erreichte das Waldstück seitlich der Ebene. Er verbarg sich dort hinter einem Nadelbaum, bis die Wachen an ihm vorbei waren. Sah ihnen nach, denn als erstes musste er seine Selbstheilungskräfte aktivieren, die in dem dunklen Kerker aus dem Gleichgewicht geraten waren. Dazu brauchte er zuerst einmal noch etwas mehr Tageslicht. Wenn er wieder Kräfte gesammelt hatte, sollte er zügig nach Hause kommen. Aber nicht ohne sein Pferd. Dazu war er zu geschwächt, um es zu Fuß rasch aus der Gefahrenzone zu schaffen.

Es war einige Zeit vergangen, als ein Alarmruf: *Der Gefangene ist entflohen!* und das Schmettern eines Signalhorns ertönte.

Mit unglaublicher Schnelligkeit waren alle in der Feste im nächsten Augenblick auch schon auf den Beinen.

Bald kam der Befehl: *Sucht ihn!*

Wieder hörte sie eine Stimme und das leise Knistern von Schritten. »Was ist mit der Wache?«

»Pata-Rillis lag seltsam benommen neben dem Eingang. Ein Krug, der nach Wein riecht, stand neben ihm. Rass-Baran brach in Wut aus. Im ersten Augenblick des Zorns drohte er ihm mit der Spinnenhöhle.«

»Wie, ist er betrunken?«

»Nein, ganz und gar nicht.«

»Warum lag er dann benommen da?«

»Das kann ich nicht sagen. Pata-Rillis stammelte etwas von, er wisse selbst nicht was mit ihm geschehen ist. Als er den Krug sah, entkam ihm: »*betäubt worden*«.

Alsi-Jatha hielt den Atem an. »Verdammt, ich hätte mit

Albarell gehen sollen!«, stieß sie zwischen zusammen gepressten Zähnen hervor, als die beiden Kriegerinnen an ihr vorbei wahren. Sieh sah sich um, drückte sich an die nächste schützende Mauer. Schnelle Schritte waren zu hören, und erneut die Worte: Sucht den Lichtelfen und Alsi-Jatha, sie ist nicht in ihrem Raum und auch sonst in der Feste nicht zu finden!«

Schritte kamen genau auf sie zu.

Sie wollte fort, doch es war zu spät. Wütend packte Rass-Baran auch schon zu, er hatte sie entdeckt. »Du hast ihn befreit, nicht wahr? Du hast dein eigenes Volk wegen eines Lichtelfen betrogen, Alsi-Jatha!«, zischte er. »Du hast Pata-Rillis betäubt!«, und er verpasste ihr eine schallende Ohrfeige, so dass sie zu Boden ging.

Es war für ihn so gewiss, dass sie an der Flucht des Gefangenen Schuld trug, wie er an die Existenz der Göttin der Schatten glaubte.

»Ich…«, wollte sie gerade zu einer Erklärung ansetzen und rappelte sich vom Boden auf.

Kalt und hart war sein Blick.

»Halt den Mund!«, herrschte sie in dem Moment auch schon die Hohepriesterin wütend an, die sie gerade erreicht hatte.

Als Alsi-Jatha zum Gruß ansetzten wollte, bekam sie ohne Vorwarnung eine weitere schallende Ohrfeige.

Die Hohepriesterin schäumte vor Wut. Ein Mitglied aus ihrer Familie, wenn auch nur als angenommenes Mündel, hatte sich gewagt den wertvollen Gefangenen frei zu lassen. Para-Saran rief einen Befehl aus und sofort richteten sich fünf schwarze Speerspitzen ihrer Kriegerinnen auf Alsi-Jatha.

»Du Alsi-Jatha wirst dein Leben für das des von dir freigelassenen Opfers hingeben. Ich verurteile dich hier und heute zum Tod.«

Entsetzen war im Gesicht des Höhlenelfen zu erkennen. »NEIN!«, rief Rass-Baran dann leise aus, als seine Schwester, ihre Entscheidung gegen die eigene Nichte verkündet hatte. »Das kannst du nicht, ein weiteres …«

»Nein!«, unterbrach seine Schwester ihn barsch. »Was heißt hier *NEIN*, Waffenmeister?« Ihr Gesicht wirkte düster und gefährlich. »Schweig still Bruder oder du wirst für dein Versagen an ihrer Erziehung, deinen Platz als Waffenmeister an meiner Seite verlieren. Du solltest auch besser an dein leibliches Kind Sarl-Marad denken! Vergiss nicht, er ist es, der als Waffenmeister eines Tages den Platz von dir, neben mir einnehmen könnte, sollte dir etwas geschehen! Doch jetzt müsste er deine Bestrafung mit tragen.«

Ein schreckliches Schweigen machte sich breit.

»So habe ich keine andere Wahl!«, sagte er. Dies war der Augenblick, in dem der Waffenmeister ebenso hart sein musste, wie alle anderen, um seinen Rang und seine Ehre in den Augen seines Volkes zu wahren. »Alsi-Jatha, ich verstoße dich! Du bist nicht mehr meine Tochter und stehst nicht mehr unter dem Schutz unserer Familie!«

Verzweifelt sah Alsi-Jatha zu ihrem Ziehvater hinüber und zu Sar-Marad, der ihr ebenfalls einen tiefen verachtenden Blick zu warf.

Kurz darauf waren auch schon fast alle Höhlenelfen im Hof erschienen und ein unheilvolles Murmeln ging durch die Menge.

»Pfui, du widerwärtiges hinterhältiges Ding!« hörte sie in diesem Augenblick Pata-Rillis Stimme, welcher zwei Schritte vor ihr stehen blieb und vor ihr ausspuckte. Danach warf er sich Para-Saran zu Füßen.

»Ich hätte Lust, dich in Stücke zu reißen!« sagte Para-Saran jäh. »Geh mir aus den Augen! Du bist kein präsentables Opfer für die Göttin. Um dich kümmere ich mich später, denn ich habe eine andere Verwendung für dich und dein Versagen im Sinn.«

Der Klang des Opferhorns war so erschreckend für Alsi-Jatha, dass es ihr schwindelig wurde.

Rass-Baran packte sie so fest am Arm, dass man den Schmerz in ihren Augen sehen konnte.

Bevor sie zur Stelle ihrer Richtung geführt wurde, sah die Hohepriesterin sie noch einmal an, während sie im strengen, unversöhnlichen Ton erklärte: »Du hättest so viel haben können Alsi-Jatha. Dumme Todgeweihte, du warst als meine Nachfolgerin von mir auserwählt!«

Dann zerrte der Waffenmeister sie mit sich und befahl: »Los lauf, es ist an der Zeit für dich deine Strafe zu empfangen.«

Die Sippe der Höhlenelfen, bis auf die Kriegerinnen, die zur Jagd auf Albarell ausgeschickt worden waren, folgten ihnen nach draußen vor die Feste.

Alsi-Jathas grüne Augen waren vor Entsetzen geweitet. Man würde nicht einmal mehr bis zum offiziellen Tag der Opferung warten, es würde gleich geschehen. Nichts und niemand würde ihr helfen.

Dunkel wie ein Mahnmal erhob sich der Hinrichtungspfahl auf dem Hügel gegen den grauen Himmel des neu erwachenden Tags. An den langsam aufziehenden Wolken konnte man sehen, dass es bald wieder schneien würde. Der bedeckte Himmel war für ihr Volk von Vorteil, denn sie brauchten nun nicht einmal einen Augenschutz.

Als zwei Kriegerinnen Alsi-Jatha die Kleidung bis auf die Untergewandung vom Leib geschnitten hatten und sie an den Pfahl banden, sprach Para-Saran das Urteil aus: »Du bist als Sühneopfer für unsere Göttin auserwählt, da du dem dafür vorgesehenen Opfer zur Flucht verholfen hast. Doch nicht wir, deine einstige Sippe, werden dir den Tod bringen. Es werden die Naturgewallten sein, die uns die Göttin schickt, die deine Bestrafung übernehmen werden, ohne dass einer von uns seine Hand zur Tötung an dich legen wird. Wir legen dein Leiden und dein Sterben in die Hände der großen Göttin. Seht nur, wie die schneetragenden Wolken um uns herum immer dichter werden!«

Alle blickten auf.

»Du wirst den Kältetod erleiden. Schmerzhaft, grausam und danach, wenn deine Seele längst aus deinem verräterischen Körper gewichen ist, wird dir das Herz herausgeschnitten und deine leblose Hülle verbrannt! Nichts mehr soll von dir bleiben. Keine Erinnerung. Es soll so sein, als habe es dich nie gegeben.«

Eine Zeitlang hatten die Höhlenelfen der vor Kälte zitternden Alsi-Jatha bei ihrem Leiden noch zugesehen.

Als die Sonne durch die Wolkendecke hindurch gebrochen und ihre Strahlen für einige Zeit vom Himmel herabgeschickt hatte, hatte Sarl-Marad mit zugekniffenen Augen, bevor er gegangen war, ihr noch ins Gesicht gespuckt und sie verhöhnt.

Die hellen und auch wärmenden Strahlen brachten den Schnee ringsumher zum Glitzern – so, dass es schien, als wären es Edelsteine und nicht das todbringende Weiß, in dem Alsi-Jatha für ihr Vergehen ihr Leben lassen sollte. Stille, unendliche Stille durchdrang ihre Welt. Alsi-Jatha blickte hoch zum Himmel.

Die Hohepriesterin wollte vom Balkon der Feste aus über ihr Ende wachen, hatte sie gesagt.

Alsi-Jatha blickte immer wieder hoch zum Himmel, über den sich zum Abend hin wieder schneebeladene Wolken zogen. Sie dachte an Albarell. Er musste es geschafft haben, zu entkommen, denn sonst hätten sie sich auf dem Hügel wiedergesehen und die Göttin hätte wohl zwei Opfer bekommen, wobei er anders gelitten hätte als sie.

Vereinzelt begannen erneut Schneeflocken vom Himmel zu fallen und es wurden immer mehr.

Konzentriert lauschte Albarell derweilen auf jedes Geräusch in dem immer dichter werdenden Schneefall.

Er sah zu seinem Pferd hinüber und lächelte. Hätte er seinen treuen Gefährten bei den Höhlenelfen zurückgelassen, so hätte er von dem Verhängnis, das Alsi-Jatha seiner Rettung wegen widerfuhr, nichts mitbekommen. Doch jetzt hatte er die Möglichkeit sie dafür zu retten, wenn die Götter es zuließen. Er hatte sich in einer Mulde unterhalb des Hügels versteckt, als man Alsi-Jatha an den Pfahl gebunden hatte. Er hatte einige Stunden dort ausgeharrt. Auch ihm war kalt, doch er hatte seine Kleidung und auch den warmen Umhang, den ihm Alsi-Jatha gegeben hatte. Auch waren Elfen, egal welchem dieses Volkes sie angehörten, nicht sehr kälteempfindlich. Ein Grund, dem wohl auch Alsi-Jatha ihr Leben noch verdankte und auch dem, warum sie länger leiden würde. Wenn Elfen erfroren, dauerte es umso länger, bis der Körper so ausgekühlt war, dass sie starben. Wieder spähte er nach oben hin zur Feste. Erleichtert sah er durch die tanzenden Flocken hinweg, dass die Gestalt, die stundenlang auf einem der Balkone gestanden hatte, endlich nicht mehr dort zu sehen war. Stunde um Stunde war vergangen, wobei Alsi-Jatha und der Hügel beobachtet worden war. So hatte er, ohne eingreifen zu können, um nicht selbst doch noch erwischt zu werden, mit ansehen müssen, wie seine mutige Retterin vor seinen Augen litt.

Die Dämmerung brach herein und es wurde immer kälter. Er zog den Umhang noch fester um die Schultern. Hoffte, dass jetzt wo es dunkel wurde, nicht doch wieder Wachen auftauchen würden. Er lauschte noch einmal, doch es schien keine Gefahr. Der Weg für seine Rettungsaktion war frei.

Alsi-Jatha war es so schrecklich kalt und die Kälte, die in ihre gefesselten Knochen kroch, ließen diese unendlich schmerzen. Langsam wurde sie immer müder. Sie wusste, was dies bedeutete. Ihr Körper benötigte die Wärme, die noch in ihr vorhanden war, für ihr Herz und ihren Kopf. So würden ihre Gliedmaßen zuerst abfrieren. Ihr fielen die Augen zu, doch kurz bevor sie einschlief, schaffte sie es diese immer wieder zu öffnen. Doch sie wusste genau, sie stand schon Stunden an dem Pfahl und war am Ende angekommen. Hätte die Sonne nicht eine kurze Zeit geschienen und ihr mit ihren Strahlen ein wenig Wärme geschenkt, sie wäre schon vor einiger Zeit erfroren. Doch nun forderte die Kälte ihren Tribut. Sie schloss die Augen und betete noch einmal: »Vergib mir Göttin. Ich habe dir das für dich auserkorene Opfer entrissen.« Die Einsamkeit und die Kälte schienen ihren Geist schon zu verwirren, denn sie glaubte in dem Moment zu spüren, wie kalter Stahl ihre Fesseln, die sie am Pfahl hielten, durchtrennten.

Alsi-Jatha kippte zur Seite, als die Stricke in den Schnee fielen.

Albarell fing ihren Körper auf, bevor auch er zu Boden ging. Schnell zog er den Umhang von seinem Körper und hüllte sie darin ein, so gut es eben nur ging.

»Ich bring dich hier weg«, sagte er leise. »Es wird alles gut!« Sanft strich er ihr den Schnee von ihrer kalten Stirn und aus ihren Haaren. Er hob sie auf seine Arme, rutschte auf den Po sitzend den Abhang mit seiner Last hinunter und trug sie dann bis zu seinem Pferd, nahm ihr den Umhang wieder ab und wickelte sie in die alte, dicke Pferdedecke, die er aus dem Stall mitgenommen hatte. Auch hatte er dort seine Satteltaschen gefunden, in der sich Wechselkleidung befand. Die Höhlenelfen schienen darin für sich nichts Brauchbares gefunden zu haben, denn so gut wie alles, was er für seinen Ritt von Zuhause mitgenommen hatte, befand sich noch darin. Jedoch war keine Zeit zu vergeuden, in dem Versuch, der bewusstlosen Alsi-Jatha etwas anzuziehen. Sie mussten fort und schnellstens aus dem Tal verschwinden. So hob er sie in den Sattel seines Pferdes. Das Tier würde ihr etwas Wärme spenden und auch er mit seiner eigenen Körperwärme, sobald er aufsitzen konnte. Mehr konnte er im Moment nicht für sie tun. Er nahm das Pferd am Zügel und führte sein Reittier durch den immer dichter werdenden Schneefall auf den rettenden Ausgang zu.

Gelungene Flucht, doch was nun?

Alsi-Jatha lag ohne Bewusstsein in seinen Armen.

Er hatte es geschafft, die junge Elfe, die bewusstlos war, aus dem Tal, und sich gemeinsam mit ihr in Sicherheit vor den Höhlenelfen zu bringen.

Albarell hatte bald nach Verlassen des Höhlenelfentals einen Lagerplatz in einer Felsnische einer östlich gelegenen Felswand gefunden. Ein Feuer hatte er sich jedoch nicht getraut zu entzünden, wenn gleich dort, in der Nische, einige trockene Wurzeln gelegen hatten, auch wenn dies ihre durchgefrorenen Glieder schneller erwärmt hätten. Das war dem Elf einfach zu gefährlich gewesen. Zum Glück hatte er dem Trupp der Kriegerinnen, den man auf seine Fährte gesetzt hatte, ausweichen können. Der Schneefall hatte dafür Sorge getragen, ihre Spuren zu verwischen. So waren die einzigen Wärmequellen die ihm und der bewusstlosen Alsi-Jatha in der Kälte zur Verfügung gestanden hatten, sein Pferd und sein eigener Körper. Er hatte sie einfach in seine Arme gezogen, ihre Glieder versucht durch Reiben zu erwärmen und sie mit seinem Körper geschützt.

Es war ein merkwürdiges Gefühl, sie so zu halten, es hatte einerseits etwas Vertrautes, dafür das sie eigentlich seine Feindin war. Zuerst glaubte er schon fast, er habe sich in sie verliebt. Doch als er tiefer in seine Gefühle forschte, fühlte es sich an, als sei sie ein ihm liebgewonnenes Familienmitglied. Er fühlte eine sehr tiefe Verbindung zu ihr, die er einfach nicht verstehen konnte. Doch allein schon dieses Gefühl, dass sie für seine Freiheit starb, wo sie ihn doch gerettet hatte, hatte nicht zulassen können, dass sie ihr Leben verlor.

Als Alsi-Jatha am nächsten Tag zu sich kam, war sie sehr verwundert. Sie hatte alles nur für eine Halluzination gehalten. Doch Albarell war bei ihr und es war schön warm in seinen Armen.

Nachdenklich blickte Alsi-Jatha ihn an. »Warum hast du mich gerettet? Ich dachte du seist schon längst fort!«

»Ich konnte mein Pferd unmöglich bei Euch lassen, denn es ist mein Freund!«, grinste er, als erkläre er damit, warum er nicht einfach gegangen war. »Ich habe es von meiner Mutter erhalten, die vor drei Jahren bei einem Trollangriff auf unsere Stadt ihre Unsterblichkeit verloren hat«, erklärte er dann jedoch traurig.

»Diese unsäglichen Trolle«, sagte sie ebenfalls traurig. »Es tut mir leid!«

Er umfasste ihr Kinn. »Du hast mich gerettet! Als ich sah, wie dein Volk darauf reagiert hat, da konnte ich nicht anders als zu versuchen auch dich zu retten. Wie es aussieht, hat das auch funktioniert!«, er grinste ein wenig. »Ob sie uns weiterhin suchen, kann ich jedoch nicht sagen, Alsi-Jatha. Es hat die ganze Nacht unaufhörlich geschneit und so dürfte es nicht einfach sein, selbst für eure Kriegerinnen, unsere Spuren zu finden. Der Schnee und die Kälte hätten dich zwar fast das Leben gekostet und dennoch, der große Schöpfer scheint es mit seinem Schnee gut mit uns gemeint zu haben.«

Auf einmal rieb er seine Daumen aneinander. Ein warmes Lächeln breitete sich auf seinen Zügen aus. »Du verlierst anscheinend noch mehr von deiner hellgrauen Hautfarbe.«

»Ich sagte dir doch schon, ich habe einen Makel. Da meine Haut so hell ist, habe ich mich, seit ich es selbst konnte, immer mit Ruß einschmieren müssen.«

Ihr ganzer Körper erzitterte, da er von ihr ein Stück abgerückt war.

»Komm her!«, er zog sie wieder in seine Arme. Mit festen, kreisenden Bewegungen massierte er ihre Arme und ihr den Rücken. Er spürte, wie sie aufhörte zu zittern und Wärme auf ihre Haut zurückkehrte.

»Albarell?«

»Ja?«

»Was hast du mit mir vor?« Sie blickte ihm dabei tief in

seine blauen Augen.

»Ich bin mir noch nicht ganz sicher!«, grinste er frech.

»Ich bin mir nicht einmal sicher, ob ich überhaupt wissen will, was du jetzt mit mir vorhast!«

»Eines ist wirklich zu dumm!«, scherzte er. »Wir Lichtelfen haben keinen Gott, dem wir lebende Opfer darbringen können, so wie ihr das tut. Du wärst ein sehr hübsches!«

Alsi-Jatha sah ihn verständnislos an.

»Das sollte ein Scherz sein!«, erklärte er und lächelte.

Sie ging nicht weiter darauf ein, doch dann sah sie ihn wieder an. »Bist du dir eigentlich bewusst, was mit uns geschieht, wenn uns mein Volk wieder einfängt?«

»Wir würden es in diesem Fall nicht überleben! Und doch, ich glaube fest daran, dass wir es bis zu meinem Volk schaffen werden. Dann sind wir in Sicherheit!«

Alsi-Jatha schüttelte leicht verneinend den Kopf. »Du bist dann vielleicht in Sicherheit, Albarell, doch ich werde es dort auch nicht sein. Sie mich an, ich bin eine Höhlenelfe und dein Volk hasst das unsere, also auch mich! Es ändert auch gewiss nichts daran, dass ich dir zur Flucht verholfen habe.«

»So, das glaubst du? Ich jedenfalls glaube nicht, dass mein Volk keinen Unterschied macht, denn immerhin habe ich dir mein Leben zu verdanken. Dir wird jedoch auch nichts anderes übrigbleiben, als mit mir zu gehen. Ich habe die Hoffnung, dass sich irgendwie schon alles zum Guten wenden wird! Vor allem auch für dich!«

Eng aneinander gekauert saßen die Beiden Elfen in der Nische, aßen etwas aus dem Lederbeutel den Alsi-Jatha Albarell mitgegeben hatte.

Albarell gab seinem Pferd einen halben Apfel. Das Tier bedankte sich im dem es sein Maul an die Wange des Elfen drückte und leise freudig schnaubte.

Alsi-Jatha starrte eine Weile still vor sich hin, meinte jedoch kurze Zeit später: »Wieso bist du dir da so sicher, dass sie mich nicht hassen werden?«

»Weil ich mein Volk gut genug kenne!«

Unterdessen hatte der Schneefall vollständig aufgehört, so erhob sich Albarell. »Wir machen uns am besten sofort auf den Weg! Hier zieh das an.« Es war ein Hemd und eine einfache wollene Hose, die er ihr hinhielt. »Es wird zwar ein wenig weit für dich sein, aber besser als weiterhin fast vollkommen nackt unter einer Decke zu sein.«

Während sie sich anzog, packte er die wenigen Habseligkeiten zusammen, die sie hatten. Dann ergriff er seinen Dolch und schnitt einen breiten Streifen von der Pferdedecke ab. Geschwind teilte er den dicken Stoff ein weiteres mal. Er schnitt noch zwei schmale lange Streifen von der Decke ab und erklärte, das muss erst mal die Schuhe für dich ersetzen. Er wickelte ihr die Stoffstücke um die Füße und band sie mit den dünnen Stoffstreifen über ihren Knöcheln fest.

Erbarmungslos zerrte die Kälte am späten Nachmittag an ihren Körpern. Dennoch setzte Albarell seinen Weg mit ihr fort. Still saß er hinter ihr auf dem Pferd.

Alsi-Jatha hatte in den Armen des Lichtelfen seltsamerweise kein ungutes Gefühl, als sie wieder in eine Art Halbschlaf versank.

»Wach auf, sonst erfrierst du doch noch!«, sagte Albarell und schüttelte sie ein wenig.

Sie öffnete die Augen und starrte in den Wolken verhangenen Himmel. *Warum hat er mich jetzt nicht einfach sterben lassen?*, fragte sie sich erneut. Aber sie hatte auch gelernt zu kämpfen, also würde sie tun, was er von ihr verlangte.

Dunkle Pläne

Inzwischen in der Höhlenelfenfeste ...

Es war das erste Mal seit Para-Saran die Hohepriesterin ihres Volkes war, dass ihr ein Opfer entkommen, *nein* entrissen worden war. Dies auch noch von einer Angehörigen ihres eigenen Volkes, die noch dazu ihrer Familie angehörte, was noch unfassbarer für sie war. Wie bei so vielen Opfern hatte sie vorgehabt, diesem Prinzen eine ganz bevorzugte Behandlungsweise angedeihen zulassen, um in den Augen ihrer Göttin als besonders würdig zu erscheinen. Und wo Alsi-Jatha für ihr Vergehen seinem Platz einnehmen sollte, war diese auch noch verschwunden. Para-Saran raste vor Wut. Sie hatte sich ihrer Meinung nach in den letzten zweihundertundsechzig Sommern mit der kleinen Verräterin alle Mühe gegeben, um ihr alles beizubringen, was sie wusste. Dies, damit diese vielleicht einmal ihren Platz einnehmen könnte. Doch die Aufmerksamkeit ihrer Nichte, hatte einfach zu oft anderen Dingen gehört! Wohl ein Fehler ihres verfluchten Blutes. Das alleine schon hätte ihr eine Warnung sein sollen. Dieses verdammte Mischblut hatte einfach jede freie Sekunde genutzt, um in der Natur herumzuziehen. So kannte sie sich mit Pflanzen gut aus. Sie trug die Natur in ihrem Wesen zum Schutz aller Lebewesen. Von Kindesbeinen an, war Alsi-Jatha, seit dem Tod ihrer Eltern, bei ihrem Bruder untergebracht gewesen. Er war zu ihrem Ziehvater geworden, da er selbst nur einen Sohn gezeugt hatte und seine Gemahlin, ihre Schwägerin, im Kampf gegen die Lichtelfen gefallen war. Langsam glaubte sie an die Macht des Fluchs ihrer Schwester, denn schon als Alsi-Jatha die ersten Streifzüge durch das Tal unternommen hatte, da hätte er ihr Einhalt gebieten müssen. Er wusste doch für welchen Weg sie ihre Nichte bestimmt hatte. Er jedoch hatte die dadurch aufkommende Schwierigkeit einfach nicht erkannt, die sich aus seiner Nachsichtigkeit ihr gegenüber ergeben hatte. Nach dieser Erkenntnis und der Beschuldigung gegen ihn, hatte Para-Saran wenigstens einen

Dummen, dem sie vor ihrem Volk die Schuld für all das, was geschehen war, geben konnte – ihren Bruder!

Ein Fluch legte sich auf ihre Lippen, als sie sich umdrehte, denn sie hatte gesehen, wer sich ihr im Schatten einer Säule genähert hatte. »Du bist ein elendiger Versager, Bruder«, rief sie.

Rass-Baran warf ihr einen skeptischen Blick zu. Er zögerte wohl einen Moment zu lange, bevor er etwas sagte, was ihm von ihr einen harten Schlag ins Gesicht einbrachte. »Es wäre vielleicht nicht falsch, dich an ihrer Stelle zu opfern, törichter Narr«, fuhr sie ihn an.

Der Waffenmeister der Höhlenelfen schlug sofort die Augen nieder und warf sich auf die Knie. »Es tut mir leid Schw…!« Er traute sich nicht das Wort zu Ende zu sprechen, »Hohepriesterin«, presste er daher hervor.

»Danke der Göttin, du unfähiger Nichtsnutz. Ich habe mich trotzt deiner Unfähigkeit entschieden, dich noch am Leben und dir deinen Rang zu lassen. Du tätest gut daran diese Zeit zu nutzen, die dir noch zur Verfügung steht, um mich von deinem Nutzen erneut zu überzeugen. Enttäusche mich also besser nicht noch einmal!«

Betrübt blickte Rass-Baran zu Boden, denn der Zorn und die Worte seiner Schwester, das wusste er, waren durchaus ernst gemeint. Sein Freund Pata-Rillis hatte für sein Versagen als Wächter bitter gebüßt. Para-Saran hatte ihn gefesselt an ein Weinfass in den unterirdischen Fluss geworfen. Er war ertrunken. Es wäre auch nicht das erste Mal, das seine Schwester jemanden aus der eigenen Familie beseitigte. Vielleicht würde ja auch er angeblich den Trollen zum Opfer fallen. Er sah auf, und zum Fenster hinaus und beobachtete die Silhouette, der von ihm am Horizont entdeckten Reiter, die sich geschwinnt der Feste näherten.

»Die ausgesandten Kriegerinnen kehren zurück!«

»Das wird auch Zeit!«

Doch als die Kriegerinnen kurz darauf eintraten, da ahnte sie schon, dass sie keinen Erfolg gehabt hatten.

»Habt ihr sie?«

Betreten sahen die Frauen zu Boden, bis ihre Anführerin erklärte: »Nein, Hohepriesterin, sie sind entkommen. Der Schnee hat ihre Spuren überdeckt!«

»Es ist eine Schande, dass wir kein Opfer für die Göttin haben!«, zischte Para-Saran.

»Die nächste Opferung wird dafür umso größer«, beschwichtigte sie eine Kriegerin.

Mit einem gewandten Schwung zog Para-Saran ihre Klinge aus dem Gürtel und setzte diese der Kriegerin an die Kehle. »Vielleicht haben wir ja doch eines, du Närrin. Ich warne dich, werde niemals wieder übermütig gegenüber meiner Person, Schülerin. Übermut ist oft ein Weg zum Tod. Hast du mich verstanden?«

»Ja, das habe ich!«, keuchte die Kriegerin erschrocken.

Para-Saran grinste die erschrocken dreinschauende Elfe nur böse an. »Ich wollte dir nur eine Lektion für dein vorlautes Verhalten erteilen, Kran-Sila. Aber beim nächsten Mal, da solltest du mit vorlauten Behauptungen doch besser etwas vorsichtiger sein!« Para-Saran steckte den Dolch wieder in den Gürtel ihres Gewandes zurück.

Die Kriegerin ging auf die Knie vor ihr. »Es tut mir leid, dass ich so leichtfertig gesprochen habe, meine ehrwürdige Herrin! Doch ich dachte, dass wir dann vielleicht einige Opfer mehr haben würden, und zwar von diesem Lichtelfenvolk, dem der Prinz entstammt.«

»Wovon sprichst du eigentlich, Kran-Sila?«, fragte Para-Saran und ihr Gesicht zeugte von Unzufriedenheit. »Steh auf und erkläre dich mir.«

Die Elfe erhob sich. »Vielleicht ist ja die Flucht Eurer Nichte und dass sie den Prinzen hat entfliehen lassen, letzten Endes doch zu unserem Vorteil.«

Para-Saran überlegte. Die Vorstellung war nicht schlecht und sie gefiel ihr überaus gut.

»Langsam, Kran-Sila.«, meinte sie. »Wir wissen nicht, wo ihre Stadt in dem großen Waldgebiet im Norden liegt.

Jahrhunderte haben wir sie nicht gefunden. Bei den Versuchen sie ausfindig zu machen, waren meist unsere Kriegerinnen die Opfer. Belmon, der König der Lichtelfen, ist ein schlauer Fuchs.«

»Aber auch ein Fuchs lässt sich aus dem Bau locken. So lasst uns im Frühjahr durch die Gegend dort streifen, wo wir dem Prinzen habhaft geworden sind. Es gibt dort auch Siedlungen und Dörfer von Menschen, im äußeren Bereich des Waldes, mit denen sie Handel betreiben, in die wir das grausame Schicksal der Vernichtung tragen können. Das dürfte dem Herrn der Lichtelfen nicht gefallen, zumal wenn sie Eure Nichte bei sich behalten sollten und die Menschen ihn deswegen dann unter Handlungszwang setzen.«

Die Blicke der beiden Frauen trafen sich.

Para-Saran verzog die Lippen zu einem Lächeln, das jedoch ihre hasserfüllten Augen nicht erreichte. »Dieser Gedanke ging mir auch schon durch den Kopf.«

»Die Göttin ist euch wohlgesonnener, als Ihr denkt, meine Hohepriesterin!«, äußerte sich Kran-Sila auf ihren Vorteil bedacht schmeichelnd und verneigte sich im Kriegerinnengruß.

»Es wird vielleicht einst die Zeit kommen, da meine Bürde auf dich übergehen wird, Kran-Sila«, lobte sie Para-Saran mit einem selbstgefälligen Lächeln. »Was die Verräterin Alsi-Jatha angeht, ich denke auch, wir werden sie wieder in unsere Hände bekommen können. Der Vollzug ihrer Bestrafung und die Torturen, werde ich dann jedoch selbst an ihr vornehmen und nichts mehr dem Zufall überlassen!« Para-Saran grinste. »Ihrem Körper und ihrer Seele werde ich einen solchen Genuss von Qualen gewähren, dass sie sich an den Pfahl und den Kältetod zurückwünschen wird. Oh ja, ihr Körper wird mir zur Erfindung neuer Qualen dienen!«, murmelte sie und führte die Gedankenkette der Qualen in ihrem Geist schon weiter. »Die Spinnen werden die letzte Freude an ihr haben, denn ihr Körper wird einer von ihnen als Brutstätte für ihr Junges dienen!« .

Als sie sah, wie ihr Bruder den Kopf leicht schüttelte, ging sie auf ihn zu und sah ihn missbilligend an. »Mir düngt, als seist du nicht meiner Meinung?«, fragte sie gefährlich leise.

»Die Lichtelfen sind ein starkes Volk!«, setzte er zu einer Erklärung für sein Kopfschütteln an, nachdem er sich vor seiner Schwester verbeugt hatte. »Sie haben seit jeher Widerstand geleistet, ohne sich einfach zurückzuziehen. Bedenke Para-Saran, sie haben bis jetzt meist gegen uns, wenn auch mit großen Verlusten auf ihrer Seite, obsiegt!«

»Das mag stimmen. Doch auf lange Sicht gesehen, wird es irgendwann mit ihrem Blut enden und wir werden den Sieg davontragen. Wir haben Zeit mein Bruder! Du vielleicht jedoch nicht, wenn du weiter so einen Unsinn von dir gibst!«

Rass-Baran hielt den Atem an. Alle seine Muskeln waren verkrampft vor Anspannung, als er sah, wie seine Schwester nach ihrer Peitsche griff. »Komm näher, ... noch näher, Ras-Baran!«, befahl sie gefährlich leise.

Ein unheimliches Bild drängte sich ihm unwillkürlich in seine Gedanken: Früher, als er noch ein Elfling war, hatte sie ihn für ein Widerwort an einen Baum gekettet. Ihn dann ausgepeitscht und dabei damals, fast totgeschlagen. Er hatte das große Glück gehabt, dass ihre ältere Schwester ihm wohlgesonnen war. Denn diese hatte seinen Tod damals verhindert, in dem sie eingegriffen hatte.

Als habe sie seine Gedanken gelesen, meinte Para-Saran auch schon: »Bist du dir eigentlich im Klaren darüber, welcher Gefahr du dich gerade ausgesetzt hast, Bruder? Ich glaube, du hast nicht bedacht, was für eine Strafe dies auf sich zieht? Glaubst du wirklich, dass ich, nur weil wir aus den selbigen Lenden unseres nichtswürdigen Vaters und aus dem gleichen Leib unserer erhabenen Mutter entstammen, eine solche Unverschämtheit von dir hinnehme? Dass du es wagen darfst, deiner Abstammung wegen, mich als Hohepriesterin mit deinen Worten zu kritisieren. Verlass dich nicht auf eine Sicherheit, der du dir nicht sicher sein kannst, wie du wissen dürftest. Deine nicht so ausgesprochenen Worte, gegen mich und ein wenig Weisheit, sie hätten dir auch heute eine Menge Ärger ersparen können.« Sie gab den Kriegerinnen ein Zeichen. Zwei von ihnen ergriffen ihn. »Bindet ihn dort zwischen die Säulen, damit er seine Strafe empfangen kann!«, gebot Para-Saran hart und herzlos.

Es glich fast einem Ritual, mit welchem Eifer sie sich ins Zeug legte, als sie ihn auspeitschte.

Ein arroganter Blick trat in ihr Gesicht, als sie einen Augenblick innehielt und ihm ins Gesicht sah, ganz so, als ob sie gerade genoss was sie ihm antat.

Rass-Baran tat sein Möglichstes, das Gesicht nicht zu verziehen.

»Ich sollte dich töten!« fauchte sie, mit neu entfachter Wut, weil er standhaft war. So ließ sie die Peitsche ein weiteres Mal auf seinen Körper niedersausen und wiederholte dies, bis zu seiner völligen Erschöpfung. Als sie selbst so außer Atem war, dass sie keinen weiteren Schlag mehr zustande brachte, hörte sie erst auf.

Rass-Baran war mittlerweile bewusstlos, seine Tunika hing in blutigen Fetzen von seinem Rücken herab.

Finsternis umgab Ras-Baran, als er seine Augen aufriss. Der harte eiskalte Untergrund und das Pfeifen von Wind hatte ihn aus der Bewusstlosigkeit geholt. Doch obwohl er nicht imstande war, sich zu bewegen, wusste er doch an welchen unheilvollen Ort sie ihn hatte bringen lassen.

Er verfluchte sie für ihre Unbarmherzigkeit und sich selbst für seine eigene Dummheit. Sie hatte ihn auf die obere Plattform der Feste bringen lassen, diese ragte wie eine Spitze über ihrem Gemach hervor. Er wusste, wenn er nur eine falsche Bewegung machte, dass dies unweigerlich seinen Tod bedeutet hätte, wenn er von dort hinabstürzte. Er rollte sich auf seinen von Schmerzen gepeinigten Rücken und sah hinauf zum Himmel, an dem die Sterne leuchteten. Keine Wolke war zu sehen. Er kämpfte die ganze Nacht gegen die

Eiseskälte an, die ihn umspülte.

Als der Morgen kam, da drang eine Stimme durch seinen Kopf, hart und donnernd. Es war die Stimme seiner Schwester. *Hüte dich davor noch einmal so dein Wort gegen mich zu richten! Dann endest du wie sie!*

Ein stechender Schmerz fuhr durch Ras-Barans Rücken, seine Beine ließen keine Bewegung zu und er glaubte sie schon nicht mehr zu spüren, als ihn zwei Höhlenelfenkrieger Stunden später, darunter sein Freund Alri-Lob und Sklave seiner Schwester, auf die Beine zogen, um ihn auf Para-Sarans Geheiß aus seiner misslichen Lage zu befreien. Er versuchte alleine einen Gehversuch.

»Ich glaube, wir sollten dich lieber stützen!«, meinte Alri-Lob.

Der Waffenmeister nickte und ein Stöhnen entfuhr ihm, als die Beiden ihn noch fester unter den Armen anpackten. »Danke«, flüsterte er leise.

Als sie ihn an Para-Saran vorbeiführten, um ihn in seine Räume zu bringen, schaute ihn seine Schwester gleichmütig an. »Waffenmeister, ich hoffe du hast mich verstanden?«

Mit schmerzerfülltem Blick drehte er sich zu ihr um. Bruder und Schwester blickten sich für einen Augenblick in die Augen. Dann sah er demütig zu Boden. »Ja, meine Herrin!«

Zweifel und Verdacht

Es war eine finstere, eiskalte Nacht, als Albarell und Alsi-Jatha drei Tage später den Wald im Osten erreichten, von dem der Elfenprinz gesprochen hatte und den er seine Heimat nannte.

In den Kronen der Bäume lastete der Schnee. Äste lagen gebrochen und von der eisigen Kälte geborsten am Boden. Der abnehmende Mond war von Schnee tragenden Wolken verhangen, doch er lugte immer wieder einmal kurz daraus hervor, wenn eine der Wolken, durch den Wind getrieben, weiter über das Himmelszelt wanderte.

Albarell hielt sein Pferd an und schwang sich vom Rücken des Tieres. Er streckte langsam die Hand nach Alsi-Jatha aus und lächelte. »Komm!«

Sie ließ sich aus dem Sattel gleiten und strich seinem Pferd sanft über den Hals.

»Der Wald wird uns ein wenig vor der beißenden Kälte schützen und auch vor dem Schneesturm, der aufzukommen scheint«, erklärte Albarell. »Wir werden uns erst einmal einen geschützten Lagerplatz suchen, ein wenig ausruhen und dort warten, bis der Tag anbricht. Dann erst werden wir weiter hineingehen.«

In der Dunkelheit des Waldes schnaubte Albarells Pferd leise, als wollte es seinen Herrn auf etwas aufmerksam machen. Irgendwie fühlte Alsi-Jatha sich auf einmal beobachtet und unwohl. Ihre Befürchtung nicht allein zu sein wurde noch stärker, als in einiger Entfernung Schnee von einem der Bäume rieselte. Im selben Augenblick tauchten auch schon zwei in Kapuzenumhänge gewandete, schattenhafte Gestalten aus dem Dunkeln vor ihnen auf.

»Bleibt wo ihr seid, und legt eure Waffen nieder!«, hörten sie eine helle Stimme in einen befehlenden Ton sagen, die keinen Zweifel daran ließ, dass man dem Befehl augenblicklich nachzukommen hatte. Die Gestalten hatten ihre Langbögen schussbereit auf sie gerichtet. »Wir haben nicht vor euch zu töten, es sei denn …, ihr lasst uns keine andere Wahl!«

Alsi-Jatha tat notgedrungen wie geheißen und ließ den Dolch fallen, den Albarell ihr gegeben hatte.

Albarell hatte jedoch noch nicht einmal nach seiner Waffe gegriffen, wie sie sah. »Ihr scheint die Lage ein wenig zu verkennen, Krieger!«, sagte er ruhig.

In Alsi-Jathas Augen, ob der Drohung hin, wirkte er mehr als gelassen, ja fast schon amüsiert. »Wollt ihr denn wirklich auf euren Prinzen schießen, wenn er eurem Befehl nicht Folge leistet?«

Langsam lösten die beiden Elfenkrieger die Pfeile von den Sehnen und ließen ihre Bögen sinken, denn sie hatten Albarells Stimme erkannt.

»Albarell, mein Prinz, wir haben große Sorge im Herzen um Euch getragen!«, sagte jemand.

Einer der Elfen kam heran und hob den Dolch, den Alsi-Jatha hatte fallen lassen, auf. Als er die Waffe erkannte, reichte er sie seinem Prinzen mit einer Verbeugung.

»Kommt zum Feuer!«, ertönte eine Stimme, von einem der Bäume her.

Angestrengt späte Alsi-Jatha in die Dunkelheit, doch sie konnte beim besten Willen keine weitere Person erkennen, auch wenn sie ansonsten die Umrisse der Bäume und Pflanze nur allzu deutlich sah. Doch sie spürte auch Magie in der Luft. Albarell faste Alsi-Jatha sachte am Arm. »Komm!«, und er führte sie in die Richtung, aus der die Stimme gekommen war.

Als sie am Feuer ankamen, sah Alsi-Jatha, dass sich dort weitere acht Lichtelfen aufhielten. Sie fühlte sich nicht wohl in ihrer Haut.

Ebenso misstrauisch wie sie, blickten die Krieger sie an.

»Wer ist das, mein Prinz?«

»Dies ist Alsi-Jatha. Eine Elfe aus dem Dunkelgebirgtal.«

»Eine Gefangene?«, fragte einer der Krieger.

Alsi-Jathas Augen verengten sich zu schmalen Schlitzen.

Albarell schüttelte einfach nur verneinend den Kopf, doch Alsi-Jatha zischte erbost. »Was erlaubt Ihr euch eigentlich? Sieht es vielleicht danach aus?«

»Nimm dich in Acht, Frau!«

In den Blicken der Lichtelfen, die diese ihr zuwarfen, erkannte sie die Verachtung, die allein ihrer Abstammung galt. Alsi-Jatha konnte nur erraten, was in den Köpfen der Lichtelfen vorzugehen vermochte. Sie hoffte nur, dass Albarell sich nicht anders besann, und dass er sein ihr gegenüber abgegebenes Versprechen auch hielt. Ansonsten hatte sie zweifelsohne erneut mächtige Probleme.

»Du solltest deinen Rat besser für dich selbst befolgen, Lichtelf!«, zischte sie abfällig.

Albarell hob in beschwichtigender Geste die Hand. »Alsi-Jatha, bitte lass es genug sein, ich kläre das!«, und dann berichtete er kurz was vorgefallen war. Er erwähnte auch besonders dabei, das Alsi-Jatha ihm zur Flucht verholfen hatte und dafür von ihrem Volk in den Tod geschickt werden sollte.

»Setzt euch da ans Feuer, Höhlenelfe!«, gebot einer der Elfenkrieger ihr kalt.

Albarell legte ihr beschwichtigend, mit dem Auge blinzelnd, eine Decke um die Schultern.

Einer der Elfen reichte ihr wortlos eine Holzschüssel mit warmer Suppe.

Sie nickte ihm dankend zu.

»Am besten wird es sein, wir bleiben bis zum Morgen hier und ihr ruht euch aus«, schlug der Elf vor, der sich Ellaron nannte.

Alsi-Jatha wusste mittlerweile, er war der Führer der Gruppe und schien dem Prinzen ein guter Freund zu sein.

Ellaron setzte sich neben Albarell, der nun ebenfalls aß. »Wer weiß, ob man euch gefolgt ist. Wir sollten auf alle Fälle die Waldwache schnellstens verstärken.«

Albarell nickte und sah dabei zu Alsi-Jatha hinüber. »Das ist bestimmt das Beste, doch das muss mein Vater der König entscheiden!«

Ellaron, der in Albarells Alter zu sein schien, warf bei seinen Worten mehrfach prüfende Blicke auf Alsi-Jatha. »Albarell, mein Freund! Ist dir vielleicht schon in den Sinn gekommen, dass dies ein Trick der Höhlenelfen sein könnte, nur um herauszufinden, wo sich unsere Stadt befindet, wie gut unsere Befestigung ist und wo unsere Wachen aufgestellt sind? Sie könnte ein Spitzel sein«, sagte er leise und sah dabei misstrauisch zu ihr hinüber.

Alsi-Jatha, die seine Worte wohl verstanden hatte, geriet bei seiner Anschuldigung in Rage. Auch wenn sie eine Höhlenelfe war, beleidigen lassen würde sie sich von dem arroganten Kerl nicht. Dieser Elf war genauso misstrauisch, wie Albarell vor einigen Tagen schon. Nur, dass sie es bei ihm, in seiner damaligen Lage, noch verstanden hatte. Sie stieß einen gequälten Seufzer aus.

»Ich vertraue ihr und damit ist dieses Thema für mich beendet!«, sagte Albarell und ging zu ihr hinüber.

»Er ist ein übellauniger Geselle!«, raunte sie Albarell wütend zu.

»Er ist ein guter Waffenmeister und er sieht es als seine Pflicht wachsam zu sein, damit keiner von uns Schaden nimmt!«, erklärte Albarell. »Bedenke in deinem Verdruss gegenüber seinem Argwohn, dass du in einer umgekehrten Situation gewiss ihm gegenüber ebenso reagieren würdest.«

Schweigend zogen sie am nächsten Morgen durch den Wald. Sie erreichten eine Lichtung, die tief verborgen im Wald lag. Schnee fiel unaufhörlich herab und kleidete die waldige Landschaft in das strahlende Weiß des Winters. Tiere zeigten sich ihnen nur selten, auch wenn deren Trittspuren im Schnee zu sehen waren.

Sie erreichten kurz darauf die Lichtelfen Feste. Die Befestigungsmauer war hoch und aus weißem Gestein errichtet.

Das zweitürige Haupttor, das in die Stadt führte, war mit goldenen Beschlägen und mit Schutzrunen verziert.

Noch bevor sie das Tor erreicht hatten, hörten sie schon von oberhalb der Mauer, Stimmen die jubelten: »Der Prinz ist wohlbehalten zurück!«

Ein Elf stürmte kurz darauf aus dem Tor heraus und auf die Gruppe zu. Kaum war Albarell vom Pferd gestiegen, hatte dieser ihn auch schon erreicht. Der Elf umarmte ihn und Freudentränen standen in dessen Augen.

»Wo warst du nur? Wir haben tagelang den Wald und die Ebene nach dir abgesucht! Als wir dann die Spuren von Höhlenelfen fanden ..., bei den Göttern, haben wir uns Sorgen gemacht!«

Albarell befreite sich aus den Armen seines Vaters. »Vater ich bin ja wieder zurück. Doch fast hättest du mich wahrhaftverloren. Verzeih, es war allein meine Schuld, ich war nicht achtsam genug!«

Ellarons Blick war nicht auf seinen Freund und den Elfenkönig gerichtet, sondern auf sie – die ihm so unliebsame und merkwürdig aussehende Höhlenelfe. Und dennoch ... sie war auf eine Art und selbst in der ihr nicht passenden Kleidung und den um die Füße gebundenen Lumpen, geheimnisvoll. Ihr Blick und ihre mandelförmigen grünen Augen waren nicht grausam, wie bei anderen Höhlenelfen, vor allem wenn sie seinen Prinzen ansah. Aus irgendeinem Grund störte ihn mehr und mehr, dass sie ihn verachtete. Keine Spur dieser Wärme bei ihm. Ihm gegenüber färbten sich ihre Pupillen rot, so wie bei allen Höhlenelfen, wenn diese sich einem Lichtelfen gegenüber sahen. Dass er so empfand, wo er die Höhlenelfen so sehr verachtete, wollte keinen rechten Sinn für ihn ergeben und machte ihn wiederum zornig.

Der hochgewachsene Elf, der Albarell umarmt hatte und den dieser Vater nannte, sah zu den Angekommenen hinüber und entdeckte Alsi-Jatha unter seinen Kriegern, die von El-laron scharf im Auge gehalten wurde.

Alsi-Jatha hatte sich jedoch ebenfalls von der Begrüßungs-szene geistig abgewandt und musterte Ellaron mit kaltem Blick. Er hatte langes blondes Haar, so wie alle Elfen hier, dass ihm seidig glänzend über die Schultern hinab reichte. Seine Augen waren hellgrün, was ihr zuvor in der Dunkelheit des Waldes noch nicht aufgefallen war. Seine Gesichtszüge waren weich und schön geschnitten. Seine Haut war hell, seine Statur schlank und dennoch zeugte sie von Stärke. Sein Gesichtsausdruck war unergründbar, frei von jeder Regung und des Alters. Nichts schien ihn je gezeichnet zu haben, nicht einmal die Jahrhunderte seines Lebens. Er strahlte auf sie eine Art Weisheit aus, und dennoch, wenn er sie anblickte, lag Arroganz seinen Zügen inne.

Sie wurde aus ihrer Beobachtung herausgerissen, als sie die Worte des Elfen, der mit Albarell sprach, wieder wahrnahm und zu den beiden blickte.

»Eine Höhlenelfe ist sie, sagst du, und nicht gefesselt! Du lässt sie einfach so durch unseren Wald spazieren. Erkläre mir dies, mein Sohn! «

»Vater, ich habe Alsi-Jatha mein Leben zu verdanken, sie alleine ist der Grund, dass ich wieder hier und nicht mehr in den Händen der Höhlenelfen bin. Die Kriegerinnen ihres Volkes hatten mich gefangen genommen und in ihre Feste verschleppt. Ihre Hohepriesterin ließ mich foltern, damit ich verrate, wo wir unsere Behausung haben, und sie wollten mich ihrer Göttin opfern.« Albarell winkte Alsi-Jatha zu, als Zeichen sie solle zu ihm kommen.

»Alsi-Jatha, das ist mein Vater, König Belmon.«

Alsi-Jatha sah den König zuerst nur an, dann neigte sie je-doch ihr Haupt, so wie sie es vor ihrem Ziehvater auch immer getan hatte.

Der König der Lichtelfen musterte sie aus azurblauen Augen. Auch sein Haar war blond wie das der anderen Elfen. Er besaß eine ebenso hochgewachsene Statur, war perfekt für einen Krieger gebaut und strahlte etwas Würdiges aus. Auf sie als Betrachter hatte sein Wesen sogar eine fast magische Wirkung.

»Hoheit, meint Ihr nicht auch, wir sollten ihre Anwesenheit als Bedrohung auffassen?«, fragte der Waffenmeister, als er nähertrat und sich verbeugte. »Ich denke wir sollten sie zu unser aller Sicherheit einkerkern! Ich schlage vor, wir schaffen sie in den Lichtturm hinauf.«

»Ich werde es gleich herausfinden, Ellaron, denn niemand kann eine Böswilligkeit so einfach vor mir verstecken«, erwiderte der König. »Sieh mir in die Augen Elfe!«

Ein unwilliger Zug huschte über Alsi-Jathas ebenmäßiges Gesicht, als sie ihrem Blick vom König nahm und Ellaron zuwandte. »Ihr seid wieder mit vollem Eifer dabei Euren Hass auf mich zu versprühen, wie ich bemerke, Ellaron! Ihr seid mir auch nicht übermäßig sympathisch«, fuhr sie ihn an. »Außerdem, allein schon aus Respekt und auch der Autorität vor eurem Herrschenden wegen, wüsste ich nicht, was es euch angeht, wenn Euer König mit mir spricht!«

Ellaron lachte auf: »Ich werde es euch gerne erklären. Ihr seid eine Höhlenelfe, und das ist mein Herr und König, wie Ihr soeben selbst bemerktet. Ich als einer seiner obersten Krieger, fühle mich verantwortlich für seine Sicherheit. Dies ist meine Aufgabe, als Krieger seiner und des Prinzen Leibgarde.« Er grinste, während seine Körperhaltung Aggressivität gegenüber ihr verriet. »Ich warne euch!«, zischte er.

Die Miene des Königs, das konnte sie sehen, verhärtete sich ebenfalls zusehends.

Alsi-Jatha sah um Hilfe ersuchend zu Albarell, der belanglos die Schultern zuckte. »Alsi-Jatha, du hast doch nichts zu verbergen! Lass meinen Vater in deine Gedanken hinein«, forderte er sie auf.

»Albarell, ich denke es ist keine gute Idee.«

Ellaron lachte. »Ich will nicht vorgreifen, mein König, aber ich hätte da eine Idee. Halten wir es doch einfach so wie die Höhlenelfen, ein bisschen quälen und demütigen, vielleicht versteht sie die Sprache dann besser.«

Der König kniff die Augen noch mehr zusammen und gebot ihm mit der Hand zu schweigen. Innerlich jedoch war er über seinen Waffenmeister und die kleine Höhlenelfe belustigt, die anscheinend seinem Sohn vollkommen vertraute und er ihr ebenso.

Schließlich sah Alsi-Jatha dem König fest in die Augen und nickte ihm verhalten, jedoch bejahend zu.

König Belmon lächelte sie ein wenig an. »Der Blick von mir, er galt eben nicht Euch Alsi-Jatha, er galt meinem pflichtbewussten obersten Krieger!« Der Elfenkönig sah ihr in die Augen.

Sie konnte nichts dafür, wenn sich ihre Gabe aus heiterem Himmel meldete, die sich aus irgendeinem Grund nicht kontrollieren ließ. Sie fühlte, wie sich diese Kraft zu öffnen gedachte. Für einen anderen Elfen bedurfte es eine Menge Erfahrung, um sich der Gabe zu entziehen und sie aus seinen Gedanken fernzuhalten.

»Erst versuchen in meine Gedanken einzudringen und die deinem vor mir zu verhüllen wollen, dies solltest du lieber lassen. Mich, den König der Lichtelfen, kann man weder auf diese Weise manipulieren, noch betrügen, Alsi-Jatha.«

»Verzeiht, ich kann es nicht kontrollieren«, flüsterte sie.

»Gräme dich nicht«, murmelte er.

Alsi-Jatha verkrampfte sich ein wenig, als sie die sonderbare Wärme in ihren Gedanken spürte, doch dann ließ sie sein Eindringen von sich aus zu. König Belmons Augen hielten sie noch eine ganze Weile gefangen, dann nickte er und sah sie ein wenig verwundert an. Er legte seine Hand sachte auf ihre Schulter und man konnte Betroffenheit in seinen Augen erkennen. »Kommt, Alsi-Jatha, lasst uns in meinem Palast über alles in Ruhe reden!«, sagte er nur.

Alsi-Jatha verschlug es die Sprache, bei der Helligkeit und der Pracht, die sich hinter dem Tor befand. Soweit das Auge reichte, waren Brunnen und Staturen zu sehen, auch wenn diese eingeschneit waren. Alle Gebäude waren in weißem Gestein gehalten und gut gepflegt. In der Mitte der Stadt stand ein heller Palast und sie steuerten geradewegs darauf zu.

»Komm mit mir, Alsi-Jatha!« Albarell führte sie die Treppe hinauf.

Sie betraten eine gewaltige und lichtdurchflutete Eingangshalle. Alsi-Jatha blieb einen Moment verblüfft stehen, doch Albarell zog sie weiter mit sich, so befand sie sich ein paar Schritte später in einer weiteren hohen Halle. Zwischen prunkvollen mit Kristallen bestückten Kandelabern hingen hier an den Wänden wundervolle Landschaftsgemälde, in silbernen Rahmen eingerahmt. Die Bildnisse waren zauberhaft. Eines wundervoller als das andere. So tanzten Elfen, mit Gewändern in den Farben des Regenbogens, darauf um Bäume herum. Ein anderes Bild zeigte eine schöne Darstellung eines Elfen mit Pfeil und Bogen. Sie war begeistert von den Kunstwerken, die so wunderschön anzuschauen waren. Rechts und links an den Wänden gingen Türen ab, und auf der anderen Seite der Eingangshalle führte eine lange Marmortreppe nach oben und verschwand nach dem ersten Absatz in einem weiten Gang. Zu beiden Seiten des Treppenaufgangs verlief eine kunstvoll geschmiedete Balustrade.

»Gefällt dir das?«, fragte Albarell lächelnd – denn oft schon hatte der Elfenprinz miterlebt, wie beeindruckt Besucher reagierten, doch für eine Höhlenelfe, mit ihrem Interesse, musste diese lichtvolle Pracht etwas ganz Besonderes sein.

Sie gingen die eindrucksvolle Treppe hinauf.

Alsi-Jatha umfasste den Handlauf des schmiedeeisernen Geländers und ließ ihre Finger sacht darüber gleiten, als habe sie die Befürchtung etwas kaputt zu machen.

Der lange Gang in diesem Korridor am oberen

Treppenabsatz war genauso eindrucksvoll, nur das hier Elfenporträts in kunstvollen Rahmen an den Wänden hingen. Auch hier befanden sich auf der linken und rechten Seite des Ganges verschlossene Türen. Am Ende des Ganges befand sich ein hohes Fenster, durch das Licht herein viel. Der helle Steinboden schimmerte im Sonnenlicht.

Albarell packte sie einfach bei der Hand: »Vater wir kommen alsbald in dein Arbeitszimmer nach. Alsi-Jatha braucht erst einmal etwas Passenderes zum Ankleiden!«, rief er seinem Vater zu.

Mit einem Wink seiner Hand und einem kurzen Nicken, wurden sie vom König entlassen.

Albarell wollte auch erst noch einmal alleine mit ihr sprechen, denn er spürte ihren Aufruhr und auch etwas Unsicherheit. Er stieß schließlich eine Eichentür auf und erneut blieb Alsi-Jatha beeindruckt stehen. Hinter der Tür befand sich ein großzügiger Raum, der ohne weiteres als Saal hätte durchgehen können. Der Fußboden war ebenfalls mit weißem, glänzendem Stein ausgelegt. Die Fenster, die fast vom Boden bis knapp unter die Decke reichten, zeigten einen freien Blick auf die Stadt. Ein Kamin war in die linke Wand eingearbeitet, in dem ein Feuer brannte und das Zimmer mit angenehmer Wärme erfüllte. Inmitten des Raumes befand sich ein Tisch, umringt von einigen gemütlich wirkenden Sesseln. Ihr Blick viel auf einige weitere Türen.

Albarell nahm ihre Blicke wahr, lächelte, als sie sich erst einmal gedankenverloren und erstaunt umsah.

»Das sind meine Räumlichkeiten«, erklärte Albarell. »Hier drüben, das ist mein Gästezimmer, das Zimmer, das ich dir für deinen Aufenthalt bei uns zugedacht habe!« Bei diesen Worten öffnete er die Tür. »Morgen zeige ich dir auch die anderen Räume des Palastes und unsere Stadt!« Er führte sie hinein.

Der Raum war genauso kostbar mit hellen Möbeln ausgestattet, wie alle anderen Räume.

Albarell entschuldigte sich, ließ sie kurz alleine und holte ihr schnell aus seinen Räumen eine Hose, eine weiße Leinentunika und ein paar weiche Lederschuhe. Kleidung, die ihm längst zu eng war, damit sie sich erst einmal notdürftig mit seinen Sachen kleiden konnte, bevor man etwas Passendes für sie fand. Dann ging er wieder, damit sie sich umkleiden konnte.

Alsi-Jatha hörte kurz darauf durch die Tür hindurch, dass er jemanden einen Auftrag gab, man solle zum nächsten Tag Kleidung für seinen Gast besorgen.

Albarell selbst hatte sich ebenso umgekleidet und wartete schon vor der Tür auf Alsi-Jatha. Er lächelte ihr entgegen, als er ihren skeptischen Blick sah.

»Mein Vater wartet schon auf uns. Meine mir zu enge Hose und meine Tunika, müssen dir fürs erste als Kleidung genügen. Morgen werden wir etwas Besseres für dich finden.«

»Die Schuhe, sie passen. Die Kleidung ist ganz in Ordnung. Ich bin nur die helle Farbe nicht gewohnt!«

Er sah sie lächelnd an. »Dennoch, sie steht dir!«, und dann bat er sie: »Alsi-Jatha, könntest du mir und auch dir einen Gefallen tun und Ellarons Worte einfach nicht beachten, wenn er sie gegen dein Volk richten sollte? Er wird ebenfalls, als unser Waffenmeister und Führer der Wachtruppe, an der Unterredung mit meinem Vater teilnehmen!«

Alsi-Jatha verzog ein wenig das Gesicht. »Ich werde versuchen nicht auf die Worte dieses unverschämten Widerlings einzugehen. Doch versprechen werde und kann ich dir dies nicht, Albarell! Ich danke dir jedoch für alles, was du für mich getan hast, und tust.«

Schließlich standen sie vor der Tür des herrschaftlichen

Arbeitszimmers.

Albarell klopfte an.

Auf das *Herein* aus dem Inneren des Raumes, öffnete er die Tür.

Für einen Moment schloss Alsi-Jatha ihre Augen und holte tief Luft. Ein Gefühl der Unsicherheit, dass sie nicht beschreiben konnte, machte sich in ihr breit. Alsi-Jatha erkannte auch die Quelle dieses Unbehagens, denn diese bestand aus Ellaron.

Mit klaren, azurblauen Augen kam der König einige Schritte auf sie zu. Sein Blick war voller Kraft und gleichzeitig so sanft, dass das unangenehme Gefühl bei ihr verschwand, welches sich ihrer noch vor der Tür bemächtigt hatte. Sie fühlte in ihrem Inneren, wie seine Magie sie sanft und beruhigend berührte.

Das Arbeitszimmer des Herrschers der Lichtelfen war ebenso freundlich und hell eingerichtet, wie die Räume, die sie bis jetzt gesehen hatte. Ein großer runder, heller Holztisch mit etwa zehn Stühlen drumherum stand darin. Auf dem Tisch standen Kelche, ein paar kleine Teller, sowie ein Korb mit Brot, einer mit Obst und ein großer Teller mit verschiedenen Käsesorten.

»Setzt euch doch bitte!«, bat der König. »Ich habe ein wenig zu unserer Stärkung hier auftragen lassen, denn ich denke, ihr habt bestimmt Hunger. Greift also bitte zu und dann berichtet mir ausführlich was geschehen und euch widerfahren ist!«

»Ich hoffe, meine Anwesenheit bringt Eurem Volk kein Unglück«, äußerte sich Alsi-Jatha nach einer Weile leise.

»Mir hast du kein Unglück gebracht, denn ohne deine Hilfe wäre ich mit großer Wahrscheinlichkeit schon längst tot!« Albarell lächelte sie erneut an und wandte sich dann an seinen Vater: »Vater, Alsi-Jatha steht wegen meiner Unachtsamkeit nun alleine und auf sich selbst gestellt, in der Welt.«

»Vielleicht war es ja ein Fehler von dir, Albarell, meinem Schicksal mit deinem Eingreifen die Stirn zu bieten!«, sagte sie darauf hin. »Man sollte sich dem Willen der Göttin nicht widersetzen.«

»Wie schrecklich von ihm, dass er überhaupt auf die Idee gekommen ist, eine ihrer Dienerinnen zu retten!«, merkte Ellaron auf und verdrehte gespielt die Augen.

»Ellaron sagt mir, macht es Euch eigentlich Spaß Euch am Leid anderer zu weiden? Ihr würdet meiner Meinung nach mit Eurer Boshaftigkeit anderen gegenüber, einen verdammt guten Höhlenelfen abgeben!«, fuhr Alsi-Jatha in auch schon wieder ungehalten an. Gab es aber dann auf, weiter auf ihn und sein Gerede einzugehen.

»Du musst es ja wissen, Finstere!«

Für einen Moment herrschte eine unangenehme Stille im Raum, bis Alsi-Jatha mit einer wegwerfenden Handbewegung in seine Richtung, mit ihrem Bericht fortfuhr: »Die Hohepriesterin und Herrscherin unseres Volkes, sie ließ mich an den Opferfahl binden, da ich Albarell zur Flucht verholfen hatte. Sie wollten mich durch den kalten Atem unserer Göttin langsam töten lassen. Dann nach Stunden spürte ich, wie mir die Fesseln durchschnitten wurden. Es war Albarell, wie ich später von ihm erfuhr, den ich schon lange weit fort und in Sicherheit glaubte. Er hatte es geschafft, als ich ihn befreit hatte, zur Stallung zu schleichen, wie er mir erzählte und sein Pferd zurück zu entwenden. Mehr kann ich euch nicht berichten!«

Albarell berichtete weiter von den Geschehnissen. »Von der Stallung der Höhlenelfenfeste aus, habe ich gesehen, dass sie Alsi-Jatha gefangen hatten und gehört, dass sie vorhatten, sie dieser Göttin der Schatten – an die sie glauben, wegen meiner Befreiung zu opfern. Das Vater konnte ich einfach nicht zulassen!«

»Du hast vollkommen richtig und ehrenhaft gehandelt, mein Sohn. Euer Mut ehrt auch Euch Alsi-Jatha, denn ich denke Ihr wusstet nur zu gut um die Strafe, die Euch erwarten würde, wenn Ihr meinem Sohn zur Flucht verhelft und dies entdeckt wird. Ich danke Euch!«

»Ja, ich wusste um die Strafe. Jedoch nimmt man die Verräter am Volk in der Regel gefangen und sperrt sie zuerst in den Kerker. Sie werden dort meist der Folter als Bestrafung ausgesetzt. Sie werden zur Abschreckung am Leben erhalten. Getötet und geopfert zu werden ist dann wohl noch das kleinste Übel.« Sie sah den Elfenkönig an. »Ich habe Verrat an meinem Volk begangen und weiß nicht, warum mir die Göttin die Gnade der Rettung gewährt hat.« Alsi-Jatha sah etwas verlegen zu Boden.

Der König hatte keinen Zweifel daran gehegt, dass sie mit Offenheit seinen Worten und Fragen begegnen würde. Der Elfenherrscher schmunzelte, sagte dann: »Wenn Ihr bei uns bleiben wollt, Alsi-Jatha, so seid Ihr uns willkommen! Das gilt somit auch für unseren Waffenmeister!«, fügte der König mit einem Seitenblick auf den Elf zu.

»Verzeiht Hoheit, war ich etwa zu unhöflich?«, erkundigte sich der Elf. »Aber sie ist eben eine Höhlenelfe, es sind in meinen Augen gefährliche und heimtückische Wesen. Ich bin Euer Waffenmeister, der ein Auge auf das Wohl unseres Volkes und das Herrscherhaus haben sollte!«, er verbeugte sich vor seinem König. »Mein König, ich denke, es ist sehr wahrscheinlich, dass Albarells Flucht und die Befreiung von ihr jetzt erst recht den Kampfeswillen der Höhlenelfen gegen uns anstachelt«, sprach Ellaron seine Gedanken aus. »Wenn ich mir diese Bemerkung und Bedenken in Gegenwart der Höhlenelfe überhaupt noch erlauben darf!«

Der Elfenkönig machte ein ernstes Gesicht. »Was den Kampfeswillen der Höhlenelfen gegen uns angeht Ellaron, da bin ich der gleichen Meinung! Dennoch mäßige dich in deinen Worten gegenüber Alsi-Jatha. Wir sollten uns natürlich für einen Angriff wappnen, sobald die Schneestürme aufhören. Sie werden mit Sicherheit versuchen uns zu finden, denn das hatten sie zuvor schon im Auge gehabt!«

Ellaron nahm sich fest vor sicherzustellen, dass diese

Höhlenelfe keinem etwas zu Leide tat, egal was es ihn kostete. *Ich werde sie eigenhändig in den Kristallturm und auf dessen oberste Plattform schleifen, sollte sie uns betrügen, um ihr dort die Essenz ihres unsterblichen Lebens zu entziehen,* schwor er sich.

Neuanfang mit Schwierigkeiten

Alsi-Jatha erwachte in einem weichen Bett. Sie richtete sich ein wenig auf und sah sich um, bis die Erinnerung zurückkehrte.

Albarell hatte sie am Tag zuvor in diesen kostbar eingerichteten Raum geführt und ihr gesagt, dass dieser ihr von ihm zugedacht worden war. Nach dem Gespräch mit dem König, hatte sie sich in den Raum zurückgezogen, sich ins Bett begeben und ihr müder Geist war wohl alsbald in die Seelenruhe gefallen.

Es klopfte leise.

Als die Tür sich öffnete, trat eine wunderschöne Lichtelfe, sich verneigend, in den Raum ein. Die Elfe hatte milchweiße Haut und ihre hellbraunen Augen lächelten Alsi-Jatha freundlich an. »Mein Name ist Melura. Ich stehe Euch im Auftrag des Prinzen zu Diensten«, stellte sie sich vor. »Die Hoheiten lassen Euch zum Frühstück bitten. Prinz Albarell hat mich gebeten für Euch einige Kleidungsstücke herauszusuchen, die Euch passen und stehen könnten. Ich lege einige über den Stuhl dort. Wählt bitte darunter aus, welche Euch gefallen«, sagte sie mit melodischer Stimme. »Wenn Ihr angekleidet seid, dann bringe ich Euch zu den Hoheiten. Ich warte so lang draußen im Gang auf Euch, wenn es Euch recht ist.«

Alsi-Jatha bedankte sich.

Als Alsi-Jatha wenig später angekleidet aus der Tür heraustrat, musterte die Elfe sie auffallend. »Ihr seht sehr hübsch aus, in der Kleidung, die Ihr gewählt habt.«

»Danke Melura. Nennt mich bitte Alsi-Jatha und seid nicht so förmlich!«

»Wenn Ihr das wünscht, gerne! Doch nun kommt, man erwartet Euch bestimmt schon.«

Sie erreichten am Ende des Ganges eine hohe Tür, Melura

öffnete sie und gab mit einem Zeichen Alsi-Jatha den Weg in den Raum frei. »Wenn Ihr mich braucht…, setzte Melura an, wurde aber sogleich von Alsi-Jatha unterbrochen. »Ich werde mich melden, sobald ich deine Hilfe benötigen sollte Melura und wie schon zuvor gesagt, lass bitte diese Förmlichkeiten.«

»Wenn du es wünschst und es meinem Prinzen recht ist.« Albarell nickte lächelnd.

Melura lächelte zurück, dann verschloss sie die Tür.

Alsi-Jatha sah sich Albarell alleine gegenüber, der sie mit einer freundlichen Geste und einem *guten Morgen* zu Tisch bat.

Als Alsi-Jatha sich verbeugte, lächelte er verschmitzt. »Findest du nicht, dass wir diese Förmlichkeiten lassen sollten, bei dem was wir schon miteinander erlebt haben? Zumal du, wie mir scheint, selbst auf eine solche nicht bestehst.«

Alsi-Jatha sah in an und nickte verhalten.

»Habe ich dir eigentlich schon gesagt, dass du sehr hübsch bist und du in der Kleidung bezaubernd aussiehst?«

Alsi-Jatha war irritiert, sie wusste nicht was sie darauf antworten sollte. Sie kannte so ein Verhalten, solche Worte und Schmeicheleien ihres Volkes nicht. Wahrscheinlich hätte sie einem ihrer Elfenmänner dafür sogar ins Gesicht geschlagen, hätte er sich hinreißen lassen so etwas zu sagen. Doch bei Albarell wusste sie, dass er es wirklich nur freundlich und ehrlich meinte.

Ellaron kam gerade zur Tür herein. Er nickte Albarell zu und sah dann Alsi-Jatha an, zögerte einen Moment, bis er selbstgefällig hervorbrachte: »Komme ich etwa ungelegen?«

Schon war die Stimmung bei Alsi-Jatha dahin. Sie verzog das Gesicht und warf ihm einen abfälligen Blick zu. »Ist die Frage an mich oder an Euren Prinzen gerichtet, Lichtelf?«, konterte sie ihm und die Stimmung zwischen dem Elfen und ihr, war sogleich gereizt.

»Bei den Göttern!«, stieß der Elfenkönig kurz nach seinem Eintreten hervor, als er in die ungehaltenen Gesichter von Ellaron und Alsi-Jatha sah. »Habt ihr euren Missmut aufeinander immer noch nicht begraben können?«

Alsi-Jatha verbeugte sich. »Verzeiht mir, Hoheit, ich werde versuchen sein Misstrauen und seinen Hass mir gegenüber zu ignorieren. Doch muss ich zugeben, selbst mir als Höhlenelfe fällt es schwer dies zu ertragen! Zumal unser Umgang mit so unfreundlichen Elfenmännern, wie ihm, dann doch eher der Handfesten Natur sind.«

»Ihr Höhlenelfen nehmt wohl kein Blatt vor den Mund!«, entkam es Ellaron daraufhin.

»Oh Ihr verblüfft mich, Ellaron! Habe ich etwa Eure zarte männliche Lichtelfenseele mit meinen wahren Worten verletzt. Ich wusste nicht, dass ein so von sich eingenommener Elf überhaupt über derartige Gefühle verfügt! Langsam beginne ich jedoch zu verstehen, warum mein Volk euch Lichtelfen für arrogant und überheblich hält. Sie sind bestimmt nur auf solche getroffen, wie Euch!«

Die beiden hatten in ihrem Streit anscheinend schon wieder vergessen, dass sie nicht alleine waren und vor allem, wo sie sich befanden.

Albarell zuckte nur mit den Schultern, als sein Vater ihn kopfschüttelnd ansah.

So hatte der Elfenkönig sich ein gemeinsames Frühstück nun einmal nicht vorgestellt.

»Lasst es doch endlich einmal gut und genug sein!«, hörten sie die verärgerte Stimme des Elfenkönigs. »Vielleicht könnte es möglich sein, dass ihr erst einmal in Ruhe das Frühstück einnehmt, bevor ihr euch weiter mit verletzenden Worten zerfleischt! Das Duell könnt ihr dann gerne nach dem Frühstück und außerhalb meiner Räume fortsetzen, wenn es denn unbedingt sein muss!«

Albarell legte seine Hand beruhigend auf Alsi-Jathas Schulter. Als sie ihn fragend ansah, deutete er nur schweigend auf den Teller, der vor ihr stand. Eine Scheibe frisches, noch warmes Brot lag darauf und ein Stück Käse.

Der König sah Ellaron an. »Ich weiß nicht was in dich gefahren ist, Ellaron, doch dein Verhalten gegenüber einem Gast meines Hauses und als mein Waffenmeister, geziemt sich nicht!«

»Verzeiht, mein König!«

Ellaron sah zu ihr hinüber, sie sah in dem Moment auf, ihre Augen trafen sich. Ellaron rechnete damit Hohn für den Tadel seines Königs in ihren Augen zu sehen. Doch nicht ein Zug davon war in ihrem Blick zu lesen, eher sahen sie traurig aus.

»Eigentlich ist er ein recht freundlicher Elf«, fing der Elfenherrscher unvermittelt an zu sprechen. »Vielleicht noch ein wenig jung und ungestüm, um die Verantwortung zu tragen, die auf seinen Schultern lastet. Jedenfalls hat er seine Aufgaben bis jetzt immer sehr gut bewältigt. Ich denke, ihr solltet einfach versuchen euch ein wenig besser kennen und verstehen zu lernen.«

Das restliche Frühstück verlief ruhig.

Als es beendet war ging der König seinen Pflichten nach. Albarell hingegen hatte vor Alsi-Jatha die Elfenstadt zu zeigen. Er kehrte daher kurz in seine Räume zurück, um sich einen Umhang zu holen.

Auch Alsi-Jatha ging noch einmal in ihre Räumlichkeit, um ebenfalls einen Umhang anzulegen, den ihr Melura hingelegt hatte. Beide waren auf dem Gang zu ihrer Erkundung verabredet.

Als Alsi-Jatha kurze Zeit später aus der Tür trat, hörte sie Albarells Stimme, er sprach mit Ellaron vor dem prinzlichen Gemach.

Alsi-Jatha schloss geräuschlos die Tür, blieb jedoch bei den ersten Worten, die sie von Ellaron vernahm, wie angewurzelt stehen und verbarg sich hinter einer verzierten Säule, da die beiden Elfenmänner sie noch nicht bemerkt hatten. Von dort aus hörte sie mit Bestürzung des Waffenmeisters Worte, der schon wieder bei seinem Prinzen gegen sie hetzte. »Sie ist eine merkwürdige Höhlenelfe, das kann ich dir nur sagen. Albarell, egal was du und dein Vater von ihr halten, ich traue ihr einfach nicht.«

»Ich weiß nicht was deinen Argwohn in dem Maße

hervorruft, mein Freund. Ich kann nur sagen, dass Alsi-Jatha, obgleich sie eine Höhlenelfe ist, mir mein Leben gerettet hat, dass ich ihr traue und sie mag.«

»Albarell, wenn da mal keine dunkle Magie dahintersteckt! Ihre Haut ist heller, ihre Haare nicht grau oder weiß, sondern hellblond, das kommt nicht von ungefähr. Die Augen von Höhlenelfen können nur wenig Sonnenlicht ertragen. Ihre Augen sollten dann wohl auch schmerzen! Doch ihr scheint es nichts auszumachen, wenn sie mit dir jetzt hinausgeht. Da muss einfach eine geheimnisvoll wirkende Kraft im Spiel sein! Wie kann es sonst auch sein?«

»Ellaron, vielleicht ist es wirklich nur ein Gerücht was die Lichtempfindlichkeit von Höhlenelfenaugen angeht, oder ihr Volk ist nicht mehr so lichtempfindlich wie früher. Immerhin entstammen wir den gleichen Ahnen. Doch das alles kann nicht der Grund sein, warum du auf Alsi-Jatha immer so gereizt reagierst. Das sie anders ist als andere Höhlenelfen, das ist mir schon in deren Feste aufgefallen. Sie weiß es selbst und nennt es einen Makel. Ich sehe darin aber wirklich nichts, was uns beunruhigen sollte! Eher das Gegenteil. Du brauchst dich also nicht wundern, wenn mein Vater, unser König, dich dann maßregelt, weil du sie ungerechtfertigter Weise unfreundlich angehst. Um ehrlich zu sein, mein Freund, mir gefällt dein Verhalten ihr gegenüber auch nicht.«

»Diese kleine Höhlenelfe hat dich ganz schön eingewickelt!«, giftete der Elf auf einmal. »Ich möchte nicht, dass dieses Weib dir dein Herz bricht, oder dir Schaden an Leib und Leben zufügt. Ich möchte auch nicht den Augenblick miterleben - wenn du begreifst, dass sie nicht das freundliche Wesen ist, das sie dir vorspielt und auch uns weismachen möchte.«

»Du siehst Geister, mein Freund«, stieß Albarell genervt hervor.

»An die Geister, die ich angeblich sehe, haben einige unserer Lichtelfenbrüder und auch Menschen schon ihr Leben verloren, Albarell. Die Spinne ist das Symbol ihrer bösen

Göttin. Ihre Göttin und dieses Wesen sind ihnen heilig. Sie verbreiten Chaos und Tot, da sie glauben die Göttin vordere Opfergaben, Folterungen und Blutvergießen, um von ihrem Volk gepriesen zu werden. Die Höhlenelfen töten grausam, weil ein solcher Ritualmord in ihrem Irrglauben ihre Göttin ihnen gegenüber angeblich fröhlich und gnädig stimmen soll, da diese sich von der Angst und Schmerz der Geopferten ernährt. Das ist doch verrückt!«, zischte der Waffenmeister wütend.

»Glaubst du das weiß ich nicht? Ellaron, ich war dort und in ihrer Hand. Alsi-Jatha ist anders, auch wenn sie eine von ihnen ist. Ich möchte auch nicht, dass sie dein Gerede hört, denn sie müsste gleich hier erscheinen. Also lass es!«

Alsi-Jatha trat nun offen hinter der Säule hervor. »Dafür ist es zu spät, ich habe es schon gehört!« Sie ging aufgebracht auf die beiden Lichtelfen zu. »Ich danke dir Albarell für deine Fürsprache. Es beweist mir wieder, dass es richtig war dir die Freiheit zu ermöglichen.« Sie sah Ellaron stolz und ernst an. »Was dich betrifft Elf, ist dein Leben mir so unbedeutend wie der Tod einer Fliege im Netz einer unserer Hausspinnen. Wir Höhlenelfen genießen von Kindheit an eine strenge Erziehung. Jeder wird nach seinen Talenten geschult. Mein Lebensweg sah die Ausbildung vor allem als Kriegerin vor, denn ich wurde in der Kampfkunst ausgebildet und vor allem im Schwertkampf. Wenn Du mir noch einmal so kommst, dann werde ich fordern, mit dir die Klinge kreuzen zu dürfen, um meinen von dir erwähnten Höhlenelfischen Blutdurst an deinem Körper mit einer Schwertklinge stillen zu können!«

»Es wundert mich jetzt eigentlich nur, dass du das nicht gleich versuchst!«, gab er ihr mit einem höhnischen Grinsen zur Antwort.

»Im Gegensatz zu dir, auch wenn bei uns die Frauen herrschen, so weiß ich wenigstens in welchen Hallen ich mich hier zu Gast befinde, Waffenmeister!«

»Willst du jetzt über mich spotten, höhlenelfisches Weib?« Ihr Zorn ihm gegenüber wurde noch stärker. Die emotionale Erregung stieg in ihr an, wie eine Welle und wurde zu einem wilden Wirbel von zerstörerischen Emotionen. Das bisschen Wärme das Alsi-Jatha zuvor noch in ihren Augen gehabt hatte, war gänzlich verschwunden. Diese waren mit einer unwahrscheinlichen und tödlichen Kälte erfüllt und auf Ellaron gerichtet, dann wurden ihre Pupillen mit einem Mal rot.

Der Waffenmeister wollte sich ihrem Blick entziehen und dennoch, er konnte es nicht, er fand ihren Anblick sogar betörend. Er setzte zu einer neuen herausfordernden Entgegnung an, doch sie schnitt ihm das Wort mit einer Handbewegung ab. Eine immense Magische Kraft wirkte auf ihn ein.

Ellaron spürte, wie etwas sein Herz zusammenzog und fast zum zerbersten brachte. Er versuchte mit aller Macht ihr zu entkommen, konnte sich jedoch nicht mehr von ihr lösen. Er wurde blass, ging in die Knie, die Augen weit aufgerissen.

So kauerte er vor ihren Füßen auf dem Fußboden, während sie aufrecht vor ihm stand und auf ihn mit mitleidlosem Blick hinabsah.

Wut ist kein guter Freund, wenn sie die Kontrolle übernimmt, schoss es durch ihre Gedanken. Sie schaffte es, ihr Bedürfnis ihm etwas anzutun, unter Kontrolle zu bringen. Als sei nichts geschehen, wand sie sich an Albarell, der sie erschrocken ansah, weil er nicht eingreifen konnte, um seinem Freund zu helfen, da auch er in der Macht ihrer Magie gefangen war. »Du wolltest mir doch Eure Stadt zeigen? Wir sollten vielleicht dazu aufbrechen, Albarell!«, sagte sie in freundlichem Ton und ließ in dem Moment ihn und Ellaron frei.

Ellaron stürzte, sich mit der Hand an sein Herz fassend der Länge nach hin, rappelte sich dann jedoch wieder auf und starte sie entsetzt an. Es fiel ihm sichtlich schwer, seine Verzweiflung über das gerade erlebte und seine Verwirrung zu verbergen.

»Du siehst mich untröstlich, aber diese Erfahrung, denke ich, die war für dich von Nöten, Lichtelf.«

Er spürte immer noch ihre Kraft. Diese war ein dunkles

Geheimnis, das ihrem Willen Stärke verlieh, um in die Seelen und den Geist anderer einzudringen. Diese Macht, die sich gerade entfesselt hatte und so sehr über das übliche Maß einer Höhlenelfe hinauszugehen schien.

Mit den Worten: »Waffenmeister, du solltest mich nicht noch einmal dazu zwingen. Ich beherrsche weder die Magie noch die Freigabe so richtig gut! Mir fehlt da noch die Übung, um mit dieser Gabe bewusst zu arbeiten!«, drehte sie sich um, ging ruhigen und gemessenen Schrittes den Gang entlang.

Doch nicht wie Albarell erst dachte, in Richtung Ausgang, sondern auf das Arbeitszimmer seines Vaters zu.

Albarell sah seinen Freund an.

Ellaron sah ihr nur schweigend nach, keiner Regung fähig, bis er sich unwirsch mit den Fingern durch die Haare fuhr.

»Alles in Ordnung mit dir, Ellaron?«

»Ja!«

»Wirklich?«

»Ja, los geh ... schon, nicht dass sie deinem Vater oder einem anderen von uns noch etwas antut!«

»Ellaron«, fuhr Albarell auf, »reicht dir eigentlich immer noch nicht, zu was du sie eben gebracht hast?«

Der Prinz ließ seinen Freund nach diesen Worten kopfschüttelnd stehen.

Als Albarell Alsi-Jatha einholte, fragte er: »Alsi-Jatha, was ist los mit dir, war das nötig?«

»Ja ich bin mir sicher, dies war es! Es ist eine große Herausforderung für mich, ihm nicht den Hals umzudrehen. Doch dir gegenüber tut es mir ausgesprochen leid. Ich entschuldige mich bei dir für mein Verhalten eben. Sollte es eine Bestrafung für dieses Handeln meinerseits bedürfen, so werde ich sie ohne wenn und aber von deinem Vater annehmen. Selbst, wenn es bedeuten würde euch noch in dieser Stunde verlassen zu müssen«, fügte sie leise hinzu. »Albarell wir müssen was eben geschehen ist, deinem Vater mitteilen.«

»Alsi-Jatha das wird nicht von Nöten sein!«

Sie schüttelte den Kopf. »Wenn du es nicht willst, ich werde es ihm selbst sagen, denn ich möchte Eure Gastfreundschaft nicht ausnutzen. Auch werde ich deinen Vater, Euren König, nicht hintergehen!«

»Gut, gehen wir zu ihm, wenn dir so viel daran liegt!«

Albarell hoffte in dem Moment wirklich nur, dass sein Vater den Übergriff an Ellaron auch verstehen würde. Er klopfte an die Tür und öffnete sie, als er das *Herein* von seinem Vater vernahm.

»Vater, Alsi-Jatha möchte dich dringend wegen eines Vorfalls sprechen!«

»Kommt herein. Was für ein Vorfall?«

»Sag du es ihm, Alsi-Jatha!«, bat Albarell.

Alsi-Jatha begann zögernd: »Ich habe Euren Waffenmeister draußen im Gang eben mit dunkler Magie belegt! Es tut mir leid Hoheit Euch gegenüber, und dennoch nicht für ihn.«

»Albarell mein Sohn, warst du bei dem Zwischenfall dabei?«

»Ja Vater, und ich muss gestehen, Ellaron war zum großen Maße selbst schuld. Er hat wieder Reden geschwungen, die Alsi-Jatha beleidigt und verletzt haben. Er hat es geschafft ein schon randvolles Fass, schlussendlich bei ihr zum Überlaufen zu bringen.«

»Wo ist Ellaron jetzt?«

»Ich nehme an in seinen Räumen, um sich von der Magie, die auf ihn eingewirkt hat, ein wenig zu erholen.«

»Ruf eine der Wachen und lass ihn herholen, mein Sohn!«

Alsi-Jatha stand still und mit gesengtem Haupt da, nachdem sie dem Herrscher der Lichtelfen noch jeder Einzelheit berichtet hatte, die draußen im Gang seines Hauses kurze Zeit zuvor zwischen ihr und seinem Waffenmeister geschehen war. Sie bedauerte vor ihm, zu was sie sich hatte hinreißen lassen. Sie beendete den Bericht mit den Worten: »Es fällt mir schwer die Kontrolle über die Gefühle und die Situation zu behalten. Doch so schnell wie der in mir aufgetretene zerstörerische Impuls der Magie sich regte, so schnell war sie auch wieder unter meiner Kontrolle.«

»Also abgesehen von dem was geschehen ist: du machst Fortschritte zwischen Zwang und deiner Willensfreiheit!«, äußerte Belmon. Ich hoffe nur, das Ellaron dir nicht noch mehr Möglichkeiten bietet, weiteres Wissen in dieser Magie zu erlangen, oder dass du keinen Gebrauch davon machst, sollte es zu einer erneuten Auseinandersetzung kommen. Das Setzen von Zielen ist ein machtvolles Werkzeug im Umgang mit der Magie!« Danach schwieg er.

Die Minuten zogen sich in die Länge, die Stille wurde langsam unerträglich für sie, auch wenn sie an unangenehmere Momente von ihrer Meisterin her gewöhnt war.

Ellaron trat ein. Er räusperte sich ein wenig verlegen, als er die Situation erfasste und das ernste Gesicht seines Königs sah, mit dem dieser ihn bedachte. »Ihr habt mich rufen lassen, Hoheit!« Seiner Stimme war anzuhören, dass er nervös war.

Albarell schloss die Tür und kreuzte die Arme vor der Brust, abwartend, was sein Vater zu Ellaron sagen würde.

»Ich nehme an, du weißt bereits, warum ich nach dir schickte?«

Ellaron schien nachzudenken was er sagen sollte. Sein Gesicht jedoch zeigte keine Regung. Äußerlich sah der Elf aus wie immer, doch glaubte Alsi-Jatha, ein kaum wahrnehmbares Zucken in seinen Augen zu erkennen.

»Ich höre«, begann der König auffordernd.

»Ich nehme an, es geht um das, was diese Höhlenelfe vor kurzer Zeit draußen im Gang mir angetan hat!«, schlussfolgerte er und sah zu Boden.

»Mhm«, seufzte Belmon, was Ellaron darauf schließen ließ, dass er richtig lag. »Sieh mich an Ellaron, wenn ich mit dir rede!«, forderte der König streng. »Waffenmeister Ellaron«, sagte der Herrscher förmlich und kühl, mit einer Stimmlage, die deutlich machte, dass er höchst ungehalten war. »Was sollte das schon wieder?«

Der Elf reagierte erst nicht, aber etwas anderes hätte Belmon auch verwundert ....

»Du brauchst auch nichts zu sagen Ellaron, ich sehe es als Eingeständnis deiner Schuld. Ich glaube auch nicht, dass der Prinz oder unser Gast etwas hinzugefügt haben, das dich bei mir in ein noch schlechteres Licht rücken würde!« Der Elfenherrscher sah nachdenklich zwischen Alsi-Jatha und Ellaron hin und her. Sein Blick wurde durchdringend, als würde er tief in ihre Seelen sehen wollen. »Würdet ihr beide endlich damit aufhören euch so anzufeinden, oder muss ich euch erst gemeinsam in den Kerker werfen lassen?«, fragte er gefährlich ruhig.

Pass auf, was du jetzt sagst!, hörte Ellaron auf einmal eine weiche Frauenstimme in seinem Kopf. *Ich finde die Aussicht überwältigend. Im Kerker ist es schön dunkel und wir wären dort ganz allein!*

Ein belustigtes Lächeln umspielte ihre Mundwinkel, als er Alsi-Jatha verdutzt ansah. Sie wirkte auf ihn wie ein Raubtier, schön, faszinierend und gefährlich in ihrer Magie. Doch was das Merkwürdigste war, er wünschte sich in jenem Moment nichts sehnlicher, als in ihrer Nähe zu sein. Doch er war sich sicher, wenn, dann gehörte sie zu seinem Prinzen, denn er dachte, Albarell liebe sie. Ellaron hatte jedoch auf der anderen Seite große Lust, ihr ins Gesicht zu sagen, was er davon hielt, dass ausgerechnet sie wegen der Sache, die sie nach seiner Meinung verschuldet hatte, zu seinem König gelaufen war, um sie ihm in die Schuhe zu schieben. Doch er schluckte seine erneut aufkommende Wut vorerst herunter.

»Dem, was Ihr berichtet bekommen habt, mein König, dem ist von mir aus bestimmt nichts weiter hinzuzufügen. Ich bin mir sicher, dass es dem sehr nahekommt, was wirklich geschehen ist, zumal Albarell dabei war und hier anwesend ist.«, murmelte er leise. »Es tut mir leid ... Hoheit«, flüsterte er und verbeugte sich. »Es wird nicht wieder vorkommen!«

Alsi-Jatha verbeugte sich ebenfalls vor dem König. Doch sie sandte Ellaron einen weiteren Gedanken: *Ich verstehe, dass du dies aus Loyalität zu deinem König sagst, und zweifele dennoch diese Aussage von dir an! Versprich lieber nichts, was du nicht halten kannst, Lichtelf. Es könnte dir nicht nur von deinem König und deinem Freund, dem Prinzen, Ärger einhandeln.*

»Mir tut mein Benehmen leid, wie ich euch schon sagte, Eure Hoheit! Daher habe ich Euch mein Vergehen auch gemeldet«, sagte sie laut.

Alsi-Jatha wusste jedoch genauso wie der König, dass im Gegensatz zu ihr, Ellaron es nicht aus vollem Herzen ihr gegenüber gesagt hatte, sondern nur aus Loyalität und Liebe gegenüber seinem Herrscher.

»Ellaron du wirst Albarell und Alsi-Jatha bei der Stadtbesichtigung begleiten! Das ist die letzte Möglichkeit für dich, um mir zu beweisen, dass du ein würdiger Waffenmeister bist. Außerdem hätte ich von dir erwartet, dass du mir einen solchen Vorfall meldest, da dir ja unsere Sicherheit so am Herzen liegt, wie du immer wieder betonst. Erst recht, wenn du einen solchen verschuldet hast!«

Ellaron ging plötzlich auf ein Knie. »Eure Hoheit, ich habe Euren Tadel und Euren Befehl sehr wohl verstanden! Es wird nicht wieder vorkommen.«

»Gut, dann geht jetzt, ich habe nämlich anderes zu tun.«

Alle drei verbeugten sich und verließen den Raum.

Die Herausforderung

Albarell richtete seinen Blick auf Alsi-Jatha. »Wir können los.«

»Das ist sehr schön!«, erklärte sie mit einem Lächeln. Sie war bereit, auch wenn sie lieber auf die Begleitung von Ellaron verzichtet hätte, der von der Entscheidung seines Königs selbst natürlich alles andere als begeistert war.

Ohne Zögern ging sie hinaus, in das helle und grelle Sonnenlicht des kalten Wintertages. Der Himmel war blau, keine einzige Wolke war zu sehen. Sie spürte einen Anflug von Glück und lief die Stufen der Palasttreppe beschwingt hinunter. Die Aussicht auf die Stadt, gehüllt in kaltes Weiß und das Schimmern der Schneekristalle, war überwältigend. Die blendenden Reflexionen hüllten die Stadt ein, wie in einen Traum. Es schien ihr, als habe sie gefunden, was sie in der Höhlenelfenfeste immer vermisst hatte.

»Wohin gehen wir?«, fragte sie.

Albarell hörte aus ihren Worten die Aufregung, Spannung und Vorfreude heraus. »Es steht dir frei dorthin zu gehen, wo auch immer du hingehen möchtest, um dir anzuschauen was du sehen willst.«

»Was ist das da für ein wundersamer Turm.«

»Es ist der Kristallpalast. Dort werden mystische Artefakte aus der Vergangenheit aufbewahrt«, erklärte ihr Albarell bereitwillig.

Ellaron der neben den Beiden, mit einer ziemlich düsteren Mine her gegangen war, fing an zu grinsen. »Ich bezweifle, dass Ihr dazu in der Lage währt, dessen Helligkeit im inneren zu ertragen, Alsi-Jatha. Der Turm besteht allein aus wunderkräftigen Kristallen, die alles Dunkle verzehren und selbst eine bösartige Gottheit zerstückeln können«, sagte er.

Alsi-Jatha wusste was er mit seiner provozierenden Äußerung hatte ihr sagen wollen. Aufgrund des gleißenden Lichtes in dem Turm, würden lichtempfindliche Wesen den Aufenthalt dort nicht überstehen. »Ich glaube zu verstehen, was ihr mir damit sagen wollt.« Sie gab mit den nächsten Worten seiner Erklärung jedoch eine andere Richtung: »Der Turm enthält somit machtvolle Hilfsmittel, die bei einer erbittert geführten Auseinandersetzung eingesetzt wurden. Wohl solche, die unser gesamtes Urvolk einst schützten, aber am Ende nicht die Macht hatten unsere heutigen Sippen vor der Spaltung zu schützen.« Alsi-Jatha sah wieder zum Turm hin und sinnierte: »Hätte man es verhindern können? Ich weiß es nicht! Aber meine Bereitschaft etwas zu ändern, die wäre da, wenn ich die Macht dazu hätte.«

»Große Worte, die wohl bei den Euren nie Gehör finden werden«, antwortete Ellaron auf ihre Worte hin.

Diesmal konnte sie ihm nicht böse sein, er hatte nicht abfällig gesprochen und vor allem, er hatte Recht.

Die Elfen, die ihnen begegneten, grüßten die beiden Elfenherrn freundlich, beäugten Alsi-Jatha aber immer wieder mit misstrauischen Seitenblicken.

Eine Elfe stand plötzlich neben ihnen. »Seid mir gegrüßt Prinz Albarell!« Sie verneigte sich leicht. »Ich freue mich auch Euch zu sehen, Waffenmeister Ellaron!« Alsi-Jatha nickte sie mit einem reservierten Blick zu.

Als Ellaron die Elfe lächelnd ansah, wandte sie verlegen ihren Blick ab und errötete leicht.

»Kommt uns doch mal wieder besuchen, Ellaron!«, sagte sie leise. »Ich wünsche einen angenehmen Tag. Dann ging sie ihres Weges.

»Immer dasselbe!«, stieß Ellaron hervor, als die Drei sich ein Stück von der Elfe entfernt hatten und verdrehte die Augen.

Albarell wand sich an Alsi-Jatha und flüsterte verschwörerisch: »In den letzten Jahren hat sich Ellaron zu einem wahren Frauenhelden entwickelt, der schon in so manch peinliche Situation mit der Damenwelt geraten ist!«

Kaum waren sie einige Schritte gegangen und an einer der Staturen stehen geblieben, bei der Albarell Alsi-Jatha erklären wollte wen sie darstellte, da vernahmen sie erneut eine weibliche Stimme hinter sich. »Ellaron, Waffenmeister Ellaron, warte doch!«

Alsi-Jatha drehte sich um und sah eine junge Elfe auf sie zulaufen. Sie hatte goldgelbes langes Haar, das ihr lockig über die Schultern fiel und sie trug ein fliederfarbenes Kleid mit einem goldenen Gürtel um die Hüfte.

Als die Elfe die Drei erreicht hatte, schien es so, als wenn ihr Prinz und Alsi-Jatha für sie jedoch Luft wären. Denn sie redete ohne Umschweife und ohne zu grüßen, auf den Waffenmeister ein. Das noch zwei weitere Personen neben dem Waffenmeister existierten, das schien sie nicht im Geringsten zu interessieren.

Verzweifelnd versuchte Ellaron sich, aus der von ihr festhaltenden Hand zu befreien. »Silmenia, lass mich doch bitte los, ich habe keine Zeit. Du siehst doch, ich bin mit Prinz Albarell und einem Gast des Königs unterwegs!«

Silmenias Blick wanderte plötzlich zum Prinzen hinüber. Sie neigte endlich ihr Haupt. »Prinz Albarell, oh' verzeiht, ich war einige Tage bei meiner Tante und so erfreut den Waffenmeister zu sehen, dass ich mein Benehmen ganz vergessen habe!« Sie lächelte zuckersüß, um dann Alsi-Jatha erstaunt anzuschauen. »Wer ist das denn?«, entfuhr es ihr und sie zog die Nase kraus.

»Ich bin Alsi-Jatha, eine Höhlenelfe und wie der Waffenmeister erklärte, ein Gast Eures Herrscherhauses«, gab ihr Alsi-Jatha zur Antwort, da keiner ihrer Begleiter Anstalten machte sie vorzustellen.

Es dauerte einem Moment, bis die Elfe verstand, dass sie sich nicht verhört hatte. Sie wurde noch ein wenig blasser, als ihre elfenbeinfarbene Haut schon war. Sie schnappte hörbar nach Luft. »Bei den Göttern, eine Höhlenelfe bei uns und auch noch frei!«

Die Elfe wollte gerade noch zu einem weiteren

Wortschwall ansetzen. Alsi-Jatha ließ sie jedoch nicht zu Worte kommen und wandte sich an Ellaron: »Ich weiß Waffenmeister, Ihr hättet da noch eine Aufgabe Eures Königs zu erfüllen!« Ein leicht sarkastischer Unterton lag in ihren Worten, als sie fortfuhr: »Doch sollte diese hübsche Elfe meinetwegen nicht von Euch ferngehalten werden. Ihr könnt also gerne gehen, wenn euer Prinz es Euch gestattet!«

Albarell stand einigermaßen gelassen da, während Ellaron Alsi-Jatha ansah und eine verdutzte Mine zur Schau stellte.

»Du willst mir wohl eine auswischen, Höhlenelfe?«, zischte er, ohne die Lichtelfe zu beachten. »Wenn du glaubst, ich würde meinen Herrscher heute noch einmal verärgern und dich so an mir rächen zu können, da hast du dich gewaltig verrechnet!«

Silmenia verstand natürlich nicht, worum es ging.

Ellaron wandte sich mit einem freundlichen Lächeln an die Elfe: »Silmenia, es tut mir leid, doch mein König hat mich angewiesen dieser Höhlenelfe die Stadt zu zeigen.«

Silmenia hauchte: »Das ist sehr schade! Aber ich möchte dich nicht von deinen Pflichten fernhalten. Wir sehen uns dann ein andermal!«, und sie entfleuchte mit gesengtem Kopf.

Ellaron sah Alsi-Jatha an. »Ihr scheint mir doch weiterhin in Eurem Hass auf mich, Schaden anrichten zu wollen. Vielleicht solltet ihr Euch auf einem Übungsplatz etwas abreagieren, damit ihr Euch in den Griff bekommt und nicht wie ein Kessel überkocht.«

Alsi-Jatha reagierte anders, als es sich Ellaron vorgestellt hatte. Herausfordernd sah sie ihn an, dann sagte sie mit einer schon fast erschreckenden Gelassenheit und so, dass es alle in der Nähe befindlichen Elfen hören mussten: »Oh Waffenmeister, ich wollte zu der Elfendame nur nett sein. Aber natürlich habe ich den kleinen Übungswaffengang nicht vergessen, den Euer König uns gestern vorgeschlagen hat. Nun gut, wenn Ihr die Schwertübung mit mir schnell hinter Euch bringen möchtet, so kann ich das verstehen. Dann wollen wir doch mal!«

Ein dunkler Schatten legte sich über Ellarons Züge. Er war so wütend, dass er nicht daran dachte, dass sie ihn eben vor allen Elfen, die im Umkreis standen, gefordert hatte und es für ihn bei seinen nächsten Worten kein Zurück mehr gab. »Dort hinten ist der Platz«, stieß er hervor. »Lasst uns also einen Blick darauf werfen, und sollte er Euch zusagen, dort einen Trainingskampf austragen!«

Albarell schüttelte den Kopf, aber es half nichts.

Mittlerweile hatten sie den Trainingsplatz erreicht. Dieser lag in einem von laublosen mit Schnee bedeckten Bäumen und Büschen umgebenen Park, etwas entfernt von den Wohngebäuden.

»Du solltest meine Fähigkeiten nicht unterschätzen, Waffenmeister!«, sagte sie so leise, dass nur er sie verstand. »Wir Höhlenelfen trainieren stets unsere Kampftechnik in Geschicklichkeit und Ausdauer!«, erklärte sie, als sie nach einem der Schwerter griff, die er ihr auffordernd entgegenhielt.

Ellaron schaute sie mit einem merkwürdigen Ausdruck in den Augen an. Er wusste zwar, dass sie mit dem Schwert umgehen konnte, denn das hatte sie dem König gesagt, doch er hätte nie im Traum daran gedacht, dass sie sich wirklich auf einen Waffenkampf mit ihm einlassen würde. Immerhin war er ein Waffenmeister!

Das wird Ärger mit Vater geben!, dachte Albarell und verdrehte die Augen. »Was soll das eigentlich werden?«, begann er. »Wenn das mein Vater erfährt, dann landet ihr beide im Kerker! Ist euch das eigentlich bewusst?«

»Wenn du es ihm sagst, bevor wir anfangen, wird er diesen Kampf auch noch verhindern können. Ansonsten wohl eher nicht!«, äußerte Alsi-Jatha, als sie auf die schneebedeckte Fläche des Übungsplatzes trat.

Sie hob das Schwert und schwenkte es einige Male gekonnt.

Die Waffe war hervorragend und lag gut in ihrer Hand. Sie hob dann auffordernd die Waffe und grinste dem Waffenmeister mit einem schon fast höhnischen Lächeln entgegen und neigte den Kopf zum Gruß. »Bereit zu verlieren, Waffenmeister Ellaron?«, fragte sie ihn herausfordernd.

»Du auch, Höhlenelfin?«, fragte er, sich sehr siegessicher.

»Wir werden sehen wer von uns besser mit der Waffe ist!«, antwortete sie gelassen.

Einige Elfen, Elfinen, darunter auch die Krieger der Waldwache von Ellarons Trupp, hatten sich mittlerweile am Kampfplatz eingefunden und sahen zu, was dort gerade geschah.

Die beiden Kontrahenten begannen sich zu umkreisen. Schätzten lauernd ihren Gegner ab und ließen sich dabei nicht aus den Augen.

Irgendwann konnte sich Alsi-Jatha nicht mehr zurückhalten: »Komm endlich, oder traust du dich nicht mich anzugreifen?«, und sie hob das Schwert über ihren Kopf.

»Nun gut!«, erklärte Ellaron gelassen. »Dennoch gebe ich dir eine letzte Chance, Höhlenelfin. Du kannst dich immer noch freiwillig vom Kampf zurückziehen!«

»Dafür und für deine Bedenken ist es jetzt zu spät Lichtelf! Eine Forderung ist eine Forderung, eine solche Ausgesprochen, gibt einem der Ehre wegen nicht mehr die Möglichkeit ein Unterlassen zu verlangen! Jedenfalls nicht wenn man eine solche als Höhlenelfe ausgesprochen hat. Mir drängt sich gerade jedoch der Verdacht auf, dass ihr Euch Eurer Sache nicht mehr so sicher seid«, höhnte sie. Alsi-Jatha hielt das Schwert mit der Spitze nach oben vor ihr Gesicht und verharrte abwartend in dieser Position.

Ellaron wurde das Ganze mit einem Mal selbst zu dumm. Der Waffenmeister der Lichtelfen machte einen schnellen Satz nach vorn und ging somit zum Angriff über.

Es entwickelte sich ein kurzer, harter Kampf, bei dem im Schlagabtausch Klinge auf Klinge traf, so dass die Funken stoben.

Alsi-Jatha probierte geschickt und spielerisch einige Attacken aus, um herauszufinden wie Ellaron diese konterte. Sie spielte mit ihm, tat so, als ob sie zeitweise an Kraft verlor.

Ellaron war von sich so eingenommen, dass er nicht einmal merkte, was sie vorhatte.

Auf einmal vollführte Alsi-Jatha eine Attacke nach der anderen, die eine stärker als die zuvor, und brachte ihn damit ganz gewaltig in Schwierigkeiten. Ellaron musste um einige Schritte zurückweichen. Der Waffenmeister verlor einmal fast sogar sein Schwert und man hörte das erschrockene Aufstöhnen der Umstehenden.

Selbst Albarell war erstaunt, als er Alsi-Jathas Ausgeglichenheit zwischen Präzision und Konzentration erkannte. Er bemerkte auch, dass sie oftmals einen Schlag abblockte und dann seinen Freund lediglich mit der Breitseite ihres Schwertes berührte. Hätte sie die Klinge richtig eingesetzt, hätte Ellaron schon einige Wunden davongetragen.

»Unser Waffenmeister hat sehr schlechte Karten gegen sie!«, hörte Albarell seinen Vater auf einmal neben ihm sagen. Er zuckte regelrecht zusammen und war erstaunt, dass sein Vater und König so ruhig blieb.

»Willst du das nicht verhindern Vater?«, fragte er daher.

»Nein, das will ich nicht! Ich glaube einfach, dass es besser ist, dass die Beiden das hier austragen. Ich hatte es ihnen selbst schon vorgeschlagen.« Ein seltsames Grinsen umspielte seine Augen. »Wie ich das sehe, ist unser Waffenmeister gerade dabei einen Lehrgang der Kampfkunst der Höhlenelfen zu erhalten. Alsi-Jatha ist zu seinem Glück jedoch nicht auf sein Blut aus, denn sonst hätte er schon verloren. Sie spielt gekonnt mit ihm!«

»Gibst du auf?«, fragte Alsi-Jatha ein wenig schneller atmend als sonst.

»Wenn …, wenn du glaubst, … dass ich dies tun werde, … da irrst du dich!«, schnaufte Ellaron.

»Ach, wirklich? Die Zeit vermag einem so vieles zu lehren.«

Sein gerade noch aufgesetztes arrogantes Lächeln gefror, als er ihr aus verwunderten Augen einen fragenden Blick zuwarf.

Mit einem spöttischen Grinsen sah sie ihn an. »Sogar einem hochnäsigen Waffenmeister, wie dir, kann noch etwas beigebracht werden! Ich bin sicher, ein Lichtelf wie du, er wird das Ende eines solchen Kampfes und seiner Niederlage mit Würde tragen.«

Der Stolz dieses Elfen würde ein wenig von ihr verletzt werden, aber vielleicht würde das auch dazu verhelfen, dass er sein Denken gegenüber ihr ein wenig verändern würde. Sie nahm einen kurzen Anlauf, sprang über ihn hinweg, drehte sich, als sie hinter ihm zu stehen kam geschwind um ihre eigene Achse, und hielt dem Waffenmeister von hinten die Klinge an die Kehle. »Gibst du jetzt auf, Waffenmeister der Lichtelfen?«, fragte sie.

Ellarons Körper versteifte sich, sie konnte seine Anspannung regelrecht spüren.

Er wusste, es gab kein Entrinnen, so ließ er sein Schwert los, das darauf unsanft im Schnee landete. »Ja verdammt! Ja, ich gebe auf!«, zischte er.

»Weißt du Waffenmeister, was Aufgeben bei uns Höhlenelfen bedeutet?«, sagte sie mit einer Kälte in der Stimme, dass nicht nur ihm, sondern allen Elfen, die um den Kampfplatz standen, das Blut in den Adern gefror.

Alle Anwesenden warfen sich fragende und skeptische Blicke zu.

Er schüttelte vorsichtig den Kopf.

Eine leise ruhige Stimme erschallte in dem Moment in seinem Verstand: *Ich versichere dir, ich bin dazu fähig, dein Leben zu beenden, ohne Rücksicht auf das meine zu nehmen. Ich vergieße dein Blut auf Verdei und Verderb, wenn du mit deinem herablassenden Gerede gegenüber mir und meinem Volk nicht aufhörst, Ellaron. Ich lass mir von dir nicht nehmen, was ich mein Leben lang gesucht und hier gefunden habe!* Doch laut erklärte sie: »Ein Kämpfer, der sich ergibt, der wird bei unserem Volk zum Eigentum des Siegers!

Das solltest du zuerst einmal wissen, Waffenmeister.« Sie drückte ihm die Klinge ihrer Waffe noch ein wenig fester gegen die Kehle, ohne ihn jedoch dabei zu verletzen. »Der Sieger hat bei uns das Recht mit dem Besiegten zu tun was er will. Er hat das Recht ihn zu versklaven, zu foltern und ihn, wenn er genug von ihm hat, der Göttin als Opfer darzubringen! Wenn hier bei Euch das Gesetz unseres Volkes gelten würde, dann gehörtest du jetzt mit Leib und Seele mir, Elf!«

Ellaron spürte seinen eigenen inneren Aufruhr, sie beunruhigte ihn und dennoch – es war eine nicht auszudrückende Anziehung, die er Alsi-Jatha gegenüber erneut empfand. Sie beunruhigte ihn mit ihrer Magie, doch berührte ihn das Gefühl ihrer Nähe so sehr, dass er bereit war es darauf ankommen zu lassen. *Wie weit wird sie gehen?*, dachte er.

Sie wollte ihren Arm mit dem Schwert wegnehmen und ihn freigeben.

Ellaron holte tief Luft: »Tu das nicht Höhlenelfe, ich nehme mein Wort des Ergebens hiermit zurück. Denn es spielt für mich keine Rolle mehr. Ich habe in meinem Zorn auf dein Volk den Fehler gemacht, dich zu fordern und versagt. Ich habe meinen König damit in seiner Gastfreundschaft entehrt. Ich habe keine Angst vor dem Tod, tu es, töte mich!«

»Alsi-Jathas Augen verengten sich zu schmalen Schlitzen. *Was versuchte er da gerade?*, fragte sie sich. *Hält er mich für so unüberlegt und dumm?* Sie antwortete ihm jedoch wohlüberlegt: »Es steht uns beiden nicht zu, hier die Entscheidungen und die für uns gewählten Wege unserer Götter in Frage zu stellen. Erst recht steht es uns nicht zu, gegen die Gesetze eures Königs und eurer Sitten zu handeln!« Sie nahm das Schwert von seiner Kehle. »Wären wir jedoch im Reich der Höhlenelfen und beide genau an dieser Stelle des Kampfes angelangt, dann würde dein erstes Wort nur von Bedeutung sein. Du wärst mein Sklave, ob dir dies gefallen würde oder nicht! Und glaube mir, die Rücknahme deines Wortes, aus Angst vor den Konsequenzen gefoltert zu werden und Schmerzen erdulden zu müssen, die würdest du dafür sehr teuer bezahlen.«

Ellaron drehte sich langsam zu ihr um. Einen Moment lang starrte er sie regelrecht an, dann wurde sein Blick auf einmal prüfend, sogar fast herausfordernd. »Was würdest du mit mir tun?«

Ihre Augen verengten sich zu Schlitzen. »Das möchtest du jetzt nicht wirklich wissen, Ellaron von den Lichtelfen! Zwing mich also nicht deinen König zu bitten, dieses Gesetz meines Volkes der Gastfreundschaft wegen zu achten und dich, da du den Kampf verloren hast, in meine Hand zu geben!« Sie konnte es nicht fassen, was er da gerade tat und doch schöpfte sie eine Hoffnung, die Hoffnung, dass sie es geschafft hatte seinen so tiefsitzenden Argwohn mit diesem Kampf bezwungen zu haben. »Wir könnten bestimmt auch einiges voneinander lernen«, fuhr sie fort. »Wir sind zwar keine Freunde, doch ich bin auch kein Feind deines Volkes und auch nicht der deine. Begreife dies endlich! Auch wenn unsere Sippen seit Jahrhunderten verfeindet sind. Ich, Alsi-Jatha von den Höhlenelfen, trachte hier keinem von euch Lichtelfen nach dem Leben!«

»Das war nicht schlecht gesprochen, Alsi-Jatha von den Höhlenelfen!«, erklang des Königs Stimme ruhig.

»Vielen Dank, Hoheit!«, sagte sie und machte dabei ein verdutztes Gesicht.

»Seit stolz auf Euch Alsi-Jatha, Ihr habt einen meiner besten Krieger in diesem Übungskampf bezwungen und dies nicht nur mit der Klinge, sondern auch mit Euren Worten.« Der Elfenkönig blinzelte ihr zu, dann lächelte er. »Ich wäre wahrlich betrübt darüber einen guten Krieger zu verlieren! Doch ich überlege gerade, ob ich wegen Eures Sieges und der Gastfreundschaft euch meinen Waffenmeister vielleicht doch für eine Bestrafung überlassen sollte. Eine solche gebührte ihm nämlich, da er schon zum wiederholten Male euch gegenüber und gegen meinen Willen, meine Gastfreundlichkeit missachtet hat!«

»Das kann ich nicht akzeptieren, Hoheit! In dem Fall, das

es zu dem Kampf kam, daran bin ich selbst nicht ganz unschuldig«, sagte sie mit leiser Stimme. Lächelnd reichte sie dem Elfenherrscher das Schwert.

Er überging ihr Eingeständnis. »Ach wirklich, könntet Ihr das nicht?«, er zog die Augenbrauen nach oben. »Dann behaltet als Gabe für Euren Sieg dieses Schwert, denn Ihr versteht es so gut zu führen, als sei es für euch gemacht!« Belmon reichte ihr den Gurt mit dem Schwertschutz, der zu der Waffe gehörte.

»Hoheit, diese Gabe nehme ich gerne von euch an! Ich danke Euch auch für Euer Vertrauen!«

Sie ging zu Albarell hinüber und legte den Schwertgurt an.

»Der Umgang mit diesem Schwert ist wesentlich einfacher, als der mit deinem Freund dem Waffenmeister, Albarell!«, sagte sie.

Leise und verhalten lachten auch einige umstehende Lichtelfen, da diese ihre Worte vernommen hatten.

Albarell schmunzelte: »Da kann ich dir nur Recht geben, meine Freundin. Kann ich dir jetzt den Rest unserer Stadt zeigen?«

»Gern!«

Sie sah zu Ellaron hinüber, der gerade sein Schwert aus dem Schnee fischte und mit gesenktem Haupt auf seinen König zusteuerte. Man sah, er hielt förmlich seinen Atem an, da er mit einem gewaltigen Donnerwetter von seiner Hoheit rechnete.

Ihr Blick ging zum König hinüber. »Wenn Waffenmeister Ellaron endlich herbeikommt, dann können wir auch los!«, meinte sie.

Der König nickte und wand sich dann an Ellaron. »Ellaron, unser Gast wartet auf meinen Waffenmeister. Wir sprechen uns später noch!«

»Ja mein König!«, sagte Ellaron mit einer tiefen Verbeugung und folgte den Beiden.

Ellaron hatte sie nach einigen Schritten auch schon eingeholt.

Albarell sah ihn auffordernd an.

»Es tut mir leid!« fing der Lichtelf an. »Ich weiß, ich habe keinen guten Eindruck auf Euch, mit meinem Verhalten gemacht.«

Albarell machte eine skeptische Mine. »Ich bin mal gespannt, wie lang der Waffenstillstand zwischen euch anhält?«

Ellaron sah seinen Freund empört an, welcher leicht grinste.

»Es ist nicht so, als würde ich mich auf ein weiteres Kräftemessen von euch nicht freuen! Denn es ist hoch interessant dabei zuzusehen, wie sie dir deine Grenzen der Kampfkunst aufzeigt, Ellaron. Sehr lehrreich das Ganze! Nur Vater wird dann wohl …«, er ließ den Rest des Satzes unausgesprochen.

Alsi-Jatha grinste. »Ja, ich würde mich auch zu gerne wieder auf einen solchen Übungskampf mit Ellaron einlassen. Es wäre natürlich spannender, wenn der offizielle ausgerufene Siegerpreis dann ein gewisser Lichtelf als Sklave wäre!«

Ellarons Gesicht war ausdruckslos, doch sein Kiefer verkrampfte sich bei seinen Worten: »Da ist sie ja wieder, die Ironie, die ich an den Höhlenelfen so hasse. Aber vielleicht sollten wir den König wirklich darum bitten! Ein hervorragender Kampfanreiz, wenn das umgekehrt auch gelten würde. Eine Höhlenelfe als Sklavin zu haben, das wäre bei uns dann mal etwas Ausgefallenes. Ich hätte da jetzt auch schon ein paar fantastische Ideen im Kopf, wie du als meine solche schüchtern und bebend meinem gestrengen Blick begegnest, weil du in meinen Räumen etwas vergessen hast aufzuräumen und dich vor der dir bevorstehenden Strafe fürchtest.«

Er hatte die distanzierte und förmliche Anrede gerade wieder vergessen, was sie nicht störte. »Illusionär und Träumer!«, lachte Alsi-Jatha. »Wenn es für unsere Sklaven nur so einfach wäre, als bei dem kleinsten Fehler vor Angst nur beben zu müssen«, setzte sie hinzu.

Es war später Nachmittag als die Drei zum Palast zurückkehrten.

Mit gebührendem Respekt hatten sich Alsi-Jatha und Ellaron auf einmal unterhalten. Albarell war sehr froh darüber.

Ellaron blieb auf einmal mitten in der Halle stehen, als er den König erblickte. »Eure Hoheit! Ihr wollt jetzt bestimmt mit mir sprechen?«, sagte er und verneigte sich. Mit fieberhafter Spannung harrte er auf die Antwort seines Herrschers.

»Nicht jetzt Ellaron«, antwortete der König, »jedenfalls nicht im Moment! Wie mir scheint, habt ihr einen Weg trotzt eurer Differenzen gefunden, vernünftig miteinander umzugehen?«

»Bis jetzt ist nichts in dieser Angelegenheit mehr vorgefallen, Vater. Aber man sollte den Tag ja bekanntlich nicht vor dem Abend loben«, ulkte Albarell.

Beide, der Waffenmeister und die Höhlenelfe, fixierten den Prinzen mit dunklen Blicken.

Belmon lachte verhalten. »Du solltest meiner Meinung nach, dein Glück lieber auch nicht herausfordern, mein Sohn!«

Fehler und Wut

Der Frühling kam nach einem langen und kalten Winter.

Alsi-Jatha hatte sich bemerkenswert schnell und gut, nach den ersten Schwierigkeiten mit Ellaron, bei den Lichtelfen eingelebt. Der Waffenmeister trainierte mit Alsi-Jatha und Albarell oft die Kampftechnik, Ausdauer und Geschicklichkeit zusammen mit den Kriegern der Waldwache. König Belmon hatte den Wunsch geäußert, als Alsi-Jatha sich eine Aufgabe erbeten hatte, dass sie als Lehrmeisterin an den Übungen teilnehmen sollte. Nicht, dass die Krieger schlecht im Kampf waren, ganz im Gegenteil, dennoch; der Kampfstiel war anders und es konnte nicht falsch sein, auch die Kampftechniken der Höhlenelfen zu kennen, wenn es denn einmal zu einem kriegerischen Akt gegen diese kommen sollte.

Ellaron und Alsi-Jatha respektierten sich, da es der König gefordert hatte, mehr aber auch nicht. Es kam jedoch auch immer wieder zu kleinen Wortgeplänkeln zwischen den beiden so ungleichen Elfen, doch wenigstens zu keiner offenen Auseinandersetzung mehr.

Die Krieger der Waldwache hatten dagegen bald jeglichen Vorbehalt gegenüber Alsi-Jatha verloren, sie übten sogar gerne mit ihr.

Natürlich kämpften auch Alsi-Jatha und Ellaron während der Übungseinheiten gegeneinander. Nur im Gegensatz zu den Kriegern, war Alsi-Jatha gegenüber ihm nicht gerade zimperlich. Wenn es darum ging, ihm ein paar Schläge mit der Schwertseite zu verpassen und wann immer sie dazu die Möglichkeit hatte, ihm zu zeigen was sie konnte, dann tat sie dies. Es ärgerte Ellaron innerlich immer wieder.

Auch jetzt wieder umso mehr, als er den Kampfübungen zwischen ihr und seinen Kriegern zusah.

Einer der jüngeren Krieger seiner Waldwache stand auf dem Übungsplatz und wog sein Schwert in der Hand.

»Zeig mir mal, was du kannst!«, gebot Alsi-Jatha gerade diesem.

Sonariell nickte und begann damit, sich auf den Angriff zu konzentrieren. Kein Luftzug regte sich. Eine spürbare Spannung erfüllte den Kampfplatz. Eine Weile verharrten die beiden Kämpfer noch vollkommen regungslos, als zögerten sie. Das Gesicht des jungen Elfen wirkte fast versteinert, so als machte er sich Sorgen zu unterliegen, und sich somit vor den Kameraden und seinem Waffenmeister zu blamieren.

Sonariell zögerte wirklich, denn er wusste nur zu gut, seine Gegnerin war eine hervorragende Kämpferin. Die Stirn unter seinen blonden Locken war mittlerweile in tiefe Falten gelegt, seine Augenbrauen hatten sich zusammengezogen und seine Lippen waren fest aufeinandergepresst, doch seine Haltung wirkte weiterhin aufrecht und unbeugsam. Als er seinen Blick auf Alsi-Jathas Gesicht lenkte, die ihn lächelnd und herausfordernd ansah, entspannten sich seine Züge ein wenig. Diese wurden weicher, und ein Lächeln trat ebenfalls in seine Augen; doch er zeigte nach wie vor keine Regung.

Alsi-Jatha seufzte leise und schüttelte den Kopf. »Wenn du so weitermachst, Sonariell, dann stehen wir morgen noch hier! Ich sagte: »Zeig mir mal, was du kannst; Ich meinte damit, du solltest versuchen mich anzugreifen.«

Er straffte sich - grinste und konterte. »Seit wann bestimmt der Feind, wann sein Gegner anzugreifen hat?«

»Willst du mir jetzt vielleicht weiß machen, dass diese Taktik von dir wirkungsvoll sein soll, wenn wir den Angriff üben wollen, und zwar den deinen?«

»Na dann, verteidige dich Alsi-Jatha!«, rief er.

Der Lichtelf stürmte auf sie zu. Scheppernd traf Stahl auf Stahl.

Sonariell, wankte ein wenig, wich ein Stück zurück.

Alsi-Jatha setzte ihm ohne Pause nach und trieb ihn mit mächtigen Schwerthieben vor sich her und über den Übungsplatz.

Das war genau das was er befürchtet hatte. Einzig die Erfahrung als Waldwache und die Übungen mit seinem Waffenmeister bewahrten ihn davor, gleich kapitulieren zu müssen. Doch der nächste Streich von ihr hieb ihm das Schwert aus der Hand und schleuderte es fort.

»Verdammt, verdammt ich wusste es! Du bist einfach zu gut«, stieß er resigniert hervor, als sie ihm die Klinge spielerisch auf die Brust setzte.

»Es reicht für heute!«, sagte Alsi-Jatha und nahm ihr Schwert von seiner Brust und steckte es in ihren Schwertgurt zurück. Sie machte drei Schritte, während Sonariell ihr nachsah, bückte sich, hob sein Schwert auf und reichte es ihm. »Dennoch ..., nicht schlecht!«, sagte sie. »Wir werden das mit der Anpassung an die Folgeaktion in den nächsten Tagen noch ein wenig miteinander üben. Wenn der Gegner schnell auf Euch zukommt, bietet es sich gegebenenfalls an einen Schritt nach hinten zu machen. Diesen allerdings auch nicht zu groß, um in der Stichdistanz zu bleiben. Oder man bleibt am Platz, um einen Wechselschritt zu vollführen.«

Ellaron glaubte seinen Ohren nicht zu trauen. Als er zuvor nach einem wirklich harten Kampf sein Schwert verloren hatte, da hatte sie ihm ihres mit der Breitseite über den Rücken gezogen und ihn darauf hingewiesen, dass er jetzt eigentlich seiner Unsterblichkeit beraubt war.

Er verschränkte die Arme vor der Brust, trat einige Schritte näher. »Messen alle Höhlenelfen mit zwei Maßen?«

»Wenn es darum geht, ob ein Übungsgegner etwas schon können sollte, dann ja, Waffenmeister?«, mit diesen Worten ließ sie ihn stehen und ging davon.

Als Ellaron am nächsten Tag zum Frühstück erschien, da war Alsi-Jatha schon im Raum. Er steuerte auf den Tisch zu, nahm auf einem der Stühle ihr gegenüber Platz. Sein Gesicht zeigte eine seltsame Härte. »Guten Morgen!«

»Guten Morgen, Ellaron!«, sagte sie mit einem Grinsen, »Hast du gut geschlafen oder haben dich die Blutergüsse, die du von mir geerntet hast, wieder einmal gequält?«

»Vielen Dank, Alsi-Jatha, diese Bemerkung am frühen Morgen ist ja mal wieder fantastisch!« Er ließ die Scheibe Brot, die er ergriffen hatte aus der Hand fallen, erhob sich vom Stuhl. Stützte sich mit beiden Händen auf die Tischkante, schenkte ihr einen wütenden Blick, drehte sich um und lief aus der Tür hinaus.

»Ellaron, was ist los?«, rief sie ihm nach. Doch der Elf antwortete nicht. »Warte doch!« Sie folgte ihm und sah ihn in Richtung des Ausganges des Palastes laufen. Sie beschleunigte ihre Schritte und als sie ihn fast erreicht hatte, fragte sie erneut: »Was ist los mit dir?«

»Ich muss ... über einiges nachdenken!«, schrie er sie fast an.

»Willst du mir nicht endlich sagen, was mit dir los ist?«

Er blieb ruckartig stehen. »Ich wollte nicht, dass ich im Speisesaal des Königs wieder einmal deinetwegen meine Beherrschung verliere, verstehst du! Das ist alles!« Mehr sagte er nicht, drehte sich um und setzte seinen Weg fort.

Sie beschloss es nicht dabei zu belassen und folgte ihm auf dem Fuß. Ellaron beachtete sie jedoch nicht und machte sich auf in Richtung Trainingsplatz.

Dort angekommen begann er mit einem Übungsbogen auf eine der Strohscheiben zu schießen. Er traf die Zielscheibe genau in der Mitte.

»Du bist gut darin. Du hast ein sehr geschultes Auge!«, sagte sie lobend, um das Gespräch wieder mit ihm aufzunehmen.

Ellaron schluckte nur, auch wenn es ihm schwer viel seine Wut nicht einfach herauszulassen. Doch eine Antwort bekam sie von ihm nicht.

Sie versuchte es dann eben anders. »Wie viele Feinde hast du eigentlich so schon besiegt?«, fragte sie.

»Jegliche, ob mit Schwert oder Bogen, habe ich bezwungen, die mir feindlich gesonnen waren! Ein anderer hatte gegen mich in den letzten Jahren nie eine Chance, außer DU. Du und Deine Tricks! Deine Fertigkeiten, Höhlenelfe, sind beachtlich! Du scheinst bei den Höhlenelfen im Schwertkampf einen ausgezeichneten Lehrmeister gehabt zu haben. Ihr Name war wohl Hinterlist?«

»Was bitte hat ein Übungskampf zwischen uns mit Hinterlist zu tun?«

»Den Gegner im Glauben zu lassen, man sei geschwächt, hat sich als gute Strategie erwiesen, auch wenn es feige in meinen Augen ist. Und bei mir hatte es mit deiner Hinterlist auch wunderbar funktioniert, nicht wahr!«, seine Augen funkelten sie wütend an. »Warum bist du mir eigentlich gefolgt?«, fuhr er sie an. »Wieder einmal, um mich erneut zu verhöhnen und zu verspotten?«

Ihre schmalen schräg stehenden, grünen Augen fixierten ihn. Sie durchbohrte ihn beinahe mit ihrem verständnislos fragenden Blick.

Emotionen und gekränkte Gefühle stiegen erneut schmerzhaft in ihm auf. Er versuchte sich gegen seinen aufkommenden Zorn zur Wehr zu setzen, doch es gelang ihm nur schwer. Ein ihm unbekanntes Gefühl ergriff Besitz von ihm. Er kam sich vor, wie ein in die Enge getriebenes Tier, das gleich seinen eigenen Gefühlen zum Opfer fallen würde und nicht mehr Herr über sich selbst und der Lage war. Ihr Spielchen, ihm immer wieder zu zeigen, dass sie die Stärke hatte, gegen ihn standzuhalten und ihn das immer wieder spüren zu lassen, trieben ihn fast um den Verstand. Sie brachte erneut Wut und Misstrauen in ihm zum Aufwallen, so stark wie er diese nie gekannt hatte und es erschreckte ihn, dass er so empfand. Und dennoch, was er noch in sich deuten konnte, waren Emotionen, die ihn überwältigten, wenn er dann das Gefühl hatte sie Küssen und in die Arme ziehen zu müssen. Immer mehr überkam ihn das Gefühl, die Kontrolle über sich selbst zu verlieren. Doch er war ein Lichtelf und sie ein verhasstes Höhlenelfenweib. Er dachte an seine Eltern! Ihre Sippe hatte sie gemeuchelt. Er versuchte sich zusammenzureißen und sich nichts von seinen Gedanken anmerken zu lassen. Doch er schaffte es nicht, seine Beherrschung gänzlich wieder zu finden. Er holte tief Luft. »Du solltest lieber verschwinden, Höhlenelfin, bevor ich mich noch an dir vergesse und dir deinen verdammten Hals umdrehe!«, fauchte er sie an.

Alsi-Jatha stand da und sah ihn aus ihren Mandelaugen an und verstand nichts mehr.

Ellaron war so in Rage, dass er auf einmal keinen klaren Gedanken mehr fassen konnte. Ihr Spiel, das konnte er auch. Mit einer plötzlichen Attacke in solcher Geschwindigkeit, dass sie nicht mehr reagieren konnte, da sie mit keinem körperlichen Angriff von ihm gerechnet hatte, stieß er sie mit beiden Händen einfach von sich weg.

Alsi-Jatha verlor das Gleichgewicht, stolperte ein paar Schritte zurück, verlor den Halt und stürzte rücklings mit dem Kopf gegen die Umrandung des Kampfplatzes. Benommen rutschte sie zu Boden und blieb liegen.

Ellaron hatte sich längst umgedreht, um Distanz zwischen ihr und sich zu schaffen und lief einfach mit schnellen ausladenden Schritten vom Platz.

Als er sich mit den Worten noch einmal zu ihr umdrehte: »Nehme dich ja in Acht...« Er runzelte die Stirn, da er sie am Boden liegen sah. »So ein Mist!«, knurrte er, verharrte für einen kurzen Moment. Es war früh und niemand in der Nähe. Er nahm sich zusammen und lief dann zurück auf den Platz. Er kniete neben ihr. »Alsi-Jatha!?«

Die unerwartete Wärme in seiner Stimme, verwunderte sie.

Er half ihr auf, als sie versuchte sich alleine aufzurappeln. Er hielt sie fest, da sie schwankte und fast wieder zu Boden fiel. Er ließ sich mit ihr langsam wieder auf die Knie sinken. »Was ist los?«, fragte er.

Langsam hob sie ihre Hand an den Hinterkopf. Als sie diese wieder wegnahm und ihm die Hand vor das Gesicht hielt, war die Handfläche rot von ihrem Blut. »Diesmal hast du ... gewonnen!« Sie verdrehte die Augen und sank in seinen Armen bewusstlos zusammen.

Er hob seine Hand zu ihrer Wange, strich darüber und

hauchte: »Das wollte ich nicht!« Er hob sie auf seine Arme und trug sie zurück zum Palast.

Er brachte sie in seine Räumlichkeiten, packte sie in sein Bett und kümmerte sich erst einmal um die stark blutende Wunde.

Er beugte sich zu ihr. »Komm zu dir«, flüsterte er und in seinem Blick lag etwas Flehendes.

Da sie nicht zu sich kam und somit die Gefahr einer Gehirnerschütterung oder Schlimmeres, wie die einer Verletzung am Schädelknochen bestand, holte er einen Heiler zur Hilfe.

Der Vorfall war nicht unbemerkt geblieben, so stand Ellaron auch schon kurze Zeit später vor seinem König, um ihm Rechenschaft über das Geschehene abzulegen.

König Belmon war dieses Mal wirklich sehr wütend auf seinen Waffenmeister. Er schüttelte resignierend den Kopf: »Wie soll das nur weitergehen? Was hast du dir nur dabei gedacht, Ellaron?« Der König lief durch den Raum, drehte sich abrupt zu seinem obersten Krieger um. »Respekt, Ellaron! Das hat bis zum heutigen Tag noch niemand gewagt, einen meiner Gäste ohne Grund tätlich anzugreifen und vor allem, so zu verletzen!«

»Wenn es meines vorigen Verhaltens und gewisser Umstände wegen, auf Euch den Eindruck macht, dass ich mich an Alsi-Jatha rächen wollte, so war es nicht meine Absicht sie körperlich zu verletzen, Hoheit. Sie hat eine lose Zunge, versteht es mich damit zu reizen und aus der Fassung zu bringen.«

Belmon sah seinen Waffenmeister erbost an. »Verdammt Junge, was kann Alsi-Jatha dafür was vor Jahren geschah? Deine Eltern wurden von Höhlenelfen getötet, aber sie hat doch nichts damit zu tun, sie ist noch viel zu jung dazu! Ich habe meinen Bruder ebenso durch die Höhlenelfen verloren und erkenn den Unterschied zwischen ihr und denen, die es taten, doch auch. Betrachte du dich für eine Woche unter Arrest gestellt. Dann wirst du vielleicht wissen, wovon ich spreche! Im Moment habe ich das Gefühl, du bist einfach noch zu grün hinter den Ohren und für deinen Posten als Waffenmeister nicht wirklich geeignet.«

Erst als Ellaron verstand, dass er sich nicht verhört hatte, fuhr er sich sichtlich frustriert mit der Hand durch die Haare und schnappte vor Entsetzen hörbar nach Luft. »Wo soll ich den Arrest verbringen?«

»In deinen Räumen.«

»Darf ich gehen, mein König!«, stammelte er. »Ich möchte Alsi-ja… «, weiter kam er nicht.

»Beruhigt Euch bitte, Hoheit«, erklang eine leise Stimme hinter ihnen.

König Belmon drehte sich um und sah Alsi-Jatha sich mit der Hand am Ramen haltend in der Tür stehen.

»Ich glaube, ich trage an der Geschichte größere Schuld als Euer Waffenmeister«, sagte sie. »Ellaron, es tut mir leid, dass ich dich nicht in Ruhe gelassen habe.«

»Was genau meinst du damit?«, fragte Belmon.

Sie holte zitternd Atem. »Ich habe immer wieder versucht seine Schwächen auszuloten und es offensichtlich mit meinem Spott heute beim Frühstück übertrieben.« Sie ließ ihren Blick offen zu Ellarons Gesicht gleiten. »Das mit deinen Eltern wusste ich nicht! Doch jetzt verstehe ich auch, warum du mein Volk und mich so hasst! Auch das mit Eurem Bruder Hoheit, das wusste ich nicht. Bitte Hoheit, ihr solltet also mich für mein unangebrachtes Benehmen an ihm bestrafen und nicht ihn.«

»Lass es gut sein, Alsi-Jatha! Ich gebe ihm auf deine Bitte hin eine allerletzte Chance!«

Für einen Augenblick war alles still. Vor Alsi-Jathas Augen drehte sich alles. Sie hätte liegen bleiben sollen. Ellaron hastete auf sie zu und konnte sie gerade noch auffangen, bevor sie erneut bewusstlos zu Boden ging.

»Alsi-Jatha!«, hörte sie eine scheinbar weit entfernte Stimme durch die sie umschließende Dunkelheit sanft ihren Namen rufen.

Sie bemühte sich ihre schweren Lider zu öffnen. Leise flüsterte sie: »Bist du das Albarell?«

»Nein! Er kommt jedoch bestimmt bald!«

»Ellaron!«, fragte sie dann, denn sie glaubte seine Stimme zu erkennen.

»Ja!«

»Mein Kopf fühlt sich so schwer an«, flüsterte sie, öffnete langsam die Augen und ließ ihren Blick schweifen.

Der Elf saß an ihrem Bett und hielt ihre Hand.

»Du bist wieder ohnmächtig geworden. Du hättest nicht aufstehen, sondern liegen bleiben sollen!«

Sie entzog ihm ihre Hand und fuhr sich übers Gesicht, dann tastete sie langsam nach ihrem Hinterkopf. »Wie lange war ich ohne Bewusstsein?«

»Zwei Tage! Ich war die ganze Zeit bei dir!«, erklärte er, »und Albarell war auch oft hier.«

Alsi-Jatha richtete sich langsam im Bett auf.

»Du hast es geschafft!«, sagte sie leise.

Er wurde stutzig, als Alsi-Jatha ein sehr ernstes Gesicht machte und er etwas wie Trauer in ihren Augen erkannte.

»Was habe ich geschafft? Was meinst du mit … geschafft?«, fragte er.

»Es fällt mir zwar nicht gerade leicht, aber ich werde euch verlassen!«

»Verdammt!«, knurrte er. »Was soll das Gerede von uns verlassen wollen? Wo willst du denn hin? Du wirst schön hier bei uns bleiben, oder glaubst du, ich werde mir wegen dir noch mehr Ärger mit dem König und Albarell einhandeln!«

Sie sah in ungläubig an.

»Schau mich nicht so verwundert an, du hast mich richtig verstanden! Dich nicht zu mögen, ist ebenso schwer, wie mit dir auszukommen, wenn du meinst mir deine Überlegenheit zeigen zu müssen.«

»Aber ich dachte …!«

»Nichts aber, Alsi-Jatha!«

»Wenn du mich Aussprechen lassen würdest, Ellaron und mir eine persönliche Meinung zu deinen Worten erlauben würdest, dann könnte ich sagen, dass ich auch lieber bei euch bleiben würde. Es tut mir leid! Aber auch du hast dich mir gegenüber nicht korrekt verhalten. Vielleicht schaffen wir es ab jetzt tatsächlich damit umzugehen, was unser Volk sich gegenseitig angetan hat, und auch, dass wir uns nicht ständig verletzen!«

Ellaron nickte. »Wir schaffen das!« Er lächelte. »Nun solltest du dich aber noch etwas ausruhen, während ich uns was zu essen besorge.«

Annäherung

Ellaron kümmerte sich auch die nächsten Tage sehr um Alsi-Jatha. Beide berichteten sich gegenseitig aus ihrem Leben, ihrer Kindheit und was mit ihren Eltern geschehen war.

Ellaron begriff auch, dass er es trotz seines Verlustes weitaus besser getroffen hatte als Alsi-Jatha. Sie war von ihrem Ziehvater und Ziehbruder verstoßen worden, nachdem sie Albarell zur Flucht verholfen hatte. Wie schlimm musste es für sie gewesen sein, zu begreifen, dass die Elfen, die sie großgezogen hatten, nun ihren Tod wünschten und das nur, weil sie anders dachte und handelte, wie ihr Volk? Ja auch anders aussah als der Rest ihrer Familie.

Der Tag war erst kurz angebrochen, Alsi-Jatha ging es wieder gut, so hatte sie sich ihr Schwert um die Hüfte gegürtet und den Köcher mit den Pfeilen sowie den Bogen geschultert, den sie von König Belmon erhalten hatte. Sie war auf dem Weg zum Übungsplatz, denn sie wollte dort ein wenig mit dem Bogen üben, bevor die Krieger kamen, mit denen sie auch wieder trainieren wollte.

Ellaron beobachtete Alsi-Jatha von einem Fenster des Palastes aus. Er hätte nicht einmal sagen können, wie lange er da schon stand und dies tat, als er ein Geräusch in seinem Rücken vernahm. Er drehte sich abrupt um.

»Zum zweiten Mal einen guten Morgen, Ellaron!«, sagte Albarell mit sanfter Stimme. »Ich hoffe, ich habe dich nicht allzu unbarmherzig aus deinen Beobachtungen und Träumereien gerissen?«

Er wandte den Blick über die Schulter zu Albarell hin. »Entschuldige Albarell, ich war in Gedanken!«

Albarell schüttelte ein wenig belustigt den Kopf. »Was ist nur mit dir los, du bist doch sonst nicht so abwesend?« Albarell sah seinen Freund fragend und zugleich auffordernd

108

an.

Ellaron zögerte, doch dann wurde er ein wenig verlegen bei seinen nächsten Worten: »Gestern Abend hat es zwischen Alsi-Jatha und mir wieder einmal ein kleines Streitgespräch gegeben. Ich dachte, du wüsstest schon davon?«

»Wieso und woher sollte ich das?«

»Ihr habt vor kurzem unten im Vorhof miteinander gesprochen. Du bist immerhin Alsi-Jathas Freund!« Er zögerte weiter zu sprechen.

»Ellaron, ja ich bin ihr Freund«, warf der Prinz ein. »Doch nicht mehr. Hast du das denn immer noch nicht begriffen? Alsi-Jatha ist für mich so etwas wie eine Schwester. Du liegst somit wahrlich fehl in der Annahme, wenn du etwas anderes denkst.« Albarell legte seinem Freund die Hand auf die Schulter. »Also, mach dir keinerlei Gedanken um mich, wenn du selbst mehr für sie empfinden solltest.«

»Aber, ihr seid in letzter Zeit so oft zusammen. Ihr scherzt und lacht miteinander. Ich sah, wie du ihr einen Kuss auf die Wange gegeben hast!«

»Das würde ich bei meiner Schwester oder weiblichen Verwandten auch tun!« Er schmunzelte: »Wenn du mich fragst, mein Freund, hast du jedoch einen Fehler in deiner Taktik, denn so wie du dich gerade wieder verhältst, gewinnst du ihr Herz nicht für dich.«

»Ich frage dich aber nicht!«, stieß Ellaron trotzig hervor.

»Vielleicht hättest du dies aber früher schon einmal tun sollen«, belehrte ihn Albarell. »Es hätte einige Missverständnisse zwischen euch beseitigt.« Albarell grinste noch breiter: »Du willst meinen Rat ja nicht hören, doch bevor du für einige Tage zur Waldwache aufbrichst, solltest du mit ihr selbst klären, ob sie ebenso für dich empfindet, wie du für sie. Wenn du dich beeilst, kannst du dich noch an ihrer Übung beteiligen und vielleicht findet sich ja da eine Möglichkeit mit ihr zu reden, bevor die Krieger zum Üben auf den Platz kommen.«

Ellaron griff sein Schwert und seinen Bogen. Er ließ

Albarell einfach stehen und machte sich auf den Weg zum Übungsplatz.

Ihr Pfeil traf nicht ganz mitten ins Schwarze. Grimmig sah Alsi-Jatha auf die Zielscheibe. »Verdammt, warum nur immer ein Stück daneben!«, fluchte sie leise vor sich hin.

Ein Lächeln schlich sich auf Ellarons Gesicht, der ihr Fluchen vernommen hatte. Alsi-Jatha war so konzentriert auf die Scheibe, dass sie ihn noch nicht einmal bemerkt hatte. Ellaron spannte einen seiner Pfeile auf der Sehne seines Bogens ein und ließ den Pfeil in einer geraden Linie auf die Zielscheibe rasen. Der Pfeil landete neben ihrem, jedoch mitten ins Schwarze.

Sie blickte kurz über die Schulter und musterte Ellaron.

Er schmunzelte, als er auf sie zuging und sich Wimpernschlag später neben sie stellte. »Der Bogen macht aus dir noch lange keine Bogenmeisterin«, sagte er und sah sie abschätzend an.

»Nein, natürlich macht dieser prächtige Bogen mich nicht dazu«, antwortete sie. »Es tut mir auch unendlich leid, dass ich dich mit meiner Schießkunst nicht gerade beeindrucke, aber ich habe die Zeit noch nicht gefunden, mich noch intensiver damit zu beschäftigen. Mein Schwert und mein Dolch liegen mir eben einfach mehr.«

»Dennoch: schlecht sind deine Schüsse alle nicht. Der Feind wäre schon getroffen, vielleicht sogar kampfunfähig, aber eben nicht tot. Soll ich dir zeigen, woran es liegt, dass du nicht ganz die Mitte triffst?«

Ein Lächeln zeichnete sich auf ihren Lippen ab, als sie ihn angrinste. »Das ist keine so schlechte Idee.«

Sie übten eine Weile und mit jedem Schuss wurde sie besser.

Er war sich unsicher, wie sie reagieren würde, doch er sollte sie endlich fragen. »Alsi-Jatha, kann ich mit dir über etwas sprechen, das mir schon seit einiger Zeit auf dem Herzen liegt?«

Sie schenkte ihm ein Lächeln, deutete mit einer Kopfbewegung leicht eine Richtung seitlich von ihnen an. »Ellaron, die ersten Krieger sind gerade eingetroffen und erwarten mich, geht das auch später?«

Er hatte wieder einmal zu lange gewartet. »Ja! Vielleicht heute Abend, in meinen Räumen?«

»Ja, in Ordnung!«, sagte sie. »Ach, und danke für die Lehrstunde, Bogenmeister!« Dabei lief sie schon los.

Beide gingen in den nächsten Stunden ihren gewohnten Arbeiten nach.

Es war Abend, und die Zeit war gekommen zu der sie sich treffen wollten.

»Ich freue mich, dass du meiner Einladung gefolgt bist, Alsi-Jatha. Nimm doch bitte Platz!«, bat Ellaron.

Sie nahm auf dem angebotenen Stuhl Platz und wartete auf das, was er ihr sagen wollte.

»Es tut mir leid, dass ich dich gestern wieder einmal so angegangen bin«, begann er. Ellaron versuchte die Zweifel, welche über ihre bevorstehende Reaktion in ihm aufkamen, über das, was er ihr sagen wollte, zu verdrängen. Wenn er mit seiner Entschuldigung und seinem anschließenden Geständnis ihr gegenüber geendet hatte, würde sie ihn womöglich für immer verachten, oder was er umso mehr erhoffte, ihn für immer lieben. Doch es war nicht leicht ihr gegenüber, seine Gefühle zu bekennen. Er wusste nicht einmal, ob Höhlenelfen Liebe zu ihrem Partner empfanden.

Alsi-Jathas Blick war abwartend und fragend auf ihn gerichtet.

»Verzeihe mir, wenn ich dir durch mein Verhalten gestern weiteren Kummer bereitet haben sollte.« Bei seinen Worten war er an sie herangetreten und fuhr ihr sanft mit seiner Hand über ihre Wange.

Alsi-Jatha verstand nicht was er damit bezwecken wollte und wich ein Stück zurück.

Ellaron seufzte: »Ich mach wohl bei dir immer alles falsch!«

Alsi-Jatha wurde langsam ungehalten, da er anscheinend schon wieder um den heißen Brei redete und nicht zu dem kam, was er ihr eigentlich sagen wollte. Man musste bei ihm immer erst einen schlafenden Drachen wecken, damit man erfuhr, was er von einem wollte. Oh', war dieser Elf, im Gegensatz zu Albarell, kompliziert. *Na gut!,* dachte sie, *dann wollen wir mal.* »Sag mal, bist du eigentlich von allen guten Geistern verlassen, Ellaron, oder vom Wahnsinn erfasst? Was soll das schon wieder?«

Ellarons Augen verengten sich, als sie ihn mit ihren anfunkelte. »Wenn schon, dann vom Wahnsinn besessen, Alsi-Jatha!«, entgegnete er. »Vom Wahnsinn der Liebe zu dir!« Er gab ihr einen flüchtigen Kuss auf den Mund, sah ihr kurz in die Augen und eilte dann jedoch, ohne ein weiteres Wort von sich zu geben davon.

Verwundert und sein Verhalten nicht gleich verstehend, sah Alsi-Jatha ihm hinterher. Dann machte sich ein Lächeln auf ihrem Gesicht breit. Sie fuhr sich verträumt mit ihren Fingern über die Stelle ihrer Lippen, auf der sie seinen Kuss gespürt hatte.

Einen Augenblick saß sie noch da, dann machte sie sich auf den Weg, um ihm zu folgen. Sie beschleunigte ihre Schritte, lief die Gänge entlang, Treppen hinauf und hinunter, suchte dutzende Zimmer und Gemeinschaftsräume ab, fand ihn jedoch nicht im Herrscherhaus. Dann viel ihr der Platz hinter der Stallung ein, und sie fand ihn dort.

Er saß auf einem Heuballen. Sein Kinn war auf die Brust gesunken.

Alsi-Jatha setzte sich neben ihn. Schweigend griff sie einfach nach seiner Hand, fuhr sanft mit dem Daumen über seinen Handrücken. »Hier steckst du also! Ich habe dich schon überall gesucht«, sagte sie nach einer Weile.

Ellaron jedoch schwieg und starrte in die Ferne.

Alsi-Jatha durchbrach das Schweigen erneut. »Ich glaube, ich habe mich auch in dich verliebt.«

»Mach keine dummen Späße mit mir!«, sagte er leise.

Sie lächelte schelmisch. »Wenn du wirklich weißt was du willst und dir deiner Gefühle sicher bist, Lichtelf, dann gib mir einfach Bescheid!« Sie ließ seine Hand los und schickte sich an zu gehen.

»Halt! Bleib sofort stehen, Alsi-Jatha vom Volk der Höhlenelfen. Ich liebe dich!« Bei jedem Wort wurde seine Stimme immer lauter. »Ich habe mein Herz an dich verloren!«

Sie drehte sich zu ihm um und stemmte die Hände in die Hüften. »Warum musst du eigentlich immer alles so kompliziert machen und dann auch noch so laut herausschreien?«

Empört sprang er auf, wollte noch etwas sagen und kam nicht dazu. Als sie zurückkam, stellte sie sich auf die Zehenspitzen und drückte ihm einen Kuss auf seine Lippen.

Er lächelte sie nur verträumt an und vertiefte den Kuss.

Mittlerweile hatte Alsi-Jatha begriffen, dass so einiges ihrer Vergangenheit angehörte. Es war nicht leicht alte Lehren, die einem seit Jahrhunderten gelehrt worden waren, zu vergessen. Mit jedem Tag wurde ihr bewusster, wie viel Lügen ihr beigebracht worden waren. Eines dieser Dinge, die sie nicht kannte und bei den Höhlenelfen so nicht üblich waren, zu diesen gehörte die körperliche Nähe und die Berührung von einem Krieger, der nicht dazu gezwungen wurde, sondern sie freiwillig gab. Auch die zärtlichen Berührungen die Ellaron ihr oft angedeihen ließ, wie ein Streicheln über die Hand oder den Rücken, das war etwas, dass sie so nicht kannte und für sie ein wenig gewöhnungsbedürftig war. Doch sie fand es auf der anderen Seite sehr angenehm und schön. Eine Höhlenelfe entschied mit wem sie sich im Liebesakt austauschte und sanft ging es da meist wirklich nicht zur Sache. Dennoch, sie war heute bei ihm, und das aus freien Stücken! Sie drehte sich langsam um, denn sie spürte, wie sich ihre Nackenhaare aufstellten. Sie spürte instinktiv, dass er auf sie zu kam. Es waren nur noch ein paar Schritte ...

Plötzlich umfassten seine Hände sanft ihren Kopf, er drückte sie sachte nach hinten gegen seinen Körper, um ihr einen Kuss zu geben. Sie war zu keiner klaren Reaktion mehr fähig, als seine leise helle Stimme an ihr Ohr drang: »Wenn du mir versprichst, bei mir zu bleiben, dann lasse ich dich nie mehr los, meine kleine Höhlenelfe.

»Was ... was meinst du damit Ellaron?«

Er lächelte, was sie nicht sehen konnte. »Ich möchte wissen ob du genauso fühlst wie ich, Alsi-Jatha!«

»Was ist, wenn nicht und ich mich dir und deiner Liebe verweigere?«

»Dann werde ich wohl gezwungen sein, eure Sitten anzunehmen, oder die eurer Frauen. Dich fesseln und knebeln müssen, meine hübsche Höhlenelfe«, hauchte er. »Es dann so mit Dir machen, wie es die Höhlenelfinnen sonst mit ihren Sklaven tun.«

Sie lachte leise. »Ich bin aber kein Elfenmann, nur diesen ist ein solches Schicksal der Unterwerfung bestimmt!«

»Ich bin Ellaron von den Lichtelfen. Bei uns ist es zumeist der Mann, der die Frau verführt und sie den liebevollen Qualen der Lust unterzieht. Doch in deinem Fall würde ich eine Ausnahme machen und Zwang ausüben, nur um dir dann zeigen zu können, wie schön die wahre Liebe sein kann.

»Was soll ich tun, um mir dieses grausame Los der Fesselung zu ersparen«, fragte sie und musste grinsen, denn ihr gefiel dieses Spiel.

»Das werde ich dir schon sagen und vor allem zeigen. Wenn du eine brave Höhlenelfe bist und du dich meiner Dominanz ergibst, dann werden wir uns bestimmt sehr gut verstehen«, schnurrte er. »Entkleide dich, Alsi-Jatha!«

Alsi-Jatha warf ihm einen kritischen Blick zu, kam seinem

Wunsch jedoch nach und er half ihr dabei. Dann zog auch er sich aus. Der Anblick seines nackten Körpers machte sie ein wenig nervös, denn Lichtelfen schienen anders zu begehren als ihr Volk, wenn auch der Vereinigungsvorgang an sich nicht anders von Statten ging. Dennoch erregte sie seine Blöße gleichzeitig, auch wenn sie noch keine Erfahrung mit der Vereinigung der Geschlechter an sich hatte.

»Leg dich auf mein Bett«, bat er sie lächelnd. »Es wird dir bestimmt gefallen, glaub mir.«

Sie ließ sich auf seinem Bett nieder.

»Oh, bei den Göttern', du bist so wunderschön, meine kleine Elfe«, hauchte er und kniete sich dann vor sie, auf sein Bett. Dann ließ er seinen Blick über ihren Körper und über ihre Haut gleiten. Er spreizte behutsam ihre Beine und fing an, die Innenseiten ihrer Schenkel mit seinen Händen zu liebkosen, ohne sie dabei auch nur einen Moment aus den Augen zu lassen. Seine rechte Hand wanderte immer tiefer und schließlich drang er mit seinem Finger langsam und behutsam in ihren Lustspalt ein.

Alsi-Jatha stöhnte auf und warf den Kopf nach hinten in seine Kissen. Sie spürte eine unglaubliche Wärme in sich aufsteigen. Es war ein Gefühl, welches sie nicht kannte, doch es gefiel ihr.

Leise flüsterte er: »Gefällt es dir, Liebste?«, während er mit seinem Finger noch tiefer in sie eindrang.

Willenlos lag sie da, fing vor Erregung an zu stöhnen und sich gegen seine Hand zu drücken. Sie vergaß alles um sich herum und wollte nur eins − dass er sie nie mehr von diesen süßen *Qualen* erlöste.

Plötzlich hörte er unvermittelt auf. »Sag mir, willst du es wirklich!«, fragte er liebevoll.

»Was fragst du? Bei uns tun das die Kriegerinnen auch nicht, wenn sie sich einen Gefangenen oder Krieger nehmen, also nimm mich«, keuchte sie. »Bitte tu es, ich will spüren wie ein Lichtelf sich nimmt, was er begehrt!«

Ellaron legte sich auf sie und drang behutsam in sie ein.

Sie stöhnte auf, ignorierte den kurzen Schmerz, den er in ihr entfachte und bog sich ihm nach kurzem bereitwillig entgegen. Leise schrie sie auf, es war ein unbeschreibliches Gefühl, ihn so in sich zu spüren. Erst langsam, dann immer schneller bewegte er sich in ihr. Sie spürte wie ihr Körper auf einmal unkontrolliert unter ihm zu zucken begann.

Ellaron wollte noch nicht, dass es so schnell vorbei war, sie sollte das erste Mal mit ihm niemals vergessen. Er wollte mit ihr und ihren Gefühlen noch ein wenig spielen. Er zog sich aus ihr zurück, auch wenn es ihm sehr schwerfiel. Er legte sich neben sie und massierte ihre kleinen festen Brüste. Dann umfasste er mit einer Hand ihr Kinn. »Küss mich!«, forderte er sanft.

Fragend sah sie ihn an, nicht verstehend warum er nicht einfach weitergemacht hatte. Doch wie hypnotisiert öffnete sie ihre Lippen und ließ seinen fordernden Kuss über sich ergehen und erwiderte ihn.

»Gefällt dir auch das?«, fragte er, als er sich wieder von ihren Lippen löste.

»Ja!«, hauchte sie. »Es ist wunderschön was du gerade getan hast, aber warum hast du aufgehört mich zu nehmen?«

Er lächelte. »Ich will dir nicht weh tun!«

Sie keuchte auf. »Mach weiter und höre nicht wieder auf, Ellaron bitte!«, hörte sie sich selbst sagen.

Er nahm sie erst langsam und dann mit immer schnelleren Stößen, entzog sich ihr immer wieder kurz, um dann wieder ganz tief in sie einzudringen. Dieses Spiel, das er da mit ihr trieb, es machte sie fast wahnsinnig und wieder brachte er sie zu dem Punkt, an dem sie glaubte, ihr Körper würde explodieren. Sie bettelte vor lauter Verlangen nach seiner Liebe und ihrer Erlösung. Dann gab es auch für ihn kein Halten mehr. Ihr Körper zitterte und bebte, als sich beide mit einem Mal heftig entluden. Ihr wurde heiß und kalt zugleich. Er schien die geheimsten Wünsche ihres Körpers zu kennen und etwas in ihr zu entfesseln, was wohl kaum eine Höhlenelfe je so in sich entdecken würde!

Sein langes hellblondes Haar, das ihm bis über die Schultern reichte, fiel im wirr ins Gesicht. Er zog sie in seine Arme und breitete seine Decke über ihrer beider nackten und erhitzten Körper.

Für Alsi-Jatha fühlte es sich so gut und richtig an, er gab ihr ein Gefühl von Sicherheit, Geborgenheit und Wärme, die sie nie gekannt hatte. Das Liebesspiel so zwischen ihm und ihr war etwas, das sie für immer haben wollte. In dieser Nacht hatte sie die Liebe gefunden. Ein Gefühl, zu dem Höhlenelfen so angeblich nicht fähig waren. Sie jedoch wusste ganz genau, dass sie dieses Gefühl und ihn nie wieder verlieren wollte.

Ellaron lachte leise, als er ihren verträumten Blick bemerkte. »Und wann zeigst du mir wie Höhlenelfen lieben?«

Sie sagte nichts und Ellaron dachte, sie sei bereits in ihrer Schlaftrance gefangen. Er lächelte, dachte daran zurück, wie er sie kennen gelernt hatte, wie sie sich gestritten und gekämpft hatten. Sich dann schließlich doch nähergekommen waren. Vor seinem geistigen Auge entstand ein Bild des Glücks. So teilten sie sich zum ersten Mal sein Bett. Er schmiegte sich an sie, schloss seine Augen und versuchte selbst in die Ruhetrance zu finden. Doch seine Gedanken kreisten unaufhaltsam weiter. Wenn er sie nicht gesehen hatte, auf Wache war, dann hatte er an sie gedacht. In den letzten Tagen hatte er oft bei den Gedanken an sie, ihren Namen ausgesprochen, so als könnte er sie damit beschwören, zu ihm zu kommen. Viele Lichtelfen würden sagen, sie sei der Feind und nichts für einen Krieger wie ihn. Selbst er hätte, wäre ein Freund an seiner Stelle einer solchen Liebe verfallen, vor einigen Monaten diese noch angezweifelt und nicht für richtig befunden. Er hatte sich so dumm benommen, um ihre Zuneigung zu gewinnen. Schließlich öffnete er seine Augen wieder, atmete schwer aus und gab ihr einen Kuss. Kurz seufzte er, als sie ihm sanft in die Unterlippe biss. Dann hauchte sie: »Nun sollten wir aber wirklich ruhen, du musst schon bald wieder los!«

Am frühen Morgen wurden sie durch die ersten wärmenden Sonnenstrahlen die durchs Fenster vielen sanft geweckt. Das erste was sie spürte war sein warmer, nackter Körper, an ihrer Seite. Sie kuschelte sich an ihn.

Nach mehr stand auch ihm momentan nicht der Sinn. Er zog sie in seine Arme und hielt sie einfach noch eine Weile fest, bis der Abschied für einige Tage kam. Er musste seinen Dienst außerhalb der Elfenstadt verrichten und er wusste, es würde ihm schwerfallen, sie nicht in seinen Armen halten zu können.

Entdeckung der hellen Magie

Alsi-Jatha saß mit Albarell in der Bibliothek.

Im Inneren des imposanten Raumes befand sich eine Galerie mit einer Balustrade. Eine schmiedeeiserne Wendeltreppe führte hinauf. Die Fensterreihen an einer der Längsseite sorgten für viel Licht. An der Decke des Raumes befand sich ein großes Deckenbild. Elfen waren dort, zwischen einer großen Mannigfaltigkeit an Pflanzen und den verschiedensten Tier-, Insekten - und Vogelarten zu sehen. In der Bildmitte befand sich eine Eule sitzend auf einer Schriftrolle.

Ein großes Buch lag auf dem Holztisch vor den beiden. Das Buch war mit einem ledernen Einband versehen und in goldenen Lettern stand darauf *Die Kraft der Magie, aus den Lehren der Altvorderen.*

Prinz Albarell war immer wieder begeistert, wie seine Höhlenelfenfreundin versuchte, jegliches Wissen in sich aufzunehmen. Er hatte Freude daran sich mit ihr in den freien Stunden an den stillen Ort zurückzuziehen und über all die Geschehnisse zwischen ihren Völkern nachzudenken und zu diskutieren.

Sie waren gerade wieder in eine angeregte Unterhaltung vertieft.

»Also, um das unterschiedliche Denken unserer Völker und deren Wesen zu ergründen, muss man weit in der Zeit zurückgehen. In die Zeit, in der wir noch ein einziges Volk waren«, äußerte Albarell. »Wenn einst unsere obersten Fürsten es damals geschafft hätten, den Frieden zu wahren, dann wären wir heute wohl nicht an der Stelle, dass wir uns bekämpfen würden.«

Sie sah ihn an. »Albarell, ich frage mich nur, warum unsere beiden Elfenvölker dann bei unserem gegenseitigen Verhalten die kurzlebigen Menschen so verachten. Wenn ich es mir recht überlege, dann sind wir was den Hass und die Kampflust angeht, nicht besser als sie.« Sie grinste. »Komm mir jetzt bloß nicht damit, dass ihr euch nur verteidigt, wenn ihr angegriffen werdet!«

»Bist du dir sicher, dass ich so etwas von mir gegeben hätte?«, lachte er.

Sie winkte ab. »Also laut der Lehren von Baliarius steht die Magie und Natur im Einklang, im Gegensatz zu uns, die wie die Magier von einst, dunklen Zauber bewirken können. Albarell!«, begann sie. »Was glaubst du, würde geschehen, wenn man dunkle Magie in sich hätte, ebenso wie auch die Helle?«

»Ich kann mir das zwar nicht vorstellen! Doch wenn dies möglich wäre, dann wäre es vielleicht auch möglich, dass diese Energie sich verknoten würde und die Person eine der mächtigsten Magien erwecken könnte. Es wäre jedoch bestimmt schwer, diese Magie unter Kontrolle zu halten und es käme bestimmt auch darauf an, zu welcher Seite sie tendieren würde! Warum interessiert dich das so?«

»Ach, nur eine Überlegung«, wiegelte sie ab. »Machen wir bitte weiter mit dem alten Mythos unserer Völker!«

Albarell nickte und begann mit seiner Erklärung fortzufahren: »Lord Farillian war wohl der größte Intrigant. Zum einem schwor er Fürst Sibaril Hilfe zu leisten, bei allen Problemen, die andere Wesen seinem Volk bereiten sollten, und zum anderen, stachelte er diese Völker gerade gegen unser Fürstenhaus auf. Und so versuchten die Trolle, Orks und Menschen uns Elfen, da wir Unsterblich sind, unter sich zu versklaven. So kam es zu offenen Kämpfen. Mit seinen überlegenen Kenntnissen über die Magie und mit der Unterstützung der Trolle und Orks wollte Farillian alle Elfen unterwerfen, was ihm jedoch nicht gelang. Dann verführte er einige der jungen Elfen unserer Sippe zur dunklen Magie und sie wurden vom Rat für alle Zeiten verbannt.«

Alsi-Jatha sah in überlegend an. »Daraufhin zogen diese sich von der Außenwelt zurück und entwickelten Hass gegen alle heute als Lichtelfen bezeichneten Elfen, da ihnen keiner dieser je hilfreich zur Seite stand. Heute geben wir uns also gegenseitig die Schuld für das, was die Elfenratsherren getan haben. Somit wurden eigentlich alle Elfen bestraft. Nur die einen traf es härter als die anderen, denn sie mussten sich zurückziehen. Dorthin wo Elfen eigentlich nicht überleben können. Als die Zeit voranschritt, begannen sich die verstoßenen Elfen zu verändern und meine Sippe entstand daraus.«

»Ja, so ist es!«, bestätigte Albarell nachdenklich und setzte seine Überlegung fort: »Was hätten sie auch anderes in der Dunkelheit tun sollen? Wenn ich jetzt so darüber nachdenke, dann hatten sie keine andere Wahl, um zu überleben.«

»Diese Erkenntnis ist wohl auch selten für einen Lichtelfen!«, bemerkte Alsi-Jatha. »So woben sie weiterhin dunkle Magie und diese und ihr neuer Glaube begann sie zu verändern. Diese dunkle Magie wurde vor allem von Gefühlen des Verlustes, der Enttäuschung und des Hasses beeinflusst. So sind aus einigen eigentlich Naturverbundenen Lichtwesen vor hunderten von Jahren langsam Höhlenelfen geworden! Es änderte auch nichts daran, dass der Magier selbst vernichtet wurde.«

»Wie es aussieht, gibt es jedoch eine junge Höhlenelfe, die gerade aus dem Dunklen des Daseins ihres Volkes mit Erfolg ausbricht!«, hörten sie eine Stimme hinter sich.

Alsi-Jatha drehte sich um. »Hoheit, würdet Ihr zugeben, dass Euer damaliger Fürst und sein Rat nicht richtig an meiner Volkssippe gehandelt hat?«

»Ja, das würde ich und ich tu es sogar gegenüber dir, Alsi-Jatha! Doch das ändert nichts an der Tatsache, dass unsere Sippen sich bekämpfen und die Situation so verhärtet ist, dass es aus diesem Zwist wohl kaum jemals ein Entkommen gibt!«

Tiefes Schweigen machte sich zwischen ihnen breit und jeder hing seinen eigenen Gedanken nach.

Alsi-Jatha fuhr gedankenverloren mit der Hand über die goldenen Lettern des Buches und spürte wieder das Kribbeln in ihren Händen. Sie mochte diese gute Art von Magie, die keinen Schaden anrichtete, sondern half, wo immer sie helfen konnte, das Leben und die Natur zu erhalten. Eines verwunderte sie immer wieder, ihr Volk hasste diese Magie, vermied es mit ihr in Berührung zu kommen, doch bei ihr war das völlig anders, sie konnte nicht genug von ihr bekommen.

»Kommt ihr zum Abendessen?!«, fragte der König.

Albarell erhob sich von seinem Stuhl. »Ja, Vater!«

Einen Augenblick noch mit der Hand auf dem Buch verharrend, erklärte Alsi-Jatha: »Ich stelle nur noch das Buch an seinen Platz zurück!«

»Geflissentlich wie immer!«, neckte Albarell ihr im Gehen gewandt zu.

König Belmon hatte den Raum gefolgt von Albarell bereits verlassen, als Alsi-Jatha das Buch aus der Hand rutschte. Das Geräusch des auf den steinernen Boden aufschlagenden Buches durchbrach die Stille. Sie erschrak für die Dauer eines Herzschlages, hob das Buch auf, bemerkte dann, dass dem kostbaren Relikt der Lichtelfen nichts geschehen war und es nur auf eine offene Seite gefallen war. »Zum Glück ist es heil geblieben«, stellte sie erleichtert fest und war verwundert, denn helle leuchtende Lettern waren da zu lesen und sie hatte das Gefühl als strahlten diese Wärme aus. Sie las die Sätze schnell, klappte es zu und stellte es dann ins Regal zurück. Immer noch verwundert machte sie sich auf den Weg.

Als Alsi-Jatha nach dem Essen mit König Belmon über das Gelesene sprach, meinte der König sie müsse sich getäuscht haben, das Buch sei ausschließlich mit Blaurebentinte geschrieben und beinhalte keine in Gold geschriebenen Lettern. Auch die Worte des Satzes, den sie angefangen hatte zu zitieren, den hätte er in dem Buch noch nie gelesen.

»Alsi-Jatha, ich hatte das große Buch schon hunderte Male in den Händen gehabt, hab selbst schon jede Seite mehrfach gelesen, du musst dich irren!«

Auch Albarell konnte mit ihrer Entdeckung nichts anfangen. Seine Erklärung war: sie habe sich vielleicht überanstrengt durch das viele Lesen. Doch die Vorfälle wiederholten sich noch einige Male.

Alsi-Jatha sah und las die goldenen Lettern, schwieg darüber, merkte sich die ihr erschienenen Sätze.

Höhlenelfen Versprechen

Endlich war er wieder zu Hause und hatte vom Waldwach-dienst ein paar Tage frei. Auch wenn das für ihn nicht hieß, dass er von seinen Pflichten als Waffenmeister entbunden war. Natürlich hatte er König Belmon und seinem Prinzen zur Verfügung zu stehen, wann immer sie ihn benötigten. Vor einiger Zeit wäre er auch lieber noch länger in den Wäldern auf Wache geblieben, doch seit Alsi-Jatha sich ihm zugewandt hatte, hatte sich das schon sehr geändert. Seit der Nacht mit ihr vor vier Tagen, hatte er sich mit jeder Faser seines Körpers zurück nach ihr gesehnt. Er wollte doch wenigstens des Nachts mit ihr zusammen sein.

Er konnte sie jedoch in ihrem Wohnbereich nicht finden, auch nicht in seinem, worüber er enttäuscht war. Er zog sich langsam aus, um etwas Bequemeres anzuziehen und sich dann noch einmal auf die Suche nach ihr zu begeben.

Es muss wohl an seiner drei Tage andauernden Wache gelegen haben, dass er sie nicht bemerkte, als sie leise, wie ein Schatten in seine Räume huschte. Als er sich entkleidet hatte nutzte sie die Gunst der Stunde. Ihre Hände umfassten seine Schultern. Als er sich ein wenig erschrocken umdrehen wollte, hörte er sie sagen: »Nein, dreh dich noch nicht um!«

Er war wie berauscht von ihrer Stimme, konnte und wollte sich nicht wehren.

»Wenn du mir heute so vertraust, wie ich dir in unserer ersten gemeinsamen Nacht, wirst du es nicht bereuen. Leg deine Hände vor dir über Kreuz aufeinander, dann dreh dich langsam um!«

Als er es tat nahm sie seine Hände und fesselte ihn. Alsi-Jatha führte ihn in sein Schlafgemach.

Ellaron war neugierig, was sie mit ihm vorhatte.

»Setz dich«, befahl sie in einem gespielt gestrengen Ton.

Er sah sie fragend an.

»Keine Angst«, hauchte sie ihm ins Ohr, als sie ihn nach hinten in die Kissen drückte, seine Hände über den Kopf zog und sie am Bettgestell festband. Dann spreizte sie seine Beine und band auch seine Füße am unteren Ende des Bettes fest. Er war ihr hilflos ausgeliefert. Sie entkleidete sich selbst, und zwar sehr langsam. Nackt setzte sich Alsi-Jatha rittlings auf seine Beine und begann mit ihren Nägeln spielerisch über seinen Brustkorb zu fahren. Es war die Andeutung, zu dem was eine Höhlenelfin sonst einem männlichen Körper mit ihren Nägeln antat, denn sie wollte ihn erregen und nicht verletzen. Ihre nackten Körper berührten sich.

Sein Verlangen nach ihr wurde durch diese zärtliche Qual, die sie ihm so bereitete, immer größer. »Bitte!«, hauchte er, »Tu das nicht, bettelte er!«, gespielt, als sie seine Haut von oben bis unten mit Küssen bedeckte und kurz darauf ihre Zunge und die Finger von seinem Brustkorb immer tiefer wandern ließ.

Sie tat es sehr bedacht und beobachtete ihn dabei ganz genau. Sie umkreiste seinen Bauchnabel mehrmals mit ihrer Zunge und drang dann mit ihr in die Vertiefung ein.

Ellaron stöhnte auf.

Sie glitt auf einmal tiefer hinab, bis zu seiner Männlichkeit. Er stöhnte und bäumte sich unter ihr auf. Und doch konnte er nichts tun, hilflos hing er in den Fesseln und hoffte, er konnte den Moment der Erlösung bald genießen.

»Du treibst mich so noch in den Wahnsinn!«, stöhnte er.

Sie hob den Kopf. »Ein wirklich nettes Spiel, nicht?«, grinste sie. *Eigentlich gehört es so nicht ganz zu dem was Höhlenelfen mit ihren Sklaven machen, aber man lernt ja nie aus!*, dachte sie. »Die Krieger und vor allem Sklaven betteln auch um Gnade, jedoch sind sie dabei auch nicht so willig und bereit wie Du!« Sie lachte und gab ihm einen Kuss auf seine Männlichkeit.

»Vielleicht weil sie ihre Herrin nicht lieben und gezwungen werden!«, meinte er grinsend.

»Du wolltest doch unbedingt wissen wie Höhlenelfinnen einen Sklaven nehmen. Willst Du das immer noch?«

Er nickte.

Sie massierte kurz und hart seine Oberschenkel. Mit einer

Hand umfasste sie sein steifes Glied.

»Bitte, Liebste!«, stöhnte er auf.

So langsam wie es nur ging, ließ sie sich auf seine Männlichkeit herabsinken und nahm sie in sich auf. Sie bewegte sich leicht. Es schien ihm zu gefallen, denn er stöhnte und keuchte unter ihr. da erhöhte sie immer mehr ihren Rhythmus. Er bäumte sich unter ihr in seiner Fesselung auf, so weit wie er konnte. Sie ritt dem eigenen Höhepunkt, immer heftiger atmend, entgegen. Als sie aufhörte, schrie er fast...:

»Nein, nicht bitte Alsi-Jatha!«

»Anscheinend ... reicht dir nicht ... nur ein Lustsklave ... zu sein?«, stieß sie etwa außer Atem hervor.

Er stöhnte. »Nein!«

So bewegte sie sich erneut auf ihm. »Du willst von mir also genommen werden wie ein Höhlenelfenkrieger, der seiner Herrin gehört!«

»Ja!«, stöhnte er und sah sie flehend an.

Wild, hemmungslos nahm sie ihren Liebsten und geriet noch einmal in völlige Ekstase. Er kam mit ihr zusammen zum Höhepunkt, der nicht zu enden schien.

Nach dem sie sich wieder etwas beruhigt hatte, legte sie sich auf ihn, drückte ihr Gesicht in seine Halsbeuge. Kurz darauf, band sie ihn los.

Er setzte sich auf, bewegte seine freien Arme und Beine. Dann packte er sie, küsste sie. Endlich konnte er sie berühren. »Irgendwann, wenn du nicht mehr daran denkst, drehe ich den Spieß um ...«, sagte er liebevoll drohend.

Sie liebten sich noch einmal und schliefen danach eng umschlungen ein.

Eine Tochter des Herzens

Der König der Waldelfen war zufrieden über die Entwicklung, die sich zwischen seinem Waffenmeister Ellaron und Alsi-Jatha ergeben hatte. Liebe war immer ein guter Weg. Er versuchte den beiden Liebenden so oft wie es nur ging die Möglichkeit für gemeinsame Stunden zu ermöglichen. Doch durften auch ihre Pflichten nicht außeracht gelassen werden. So leid wie es ihm auch tat, wenn er sie voneinander fernhalten musste, Ellaron war sein Waffenmeister, er war für die Waldwache verantwortlich und hatte daher auch die Pflicht sich um seine Männer und die Wachaufstellung zu kümmern. Das hieß, dass er diese Pflicht auch immer wieder außerhalb der Elfenstadt abzuleisten hatte.

Der zweite Winter, seit Alsi-Jatha bei ihnen war, war gut und sehr ruhig für sein Volk verlaufen. Es war auch zu keinen Zwischenfällen außerhalb der Elfenstadt in einer der Baumsiedlungen oder in dem von den Elfen unbesiedelten Wald gekommen. Auch nicht bei den Menschen, zu denen sie zwar wenig, aber dennoch zum Handel Kontakt pflegten.

Alsi-Jatha hatte schon im Herbst des Vorjahres die Übungseinheiten mit den Kriegern allein übernommen. Auch sonst legte sie einen Fleiß an den Tag, der den König oft ins Staunen versetzte. Meist war sie schon dabei Dinge ohne Aufforderung zu erledigen, um die er sie eigentlich erst bitten wollte. Sie war auch aus den Räumen seines Sohnes, in die von Ellaron gezogen.

König Belmon hatte daraufhin zwei Räume, die denen seines Waffenmeisters anschlossen, räumen und umbauen lassen, damit Alsi-Jatha auch ein kleines Reich für sich selbst hatte. Er als einstiger Gatte wusste, dass eine Frau auch ihren Rückzugsort brauchte, genau wie ihr Gemahl oder Partner.

Suchte man Alsi-Jatha, war sie nicht in ihren und Ellarons

Räumen, bei Albarell oder auf dem Übungsplatz zu finden, dann war sie meist in der Bibliothek des Palastes. Belmon wusste, das Buch der Magie hatte es ihr angetan und die darin enthaltenen Lehren. Da er sie mit der Zeit immer mehr als die Tochter ansah, die er nie mit seiner geliebten Gemahlin gehabt hatte, störte ihn diese Neugier an dem Buch nicht. Alsi-Jatha hatte auch nie versucht zu verschleiern, dass sie das Buch faszinierte. Auch nicht, ohne gefragt zu werden, von der Göttin der Schatten gesprochen und er hatte auch nie mitbekommen, dass sie einen Ritus ihr zu Ehren praktiziert hatte. Einzig die Spinnen, die mochte sie wie jeder Höhlenelf und begegnete den Tieren mit besonderem Respekt.

Er dachte dabei an eine Begebenheit im Herbst zurück …

Er war mit Alsi-Jatha ausgeritten, und als sie in die Stallung zurückkehrten, hatten dort zwei Elflinge gespielt. Die Jungen spielten mit ihren Holzschwertern kämpfen und hatten dabei ein Spinnennetz zerstört. Alsi-Jatha war, als sie dies entdeckte, sehr böse geworden, hatte die Jungen am Kragen gepackt und geschüttelt. Er befürchtete damals schon, er müsse eingreifen, um die Beiden zu schützen. Doch dann hatte Alsi-Jatha die Kinder in einer Art gemaßregelt, die er so auch nicht von ihr als Höhlenelfe erwartet hätte. Alsi-Jatha erklärte ihnen, was Spinnen für eine Bedeutung haben.

»Ich weiß, ihr ehrt die Tiere des Waldes, die Vögel der Lüfte und die Bewohner des Wassers, doch warum zerstört ihr dann das Netz einer Spinne?«, fragte sie die beiden am Kragen festhaltend.

»Das … das war … keine Absicht! Glaubt uns doch bitte!«, hatte Ilanis ängstlich gesagt und Alsi-Jatha flehentlich angesehen. Parin, der zweite Elfenjunge, hatte nur verängstigt zustimmend genickt.

»Ihr Elflinge glaubt wohl, Spinnen seien einfach nur Räuber der Natur, die hinterhältig in ihrem Netz lauern, um unvorsichtige Geschöpfe, die sich darin verfangen zu töten! Somit kann man den Spinnentieren ja ruhig ihre Netze zerstören.«

Sie hatte die beiden sitzend auf einen Heuballen niedergedrückt, dann aber losgelassen.

»Dem ist nicht so!«, hatte sie ihnen erklärt. »Spinnen erbauen diese Fallen, wie auch ihr Fallen erbaut, um Wild zu fangen und um zu überleben. Diese Netze zu knüpfen ist eine Kunst und es ist mit Arbeit verbunden. Das darauffolgende Lauern und Kauern im Netz auf Beute, dazu gehört Geduld, die sich über die Ewigkeiten des Lebens einer Spinne kaum verändert. Es ist das Schaffen eines geregelten Lebens und hat den Sinn sich Nahrung zu beschaffen und zu überleben. Natürlich hat es auch den Sinn der *Beseitigung* des Wesens, das in den Raum der Spinne eindringt. Sie lehrt uns nur, wie wir auch unser Leben gestalten könnten!«

Die beiden saßen etwas betreten auf dem Strohballen und schielten immer wieder zu ihrem König hinüber, der bei seinem Pferd an der Box stand und zuhörte.

Alsi-Jatha bemerkte es. »Ihr braucht keine Angst haben, ich bin zwar wütend und dennoch, was würde es bringen euch für etwas zu bestrafen, dass ihr bisher nicht verstanden habt.«

Sie setzte sich zu den beiden auf das Stroh. »Wir sind geboren worden, als Diener unseres eigenen Schicksals und sind nicht befugt als Herrscher über die anderen Wesen der Welt zu herrschen. Auch nicht um diese kalt und unbarmherzig zu ihrem Schicksal zu zwingen! Wir Höhlenelfen glauben, dass das Leben nur eine Prüfung ist. Vielleicht ist es dies, und dies heute ist eine eurer Prüfungen, um das Verstehen der Natur und ihrer Wesen aus einem anderen Blickwinkel zu sehen. Vielleicht ist es ja auch meine Prüfung, euch dies geduldig und nicht auf Höhlenelfenart zu erklären.« Alsi-Jatha lächelte ein wenig und sah kurz zum König hinüber, der ihr zunickte. »Jedenfalls …«, fuhr sie fort, »sind Spinnen nicht, wie ihr zu scheinen glaubt, nur mörderische und lauernde Wesen, die ihre Opfer jagen, fressen … und sie dazu wie andere Wesen bestialisch, unvorstellbar grausam quälen und foltern, … dies bis an das Ende deren Lebenszeitalter, nur um die

Genugtuung des Tötens zu haben. Sie sind äußerst präzise, konzentriert und ordentlich in ihrer Arbeit. Sie sind sogar sehr nützlich, denn sie vertilgen Schädlinge, die unsere Nahrung gefährden.«

Alsi-Jatha nahm die kleine Spinne, die ihr Netz verloren hatte, auf die Hand.

»Darf ich?«, bat Parin.

»Was?«, fragte Alsi-Jatha ihn.

»Ihr eine Fliege fangen?«

Alsi-Jatha schüttelte den Kopf. »Nein! Du kannst doch einen Fehler, den du begangen hast, nicht wieder gut machen, indem du dich als Schicksalsweber aufspielst und dadurch einem anderen Lebewesen dafür das Leben nimmst! Das geht so nicht!«

Parin sah sie betreten an, nickte, denn er verstand.

Ilanis sah Alsi-Jatha direkt an. »Aber wie können wir unseren Fehler wieder gut machen?«

»Indem ihr euch bei der kleinen Spinne entschuldigt!«, sagte sie und setzte die Spinne auf Ilanis Hand.

Der Junge schaute ein wenig verschreckt aus, und starrte auf seine Hand. Doch dann entschuldigte er sich bei dem kleinen Wesen, und als habe sie ihn verstanden bewegte sie ein Bein und kitzelte damit seine Handfläche.

Danach gab er sie an Parin weiter. Auch nach dessen Entschuldigung geschah auf dessen Handfläche das Gleiche.

Die beiden Elflinge waren auf einmal ganz fasziniert von ihrer kleinen neuen Freundin.

Alsi-Jatha nahm das Tier und setzte es mit den Worten auf einen Holzbalken: »Es tut mir leid, aber du wirst ein neues Netz spinnen müssen!«, und die Spinne begann sofort emsig damit ein neues Netzt zu spinnen.

Während die beiden Elflinge und Alsi-Jatha sowie der König der Spinne dabei zusahen, erzählte Alsi-Jatha, dass die Spinnen bei ihrem Volk als heilige Tiere galten und von diesen sogar als Haustiere gehalten werden. Sie berichtete von Zillaria, ihrer Spinne, und erklärte auch noch einmal, wie nützlich die Tiere gegen andere Insekten waren.

Die beiden Elflinge, die erst vor Angst auf ihre Reaktion geschlottert hatten, waren von Alsi-Jatha, ihrer Geduld und den Erklärungen so fasziniert, dass sie danach auch noch jede Möglichkeit nutzten, sich von ihr Dinge erklären zu lassen und sie anstelle ihres Lehrers oft fragten, wenn sie etwas nicht verstanden.

Das Dorf der Menschen

Ein kleiner Trupp von Waldelfen machte sich wie jeden Spätsommer unter der Führung von Ellaron und Albarell auf den Weg in das nahe gelegene Menschendorf, um mit den dort lebenden Bewohnern Waren zu tauschen.

Die drei Packpferde der Elfen waren mit Kräutern, Tinkturen, getrockneten Pilzen, Waldbeeren, sowie elfischen Handwerksarbeiten beladen. Dafür wollten die Elfen Mehl, getrockneten oder geräucherten Fisch und Käse eintauschen.

Alsi-Jatha hatte begeistert mit den Worten: »Natürlich werde ich euch begleiten, Albarell, es ist mir eine Ehre«, zugestimmt sie zu begleiten.

»Freue dich nicht zu früh, die Menschen sind uns Elfen gegenüber auch misstrauisch und gerade Höhlenelfen sind ihnen nicht geheuer«, hatte Albarell sie gewarnt. »Ich hätte es dir auch nicht angeboten mit uns zu kommen, wenn nicht der Dorfälteste selbst einer unserer, also meiner und Ellarons, persönlicher Freund wäre. Deine Abstammung wird ihnen auch nicht auffallen, sie dich für eine von uns halten, doch werden wir sie über deine Herkunft auch nicht im ungewissen lassen, sollten sie mehr über dich wissen wollen. Ihr Vertrauen ist uns wichtig!«

Nun sollte Alsi-Jatha zum ersten Mal ein Menschendorf sehen, und kennen lernen, wie diese im Gegensatz zu den Elfen kurzlebigen Menschen dort lebten.

Die Strahlen der Sonne drangen durch die Baumwipfel, als sie den Rand des Waldes erreichten. Vor ihnen tat sich ein von der Sonne erhelltes Tal auf, mit einem Dorf in der Mitte, das an einem Bachlauf lag.

Ellaron kam seine Gefährtin vor, wie ein Elfling, der etwas Außergewöhnliches entdeckt hatte. Sie stand fast im Sattel ihres Pferdes, ihre Augen leuchteten, sie holte tief Luft, um dann mehrere tiefe Atemzüge zu machen. Ein Lächeln breitete sich auf den Zügen ihres Gesichtes aus, und mit einem leichten Seufzer meinte sie: »Beeindruckend!«

Alsi-Jatha merkte dabei nicht, wie ihre Begleiter ebenfalls lächelten und sich Ellaron und Albarell zublinzelten.

Die beiden Elfenfreunde waren sich schon bei ihrem Aufbruch sicher gewesen, dass dieser Ausflug in das Dorf Alsi-Jatha erfreuen und beeindrucken würde, denn sie hatte außer dem Wald, der Elfenstadt und dem Weg auf ihrer Flucht, außerhalb des Höhlenelfentals noch keinen anderen Ort in ihrem langen Leben gesehen.

Albarell ergriff das Wort: »Wir tun alles, damit wir mit dem Volk der Menschen hier in Frieden leben können. Die Menschheit dehnt sich an anderen Orten unserer Welt immer mehr aus, und so beanspruchen sie den Platz der Völker, die seit Urzeiten schon dort leben. Deshalb kommt es auch oft zum Kampf zwischen diesen. Ich denke, mein Vater hat nicht falsch entschieden, mit den Menschen aus diesem Dorf Handel zu betreiben. Wir alle haben einen Nutzen davon.« Albarell holte tief Luft und meinte: »Alsi-Jatha, bitte rechne damit, dass diese Menschen dir vielleicht zurückhaltend und argwöhnisch gegenübertreten könnten. Gehe mit den Menschen dort nicht zu streng ins Gericht, sollten sie sich nicht so höflich gegenüber dir verhalten, bleibe einfach immer in der Nähe von mir oder Ellaron.«

Alsi-Jatha nickte.

Eine leichte Brise kam auf und der Wind zerrte an Alsi-Jathas Haar, spielte mit ihm und ließ es wieder los. Auf einmal lag etwas in der Luft. Etwas, das sich von ihrem Verstand nicht greifen ließ und dennoch: sie fühlte etwas Bedrohliches in sich. Es war wie ... beobachtet zu werden, und in dem Moment regte sich in ihren Gedanken eine sonderbare Empfindung. Sie sah sich kurz um, suchte nach dem Ausgangspunkt des Gefühls und sah dann zum Dorf. Sie ließ ihre Gedanken suchend noch eine Weile treiben und schüttelte dann den Kopf, um das seltsame Gefühl loszuwerden. Vielleicht hatten die Menschen ihre Reiterschar entdeckt und das Gefühl war dadurch in ihr entstanden.

»Sieh mal einer an!«
»Was?«
»Sieh genau hin!«
»Alsi-Jatha!«
Irla-Selesa legte ihrer Höhlenelfenschwester hastig die Hand vor den Mund und bedeutete ihr zu schweigen. »Nicht so laut! Sie könnten uns bemerken!«

Die Höhlenelfenkriegerin warf noch einen Blick auf die Lichtelfen, die sich unweit von ihnen aufhielten.

»Komm!«, drängte Irla-Selesa. »Wir sollten die anderen warnen und dann entscheiden was wir tun.«

Nach all der Zeit, die sie nach Alsi-Jatha und den Lichtelfen gesucht hatten, hatten die Höhlenelfenkriegerinnen sie durch einen Zufall gefunden. In Zeichensprache gab Irla-Selesa den Kriegerinnen zu verstehen, sehr achtsam und wachsam zu sein. Sie sollten die Gruppe nur weiter beobachten und darauf bedacht sein, keinen einzigen Laut von sich zu geben.

»Postiert euch entlang der Waldgrenze. Meine Schwestern, behaltet die Lichtelfen und das Menschendorf von dort aus im Auge, um zu erfahren, was vor sich geht – das zu wissen, könnte für uns und vor allem aber für Para-Saran von größter Bedeutung sein. Aber haltet euch unbedingt verborgen! Habt ihr verstanden?«, befahl Irla-Selesa, als sie die Kriegerinnen erreicht hatten.

Die Kriegerinnen nickten schweigend und befolgten die Anordnung.

Die Bewohner des Menschendorfes erwiesen sich

gegenüber den Elfen als sehr gastfreundlich. Schon als sie die ersten Hütten erreichten versammelten sich Männer und Frauen, Junge und Alte, und winkten den Ankömmlingen freudig zu.

Albarell hatte Alsi-Jatha auf dem Weg ins Dorf hinein erzählt, dass er mit seinem Vater schon hier gewesen war, als das Dorf noch aus Strohhütten bestanden hatte und der Vater des derzeitigen Dorfältesten, damals die gleiche Position innehatte wie er nun. Barano selbst war damals dreizehn Sommer alt gewesen und über die Jahre hatte sich eine Art Freundschaft zwischen dem Prinzen und dem Menschen entwickelt, die auf gegenseitigem Vertrauen basierte. Auch konnten beide auf ein paar gemeinsame Jagderlebnisse zurückblicken.

»Menschen altern so schnell und ihre Lebensspanne ist so kurz!«, erklärte Albarell und hatte so etwas wie Traurigkeit in seiner Stimme. »Barano ist mittlerweile schon ein alter Mann!«

Die Menschen musterten Alsi-Jatha mit wachen Augen, wie sie erkannte.

Der Dorfälteste trat gerade aus dem größten Holzhaus am Dorfplatz heraus und begrüßte Albarell, in dem er mit beiden Händen dessen Handgelenk umfasst den Kopf neigte und ihn dann freundschaftlich an seine Brust zog.

»Albarell, mein Freund, es ist schön dich in diesem Spätsommer wieder zu sehen!«

»Es erfreut auch mich wieder bei euch sein zu können.«

»Wie du siehst Elf, dein Menschenfreund wird mit jedem Sommer älter und die Lendenkraft lässt nach!«, grinste der Alte. »Aber sag, wie sieht es aus, hast du endlich für dich das passende Weib gefunden, damit die alten Augen deines Freundes auch noch deine Nachkommen zu Gesicht bekommen?«, scherzte er mit einem Blick auf Alsi-Jatha.

Albarell schüttelte den Kopf. »Nein mein Freund, die passende ist mir noch nicht über den Weg gelaufen, aber mit deinen Fragen stehst du meinem Vater in nichts nach!«

Während Elfenprinz und Mensch noch plänkelten und Albarell sich nach der Familie seines Menschenfreundes erkundigte, wandte sich Alsi-Jatha an Ellaron. »Liebster, was meinte der Mensch mit Lenden und dem Nachlassen seiner Kraft darin?«

»Menschenkrieger definieren sich oft durch ihre Manneskraft und nicht nur durch ihre Kampferfahrung oder ihr Können!«, erklärte er grinsend. »Je mehr Nachkommen ein Mensch mit seinem Weib hat, desto besser ist es nach ihrer Ansicht!«

Alsi-Jatha grinste ebenfalls. »Ich kenne da einen Lichtelfen, der kann sogar eine Höhlenelfe wie mich zufrieden ste …«, weiter kam sie nicht.

»Pssst!«, meinte Ellaron, »Willst du wohl darüber den Mund halten!«

Barano war vor Ellaron getreten, um auch den Waffenmeister mit einer Verbeugung und die Krieger mit einem Nicken zu begrüßen, doch er hatte Alsi-Jathas Worte vernommen, sah sie an und wich erschrocken zwei Schritte zurück. »Bei den Göttern, ist sie etwa eine Höhlenelfe!«, stieß er hervor.

»Beruhige dich Barano, mein Freund! Habt keine Furcht! Das ist Alsi-Jatha und sie gehört zu Ellaron!«, erklang Albarells Stimme.

»Oh, seine Sklavin also!«, entfuhr es dem Menschen.

Alsi-Jatha seufzte, sie hatte nach Albarells Bemerkung auf dem Hügel gewusst, dass ihre Anwesenheit die Menschen nicht begeistern würde. Sie hatte zwar selbst den Fehler begangen ihre Herkunft zu verraten, dennoch jetzt schon von der Ablehnung dieser Menschen genug. Zähneknirschend fuhr sie daher den Dorfältesten ungehalten an: »Nein, ich bin nicht seine Sklavin, sondern seine Gefährtin!« Ein kaltes Lächeln erschien auf ihrem Gesicht. »Und wenn es einen Sklaven gäbe, dann wäre das eher der umgekehrte Fall, denn nur Höhlenelfen halten sich diverse Männer aller Rassen als Sklaven.«

Barano wirkte etwas erschrocken. Doch er fasste sich gleich wieder. »Ich begrüße und segne Euch im Namen der Götter, meine Freunde!«, hieß er seine Gäste nach alter Sitte willkommen, warf dabei Alsi-Jatha jedoch einen weiteren skeptischen Blick zu. »Wenn Ihr mir bitte folgen wollt.« Er machte eine einladende Geste, und Albarell nickte würdevoll und sie schritten gemeinsam zum Dorfplatz.

Die Elfen und Barano saßen kurze Zeit später einträchtig nebeneinander auf den Holzbänken unter einer alten, großen Eiche und waren in ein Gespräch vertieft.

Alsi-Jatha und Ellaron standen bei den Pferden und sahen dem Treiben des Menschenvolkes zu, als Barano sich an den Elfenprinzen wandte. »Verzeih, Albarell, wenn ich mich so offen gegenüber dir äußere. Wir haben schon viel von den Taten der Höhlenelfen gehört und unsere Sippe hatte in früheren Zeiten auch schon einen Zusammenstoß mit diesen grausamen Elfen. Sie sieht zwar auch nicht wie eine von ihnen aus, doch Ellaron geht ein gewaltiges Wagnis ein, eine Höhlenelfe als Gefährtin zu nehmen. Das Volk der Dunklen bringt allen und vor allem denen, die sie ihrer Göttin als Opfer darbringen, Leiden, Schmerzen und den Tod. Es heißt: die wahre Liebe sollen diese nicht kennen, nur ausgefallene Gelüste. Ich hörte gerade von den Frauen, dass diese, nach dem Liebesakt, ihre Gefährten in einer Höhle mit Riesenspinnen um ihr Leben kämpfen lassen. Sie scheint mir doch ein aggressives Verhalten zu haben! Ellaron sollte ihr eine solche Übergriffigkeit nicht durchgehen zu lassen!«

Langsam drehte sich Alsi-Jatha um, denn sie hatte jedes Wort der Unterhaltung verstanden. Sie funkelte den Dorfältesten mit den Augen an. »Ach? Sehr interessant, was Ihr so über mein Volk wisst!«, hörte der Dorfälteste eine Stimme in seinem Kopf. Sein Atem wurde hektisch, sein Blick ruhelos. Innerlich verfluchte Alsi-Jatha sich selbst, was solche Äußerungen immer wieder in ihr auszulösen vermochten. »Hoffentlich weißt du auch etwas über die Magie unseres Volkes? Oder ist deine Naivität nahezu so grenzenlos, dass du glaubst mich ungestraft beleidigen zu können? Hüte deine Zunge, Mensch«, zischte sie. Sie zog die Augenbrauen hoch und grinste leicht spöttisch. »Und wage es niemals wieder, mir ein solches Verhalten zu unterstellen – nie wieder! Du sprichst von Dingen, die du nicht verstehst!«

»Alsi-Jatha!«, rief Albarell, der gerade begriff, was mit seinem Freund los war.

Sie seufzte und zog sich aus seinen Gedanken zurück.

»Das ist eine schlechte, aber ungefährliche Angewohnheit von ihr, wenn sie wütend ist!«, entschuldigte Albarell sich.

Verwirrt kniff Barano die Augen zusammen und schluckte hart.

Noch bevor Albarell überhaupt noch etwas weiteres sagen konnte, meinte sein Menschenfreund eingeschüchtert und beschwichtigend. »Wahrscheinlich ist das alles nur Gerede!«

»Es ist schon so! Doch es trifft nicht auf Alsi-Jatha zu. Du musst wissen, sie hat mir vor zwei Wintern das Leben gerettet, indem sie mir aus dem Höhlenelfental, das hinter dem Schattental liegt, zur Flucht verhalf. Ich hatte diesen Vorfall im letzten Spätsommer bei unserem kurzen Besuch nur nicht für erwähnenswert erachtet.«

»Was sollte das, Alsi-Jatha?«, fragte Ellaron.

»Das verstehst du nicht! Du willst das auch nicht verstehen, glaube mir!«

»Glaubst du, eine Wiederholung einer solchen Aussage würde es mir verständlicher machen?«

»Lass mich!«, zischte sie ungehalten.

»Erkläre es mir!«

»Du wirst es nie verstehen«, murmelte sie. »Vielleicht verstehe ich es ja selbst nicht!«

»Dann versuch es wenigsten mir zu erklären! Denn ich werde der ständigen Andeutungen allmählich überdrüssig!«

Alsi-Jatha wirbelte herum. In ihren Augen schienen immer noch rote Funken zu glimmen. Sie wirkte derart wütend, dass Ellaron unwillkürlich einen Schritt zurück machte.

»Bist du wirklich so dumm oder einfach nur naiv, Ellaron?

Muss ich dir wirklich noch erklären was los ist? Falls du es nicht bemerkt haben solltest, ich bin im Gegensatz zu euch diesen Menschen nicht willkommen!« Sie hob verächtlich die Augenbrauen und drehte sich um, ging zu ihrem Pferd, löste den Zügel und saß auf. Sie suchte die Einsamkeit.

Ein eisiges Schweigen hatte sich auf die kleine Versammlung gelegt, denn alle hatten den Ausbruch von Ellarons Gefährtin mitbekommen. Die Entschuldigung, die Barano von sich gab, hörte sie nicht mehr.

Ellaron war ihr gefolgt und fand Alsi-Jatha auf einem Hügel im Gras sitzend. Mit starrem, verachtendem Blick, in dem Trauer lag, sah sie auf das Dorf hinab.

Schließlich näherte er sich ihr und ließ sich neben ihr nieder.

»Es ist gekommen, wie es kommen musste«, hauchte sie, während er ihr den Arm um ihre Schulter legte. »Wir alle wissen um unser Schicksal, und doch akzeptieren wir es nicht immer!« Als sie ihn ansah, war in ihren sonst so stolzen Augen Hilflosigkeit zu lesen.

»Dein Handeln eben und dann davon zu laufen, es ist der falsche Weg, um anderen zu beweisen, dass du anders bist!«, flüsterte Ellaron.

»Ist es denn in deinen Augen der richtige Weg, alles was über einem gesagt wird hinzunehmen, ohne sich dagegen zur Wehr zu setzen?«

Er ergriff ihr Kinn und hob ihren Kopf sanft an, dann küsste er sie. »Ich werde dich immer lieben, egal was andere sagen oder über dich denken!«

Nach einer Weile des Schweigens, fragte er: »Was hältst du davon, wenn wir wieder ins Dorf und zu den anderen zurückkehren?«

Sie sah ihn an. »Muss das denn sein?«

Er nickte. »Wir werden über Nacht hierbleiben, vielleicht

sogar noch einen weiteren Tag, bis wir wieder in unser Elfen-
reich zurückkehren.«

Alsi-Jatha seufzte.

Albarell sah sie abwartend an, als sie vom Pferd stieg.

Barano stand auf, trat zu ihr hin, verneigte sich und sagte:
»Vergebt mir meine Worte. Wir Menschen sind oft einfach
zu unbedacht und lassen uns von Gefühlen, Gerüchten und
Vorurteilen leiten, die nicht wirklich immer ihre Berechtigung
haben. Die meinen sprach ich aus Sorge um einen Freund
aus, denn diese Elfen nenne ich so, aus vollem Herzen!«

»Dann haben wir eine Gemeinsamkeit, Dorfältester, denn
auch ich nenne sie meine Freunde und das aus vollem Herzen! Verzeiht meinen Übergriff!« Alsi-Jatha verneigte sich
ebenfalls vor Barano.

Die Dorfbewohner hatten ein kleines Fest vorbereitet und
nach diesem teilte man den Elfen einen Schlafplatz zu.

Albarell, Ellaron und Alsi-Jatha kamen bei Barano im Haus
unter.

Ellaron streckte sich müde und zufrieden auf dem Lager
aus.

Ein tadelndes: »Tsts, wie du hier so ruhig und unbekümmert liegen kannst«, kam es von Alsi-Jathas Seite.

Er drehte sich ihr zu und strich eine Strähne ihres Haares
aus ihrem Gesicht. »Wer sagt, dass ich hier neben dir ruhig
liegen will und werde? Unbekümmert ja, aber ruhig ganz bestimmt nicht!« Er knuffte sie liebevoll in die Seite.

Alsi-Jatha lachte leise und schüttelte den Kopf. »Ich werde
dir keine Gelegenheit geben etwas anderes zu tun, Waffenmeister. Jedenfalls nicht, solange wir uns hier bei den

Menschen im Haus befinden und nur durch eine Holzwand von diesen getrennt.«

Er verzog den Mund in gespielter Entrüstung. »An so etwas hätte ich nie gedacht. Doch du bringst mich da auf eine Idee!«, schnurrte er. Dann beugte er sich zu ihr herüber und küsste sie.

Sie erwiderte den Kuss, schob die störenden Gedanken über die Nähe und Anwesenheit der Menschen beiseite. Eine Weile später döste sie zufrieden mit dem Kopf auf seiner Brust ein.

Baranos Enkeltochter

Als sich die Sonne am östlichsten Rand des Landes zeigte, erwachte das Leben im Dorf der Menschen wieder und diese begannen mit ihrem gewohnten Tagesablauf. Überall war Stimmengewirr zu hören und dies drang an die empfindsamen Ohren der Elfen heran.

Alsi-Jatha verließ die Hütte und sah, mit welchem Eifer sich die Menschen an ihr Tagwerk machten.

Barano trat neben sie. »Ich wünsche einen guten Morgen, Alsi-Jatha!«

Er sah, wie sie eine Augenbraue nach oben zog und ihn von der Seite her musterte.

»Wir Menschen sind wohl für Eure Ohren ziemlich laut!« Sein Blick glitt schmunzelnd und gleichzeitig wachsam über das Dorf und ein warmer und gutmütiger Ausdruck trat in sein Antlitz. »Die Menschen meines Dorfes sind sehr fleißig!«

»Es sieht mir ganz danach aus!«

Barano lächelte, doch plötzlich bekam sein Gesicht einen ernsten Ausdruck. »Es ist nicht schwer zu erkennen, dass Ihr euch immer noch nicht wohler bei uns fühlt. Dies ist wohl auch meine Schuld!«, merkte er an.

»Ich habe Eure Feindseligkeiten mir gegenüber bereits fast vergessen«, sagte sie.

»Fast?«, er seufzte. »Nun!«, sprach er mit einer Heiterkeit in seiner Stimme, die sie nicht so recht verstand. »Dann darf ich Euch zur Stärkung des Körpers und als Beweis unserer Gastfreundschaft sicherlich ein Frühstück anbieten?«

Alsi-Jatha lächelte freundlich. »Eine sehr gute Idee!«

»Dann kommt, da drüben zur Bank!«

Sie setzten sich und Barano nickte seiner Magd zu. Diese trug in Windeseile das Frühstück auf.

»Es sieht hier alles im Moment so friedlich aus, doch ich erinnere mich an all die Wochen und Monate voller Qualen im letzten Winter und bald wird er wieder einkehren. Die Kälte kommt zuerst und am Ende kommen meist der

Hunger und Krankheiten zu uns. Wir müssen wachsam bleiben und das macht einem argwöhnisch gegen die, die nicht so sind wie wir.«

Alsi-Jatha hörte ihm nur mit halbem Ohr zu, denn ihr Blick fixierte eine der Menschenfrauen am anderen Ende des Dorfes, die einen lauten Ruf ertönen ließ.

»Sieli! Sieli, wo steckst du?«, rief die Menschenfrau.

Barano horchte nun ebenfalls auf, und wurde auf einmal etwas unruhig.

Alsi-Jatha bemerkte es und ohne, dass sie etwas sagen musste, verstand der Dorfälteste ihren fragenden Blick. »Das Kind, das sie sucht, es ist noch keine sechs Sommer alt, und meine Enkeltochter. Die Tochter meines Sohnes Tanzold und von meiner Schwiegertochter Lobelia.«

»Ist sie wirklich weg, Lobelia?«, rief Barano mit großer Besorgnis in der Stimme, als die Frau sie erreichte.

»Sie war vor kurzem noch bei mir, doch jetzt ist sie spurlos verschwunden! Ich habe sie schon überall gesucht.«

Alsi-Jatha musterte die Menschenfrau und sie verspürte auf einmal ein sehr ungutes Gefühl in sich.

»Bist du dir im Klaren darüber, welcher Gefahr deine Tochter ausgesetzt sein könnte, wenn sie das Dorf allein verlassen hat, nur weil du nicht genug auf sie geachtet hast, Tochter?«, donnerte Barano los.

»Ich denke, wir sollten die Kleine gemeinsam suchen! Wir helfen euch dabei!«, sagte Albarell, der gerade herbeigeeilt war, da ihm der Aufruhr seines Freundes, der neben Alsi-Jatha saß, nicht verborgen geblieben war.

Alsi-Jatha erhob sich. »Auf was warten wir dann noch?« Sie sah zu Ellaron hinüber, der gerade aus der Hütte heraustrat. »Ellaron, lass uns am Bach dort drüben suchen!«, meinte sie ihrer Eingebung folgend.

Alsi-Jatha hatte am Tag zuvor beobachtet, wie fasziniert Baranos Enkeltochter – *wie sie nun wusste* – lange Zeit mit dem Wasser in der Schüssel gespielt hatte. Die Kleine hatte sogar geweint, als ihre Mutter letzten Endes das Wasser aus der Schüssel an einen Baum entleert hatte.

Alsi-Jatha und Ellaron liefen kurze Zeit später am Bach entlang, bis sie auf einem Stein in Ufernähe eines kleinen Blutflecks gewahr wurden. Er war noch nicht geronnen, also noch frisch.

»Sieli!« rief sie. Dann lauschte sie einen Moment. Nichts! *Hoffentlich ist das Kind nicht ohnmächtig und vom Wasser mitgerissen worden,* schoss es Alsi-Jatha durch den Kopf.

Ellaron suchte die andere Seite des Baches ab und Alsi-Jatha lief ebenfalls weiter, in der Flussrichtung des Wasserlaufes. Kurz darauf fand sie einen auf dem Bauch liegenden, kleinen, menschlichen Körper, der im flachen Gewässer lag.

Schnell lief Alsi-Jatha hin und drehte das Kind um. Sie rief Ellaron zu, dass er zu ihr kommen solle. Sie sah in das blasse Gesicht des Kindes, dessen Lippen sich langsam blau färbten. Alsi-Jatha rang vor Entsetzen um Luft, denn sie wusste, dass das Wasser aus den Lungen der Kleinen herausmusste. Dann schlug Alsi-Jatha dem Kind leicht auf den Brustkorb und drehte es zur Seite.

Ellaron sah sie entsetzt an, doch sein Blick entspannte sich, als das Kind würgte und ein Schwall Wasser über seine Lippen lief.

Die Stimme des Mädchens war leise als sie kurz danach: »Ma…ma?«, fragte. Ihr Stimmchen klang so zart und brüchig, so dass man sie kaum verstehen konnte. Doch das Kind war am Leben. Dann wurden ihre Augen immer größer und plötzlich wimmerte die Kleine ängstlich.

»Schhhhhh, meine Kleine, ist ja gut, ganz ruhig, schhhh, wir bringen dich zu deiner Mama, ganz ruhig!«

»Mama?«, wimmerte Sieli vor sich hin, als Ellaron sie auf seine Arme hob.

»Lass uns gehen!«, drängte Alsi-Jatha, als sie wieder dieses seltsame Gefühl überkam, als würden ihnen Blicke folgen.

Alle waren glücklich im Dorf, dass dem Kind nicht mehr geschehen war. Die Kräuterfrau des Dorfes kümmerte sich mit Alsi-Jatha zusammen um die Verletzung der Kleinen. Tanzold und Lobelia versicherten ihren Dank, während Barano erst einmal für einen Moment allein sein wollte.

Etwas später nahm Barano neben Alsi-Jatha auf der Holzbank Platz und ergriff, ohne ein Wort, ihre Hand.

Alsi-Jatha wollte schon ihrer Empörung über das Verhalten des Menschen kundtun, als er sagte: »Ich danke Euch für Eure Hilfe, Alsi-Jatha.«

»Es hätte nicht sein müssen, wenn Eure Schwiegertochter besser auf ihr Kind geachtet hätte! Warum seid ihr Menschen so leichtsinnig?«

Es fiel ihm sichtlich schwer, seine Verwirrung über diesen Tadel, wenn er auch berechtigt war, zu verbergen. Er fing sich jedoch schnell wieder, denn er wusste nur zu gut, wie recht sie hatte. »Ihr seid, wie ich bemerkt habe, im Gegensatz zu den anderen Vertretern Eures Volkes wirklich etwas Besonderes. Ich muss zugeben, Ellaron und Albarell haben Recht in dem was Euch betrifft und das gefällt mir. Entscheidet selbst, ob wir Eurer Aufmerksamkeit und Freundschaft würdig sind.«

»Vielleicht seid Ihr das wirklich!«, sagte sie und lächelte.

Mühsam rang er um Fassung, denn ein *Vielleicht* hatte er als Antwort nicht erwartet. Barano öffnete den Mund, setzte zu einer Entgegnung an.

Alsi-Jatha grinste jedoch und verschloss ihm mit einer sanften Berührung ihres Zeigefingers die Lippen. »Ich habe Euch sehr wohl verstanden, Barano, und ich bin sehr froh, dass Ihr mir Eure Freundschaft anbietet! Ich habe ebenso meine Zeit gebraucht, um zu erkennen, dass oftmals alles anders ist, ... anders als es scheint und anders, als es uns im Denken zu sein scheint«, sagte sie leise.

»Man ist wohl nie zu alt, um noch etwas dazu zu lernen!«, meinte Barano lachend. »Ich sehe alt aus und für einen Menschen bin ich dies auch, doch weiß ich, ihr seid um hunderte von Jahren älter als ich.«

Alsi-Jatha starrte Stunden später in die Schwärze der Nacht. Die letzten Flammen züngelten noch einmal in dem Lagerfeuer auf, das in der Mitte des Dorfplatzes aufgeschichtet worden war, um dann gänzlich zu erlöschen.

Sie zog die Kapuze ihres Umhangs über den Kopf, schlang die Arme locker um die Beine und dachte nach. »Hass, Neid, Töten von anderen Wesen, selbst in den eigenen Reihen ... dies sind die Abgründe der Höhlenelfischen Seele ...«, flüsterte sie, »und unsere Lehrmeister behaupten, diese Gefühle seien die der Menschen und Lichtelfen, nicht die der unseren, allein um diese zu töten und der Göttin zu opfern, und unser Handeln so zu rechtfertigen!« Ihr Blick glitt wieder ins Dunkle, und mit einem Mal schien sie etwas für niemand anderen ihres Volkes Ersichtliches zu sehen. Ihr Volk trug somit die Saat seiner eigenen Vernichtung genauso in sich, so wie alle anderen Völker auch.

Sie blickte sich um. Sie hatte auf einmal wieder dieses Gefühl, als habe sie einen heimlichen Beobachter.

Zwei Menschen mittleren Alters tauchten auf. Sie hörte, wie sie miteinander sprachen. »Hasarel, endlich bist du zurück! Die Kinder und ich dachten schon, du wolltest heute auf den Feldern bleiben!«, begrüßte die Menschenfrau den Mann, der diese mit seinen Armen umschlang und zärtlich küsste. Sie löste sich aus seiner Umarmung und wandte sich lächelnd ihrem Mann zu. »Wir sind nicht alleine, mein Gatte!«, und sie wies mit dem Kopf dabei in Alsi-Jathas Richtung.

Einen kurzen Augenblick glaubte Alsi-Jatha, dass der Mann seine Miene verzog. Sie dachte erst, es galt ihr, doch dann blitzten in dessen grauen Augen ein ihr so bekanntes Glitzern auf. Breit grinsend saß sie da, und innerlich seufzte sie auf. Sie hätte sich auch gestört und beobachtet gefühlt, an seiner

Stelle.

»Komm endlich, es ist Zeit zum Schlafen, Alsi-Jatha!«, hörte sie auf einmal Ellarons Stimme. »Wir brechen morgen schon kurz nach Sonnenaufgang auf! Also ab mit dir ins Bett und in meine Arme!«

Doch in diesem Moment überkam sie erneut dieses ungute Gefühl. Ein Blitz zuckte, wie eine Warnung, durch ihren Kopf und die Runen aus dem Buch der Magie leuchteten, einer Weissagung gleich, vor ihrem inneren Auge auf. Sie überkam der Verdacht, dass ein Unheil geschehen würde, doch wovon die Gefahr ausging und worin sie bestand, entzog sich ihrer Kenntnis.

In dieser Nacht hatte sie einen Alptraum….

Sie sah Feuer und Flammen, die gierig über Holzbalken leckten. Eine Frau stand panisch schreiend in den Flammen, die sie einschlossen. Das Bild änderte sich. Wieder sah sie eine Frau, glaubte sie zu kennen, diese suchte ebenso wie andere einen Fluchtweg aus einer Feuerhölle. Ihr erschien das Bild von Para-Saran und eine stetig anwachsende Blutlache. Das Bild der Hohepriesterin wurde verdrängt von dem eines Mannes, dessen Augen starr zum Himmel gerichtet waren und der an einem Pfahl stand. Eingebrannt in dessen Brust erschien das Zeichen der Höhlenelfen für den Verrat. Sie war schon fast aus dem Traum erwacht, als sie für einen Moment ein schönes und für sie ergreifendes Bild wahrnahm. Sie stand da in einem cremefarbenen Gewand am Fenster der Feste ihres Volkes. Zärtlich fuhr sie mit ihrer Hand über den sich wölbenden Leib. Doch schlagartig änderte sich das Bild erneut. Mit einem Schrei fuhr sie aus diesem Traum auf, als sie Ellaron mit schlimmsten Wunden vor sich auf dem Boden liegen sah.

Ellaron sah fassungslos in ihr Gesicht. Alsi-Jathas Augen waren groß und weit aufgerissen, ihr Atem ging stoßweise. Er konnte ihren Aufruhr und das Entsetzen sehen, das sie im Schlaf heimgesucht hatte. Langsam beruhigte sich ihr zitternder Körper in seinen Armen wieder. »Was bei allen Göttern ist denn geschehen?« fragte er.

»Oh es … es war nur ein … schlechter Traum! Ein sehr unschöner … bis auf ein Bild!«, sagte sie leise und stockend. Sie lag in seinen Armen. Seltsam hilflos. Plötzlich wurde sie sich der Tränen bewusst, die ihre Wangen hinunterliefen, verzweifelt und gleichzeitig ärgerlich wischte sie sie weg.

»Eine Höhlenelfe hat wohl nicht zu weinen!«, meinte Ellaron. Er spürte ihre Erregung über seine Worte.

Sie erschauerte leicht, als er sanft an ihren Lippen zu saugen begann. Sie seufzte leise und schloss die Augen.

Ellarons Finger fuhren durch ihre Haare und leise flüsterte er in ihr Ohr: »Tränen, sind nichts Schlimmes, Liebste! Und Träume sind nur Träume, und nicht die Wirklichkeit!«

Nach einem kurzen Frühstück verabschiedeten sie sich von den Menschen, mit dem Versprechen, vor dem nächsten Spätsommer wieder zu kommen.

Ein fordernder und dennoch freundschaftlicher Blick erreichte Alsi-Jatha aus Baranos Augen: »Das gilt auch für Euch, Alsi-Jatha!«

Für einen Moment noch zögerte sie, doch dann erklärte sie lächelnd: »Ich habe dich sehr wohl verstanden Barano, mein Freund!«

Sieli hielt ihr eine kleine Blume entgegen.

Alsi-Jatha bückte sich dem Kind entgegnen. »Ist diese Blume etwa für mich?«

Die Kleine nickte und drückte sie ihr in die Hand, um dann schnell zu ihrer Mutter zu laufen und sich hinter ihrem Rock zu verstecken.

Alsi-Jatha mochte dieses Kind.

Mit einem Blitzschlag gefror die Realität um sie herum - sie sah den Mann mit den toten Augen am Pfahl stehen, ein Kinderkörper mit durchgeschnittener Kehle, dessen Blut den Boden rot färbte. Wer die Toten waren, das konnte sie nicht erkennen.

Etwas verblüfft und auch beunruhigt, nahm Ellaron neben ihr zur Kenntnis, dass in ihren Augen so etwas wie Erschrockenheit und Angst aufblitzte.

Als sie auch schon mit matt klingender Stimme ihm zuraunte: »Ihr entschuldigt mich, ich reite schon mal voraus«, dabei stieg sie auf ihr Pferd auf und setzte es mit einem Druck ihrer Unterschenkel in Bewegung.

Er selbst nickte noch einmal den Menschen zu und folgte ihr. Als sie den Waldrand erreichten, fragte er sie, was denn los sei.

»Dieser Traum von heute Nacht, er verfolgt mich immer noch«, sagte sie und setzte für ihn ein beruhigendes Lächeln auf, doch innerlich war sie sichtlich aufgewühlt.

Was hatte dies alles nur zu bedeuten?

Rachegelüste der Höhlenelfenpriesterin

Para-Saran führte ihre Kriegerinnen ins Land der Menschen, direkt an die Grenze des Waldes, in dem sie die verhassten Lichtelfen wusste. Alle Kriegerinnen akzeptierten bedingungslos ihre Befehle. Gnadenlose Kälte lag in ihren Augen. Die Hohepriesterin wusste, dass die Augen ihrer Kriegerinnen abwartend auf ihr ruhten. Langsam sah Para-Saran mit kaltem und todbringendem Blick zum Dorf hinüber, das im Dunkel der Nacht und im Schlaf der Bewohner vor ihnen lag.

»Es ist an der Zeit diese Menschen dort zu überraschen und sie zu vernichten. Ich weiß, dass viele von euch es nicht erwarten können in die Schlacht gegen die Lichtelfen zu ziehen. Euer Wunsch, wenn auch über den kleinen Umweg und den Tod der Menschen dort, er sei euch von der Göttin gewährt!«, sagte sie. »Noch heute Nacht wird unser Angriff den Lichtelfen einen von Schmerzen vergifteten Pfeil in ihr Herz jagen. Wir werden das Dorf ihrer Menschenfreunde und deren Leben auslöschen! Dies wird unseren Feind bestimmt aus seinem Versteck im Wald locken und dann in unsere Hände treiben.«

Die Kriegerinnen nickten zustimmend.

»Dies alles hier geschieht nicht auf meinen alleinigen Wunsch, sondern auf Geheiß und dem Willen unserer Göttin. Ehrt sie also, kämpft gut und schenkt ihr die Menschenfrauen und Kinder zuerst als Opfer. Die Männer dieses Dorfes jedoch, die ihr lebend fangen könnt, die bindet auf der Ebene vor dem Dorf an Pfähle, damit wir sie vor ihrem Tod noch ausgiebig befragen können.« Sie grinste böse, als sie weitersprach. »Ist es nicht eine Fügung der Göttin und nett von diesen Menschen, dass dort einige Stämme bereits gerodet und entästet liegen? Nehmt also diese, meine Schwestern!«

Es geschah ohne jegliche Vorwarnung. Die Nacht war hereingebrochen und hatte nach einem schweren Arbeitstag Barano einen wohltuenden Schlaf geschenkt. Er wurde jedoch vom Bellen der Hunde und einem weiteren Geräusch geweckt. Er war noch nicht richtig wach, als Schreie des Entsetzens durch die Nacht hallten, da erhielt er einen Schlag von der Seite. Es war nicht mehr möglich sich zur Wehr zu setzen, denn er hatte den unbekannten Angreifer erst in dem Moment bemerkt, als es bereits zu spät war. Ein Schmerz zuckte durch seinen Geist und er roch Feuer. Er verlor kurz die Besinnung.

Als Barano langsam wieder zu sich kam, spürte er, dass seine rechte Gesichtshälfte brannte.

»Der Schnitt ist tief, doch nicht lebensbedrohlich, aber tief genug, um dein Blut hervorquellen zu lassen!«, hörte er eine Stimme sagen. Er versuchte gegen den Schmerz anzukämpfen, zwang sich, die Augen zu öffnen.

Ein rötliches Licht blendete ihm ins Gesicht. Er sah nur eine schemenhafte Gestalt vor sich. Barano wollte die Hände heben, zum Schutz vor dem Licht, doch es ging nicht. Als er begriff, dass er festgebunden war, riss er die Augen weit auf und dann sah er es: Das Dorf, dessen Oberhaupt er war, stand in Flammen. An siebzehn Pfählen waren Männer seines Dorfs, genauso wie auch er, festgebunden.

Dann erst erkannte er die Elfe in Rüstung, die in seiner Nähe stand. Ihre Augen beobachteten ihn genau und schienen ihn zu durchbohren. Sie hatte jenen grausamen und verschlagenen Zug, der allen Höhlenelfen anhaftete. Jetzt wusste er auch wer sie waren … Höhlenelfen hatten sein Dorf überfallen.

Eine kleine Weile verstrich, bevor sie zu sprechen begann. »Mensch!«, Para-Saran spuckte das Wort regelrecht aus, »Wo sind die Lichtelfen zu finden?«

Er schüttelte den Kopf.

»Sie werden«, die Höhlenelfen zeigte mit der Hand auf die anderen Pfähle, »so wie auch du, nicht einfach schnell sterben, wenn du nicht sprichst! Diese Gnade haben wir und die Göttin nur euren Weibern und Kindern gewährt!«

Barano sackte innerlich in sich zusammen und ließ den Kopf hängen.

Raka-Saris trat näher an Para-Saran heran.

»Er war der Mensch, mit dem sich der Elfenprinz gleich nach ihrer Ankunft im Dorf unterhalten hat.«

»Dann wird er der Führer dieses Dorfes sein«, stellte Para-Saran mit Gewissheit fest, »und somit wird er auch der Letzte sein, der zur Göttin geht! Beginnt mit einem der anderen!«

Barano hob den Kopf. Er schien etwas sagen zu wollen, überlegte es sich dann aber anders. Er wusste, dass sie alle umbringen würden, egal ob er etwas sagte oder nicht.

Para-Saran gab ihren Kriegerinnen einen Wink.

Die furchtbare Zeremonie des Folterns und Tötens im Namen der Göttin der Höhlenelfen begann mit dem Schreien des jungen Mannes, der gerade erst seine Kindheit hinter sich gelassen hatte. Barano wusste nur zu gut, was in dem jungen Mann vorgehen musste, und er litt mit ihm. Es war Warons ältester Sohn Borga.

Raka-Saris flüsterte Para-saran zu, dass dies und die Vernichtung des Dorfes, da auch keine ihrer Kriegerinnen gestorben war, ein sehr gutes Omen sein musste, um auch den Lichtelfen habhaft zu werden.

»Raka-Saris, langweile mich nicht mit Dingen, von denen ich mir sicher bin, dass dem so ist! Sieh dir lieber an, wie sie für unsere Göttin Schmerz erleiden!« Ein teuflisches Grinsen machte sich auf ihrem Gesicht breit. »Meine Schwestern!«, mahnte sie. »Tötet diesen Jüngling der Menschen nicht zu schnell, die letzten noch lebenden Männer seines Dorfes, sie sollen auch noch etwas von seinem Leiden haben! Sie sollen in den Genuss kommen mitzuerleben welches ähnliche Schicksal wir ihnen zugedacht haben«, sagte sie.

Eine Höhlenelfe zog ein kurzes Messer aus dem Gürtel.

»Oh ihr Götter steh mir doch bei … Gnade, … Gnadeeee …, warum tut ihr … mir das … an!«, schrie Borga, als der

Dolch Stück für Stück in seinen Leib eindrang.

Die Luft um sie herum war vom Jammern und den Schreien des Bauernsohns erfüllt.

Mit Genugtuung beobachtete Para-Saran, wie die Männer in ihrer Verzweiflung die Augen aufrissen und einige von ihnen vor Angst zitterten oder ihnen die Tränen über die Wangen rollten.

Die Kriegerin blickte zur ihrer Hohenpriesterin hinüber, deren Gesicht mitleidlos und ohne Regung war. Doch wer Para-Saran gut kannte, der konnte das kleine Aufflammen von Genugtuung und Genuss sehen, dass in ihren Augen loderte.

Die Kriegerin zog den Dolch langsam wieder aus den Eingeweiden des jungen Mannes heraus, während sich der Leib Borgas zusammenkrampfte. Als die Klinge gänzlich herausgezogen wurde, bäumte sich sein Körper am Pfahl auf. Blut strömte in Massen aus der Wunde, vermischte sich unterhalb seiner Füße mit seinem Urin. Die Kriegerin trat zur Seite …
Seine zum Schrei geöffneten Lippen blieben aufgesperrt, als der Wurfspeer einer der etwas entfernt stehenden Kriegerinnen, nach dem Nicken ihrer Hohepriesterin, seinen Kopf durchschlug und an den Pfahl nagelte.

»Nimm dieses Opfer von uns an, Göttin, auf dass es dir wohlgefalle!«, rief Para-Saran dem hell leuchtenden Mond entgegen.

Beim nächsten Opfer verfuhren die Kriegerinnen ein wenig anders. Der ältere Bauer, der einst ein tapferer Krieger gewesen war, stöhnte unter seinen Qualen. Er gab dennoch keinen Schrei von sich, als sich die Spitze eines tot bringenden Speeres immer tiefer in seinen Leib bohrte.

Das Todesröcheln und Wehklagen der gefolterten Menschen lag stundenlang über der Ebene.

Para-Saran ging zum Pfahl, der neben Barano aufgestellt war, und sah dem vorletzten Opfer prüfend ins Gesicht, ob noch Leben in ihm war, doch seine Augen waren weit aufgerissen, ebenso der Mund und keine Atmung war mehr zu erkennen.

Mit einem Seufzer der Verzweiflung hob Barano den Kopf, und Tränen rannen seine Wange hinab. Kein Wort, kein Laut war seinen Lippen entflohen, als die Kriegerinnen der Höhlenelfen Mann für Mann seines Dorfes töteten.

Para-Saran winkte Raka-Saris zu sich heran. »Reiche mir was immer ich brauche, bei dem Dorfältesten lege ich selbst Hand an!«, erklärte sie, um ihn mit Wollust für die Göttin und sich zu foltern.

Baranos Angesicht wurde, von dem von ihr verursachten Schmerz, so bleich, als sei jeder Tropfen seines Blutes aus ihm gewichen. Schweißtropfen traten auf seine Stirn, aber er sagte der Höhlenelfe nicht, wo die Lichtelfen zu finden waren. »Ihr tut mir ... Schmerzen an, doch Ihr ... werdet ... von mir nichts erfahren. Der höchste ... unserer ... Götter, er wird sich meiner ... im Tod erbarmen und Euch ... strafen!« Dabei sah er Para-Saran in die gelb gewordenen Mandelaugen, als spräche er einen Schwur aus.

Die Höhlenelfe lachte: »Hier hilft dir keiner deiner Götter, Mensch! Hast du noch immer nicht begriffen? Die Götter haben Euch allein gelassen, genauso wie Eure Lichtelfenfreunde!«

Baranos Qualen wurden noch gesteigert. Para-Saran trennte ihm nach und nach immer wieder einen seiner Finger von den Händen ab. Länger als bei allen anderen dauerte seine Folter an. Am Ende spürte er nur noch das Einbrennen des heißen Eisens auf seine Haut.

»Dein Körper, Mensch, wird die Botschaft an diese verdammten Lichtelfen sein und an die kleine Verräterin aus unseren Reihen!«, sagte Para-Saran fast feierlich.

»Sie ... ist etwas Besonderes ... unter Eures gleichen!«, hauchte er kraftlos. »Mögen die Götter sie ... zu Eurer Vernichtung ... auserkor...!«, weiter kam er nicht, denn ein Stich in sein Herz, von Para-Saran im Zorn gesetzt, erlöste ihn von den Qualen.

Kurz bevor der Morgen dämmerte, hatten die

Höhlenelfinnen ihre düstere Arbeit vollendet. Baranos tote Augen waren starr in die Ferne gerichtet – so als suchten sie die Hilfe der Götter.

Der Feind ist nah

Rückblick: Zwei Tage zuvor ....

Ellaron hielt Alsi-Jatha in seinen Armen. Sie wirkte auf ihn in den letzten Tagen, seit der Rückkehr aus dem Menschendorf, sehr in sich gekehrt und zurückgezogen. Er wusste, dieses Verhalten ihrerseits galt nicht ihm, dennoch verstand auch er nicht, warum sie über das was sie bedrückte, mit ihm nicht sprach.

Sie schrak im Schlaf plötzlich wieder zusammen. Ihr Puls und ihre Atmung rasten merklich.

Ellaron schrak aus dem Schlaf und sah sie erschüttert an. »Ach, Alsi-Jatha, was ist nur los mit dir? Wach doch endlich auf!«, sagte er und bedeckte ihr Gesicht mit Küssen.

Sie erwachte und sah in mit verschleierten Augen und immer noch schwer atmend an. Sehnsüchtig drängte sie ihm ihren Körper entgegen. »Nimm mich!«, hauchte sie, »ich brauche deine Liebe jetzt!«

Für einen Moment zögerte er, doch sie hatte ihn gebeten und es war nur zu offensichtlich, dass sie seine körperliche Liebe wirklich benötigte. Er brach seine Gedanken ab, zog sie an sich. Sie spürte beinahe jeden Muskel von ihm, ihr Herz raste immer noch. Sie sah in seine Augen, die mit einem Mal Begierde widerspiegelten. Seine linke Hand glitt behutsam zwischen ihre Schenkel, streichelte ihre Liebesknospe, und ließ sie erschaudern.

Sie genoss diesen Zwiespalt in ihrem Liebesspiel.

»Nimm mich!«, hauchte sie noch einmal. Und er nahm sie mit Leidenschaft.

Am nächsten Morgen verabschiedete sich Ellaron von Alsi-Jatha, denn er musste zur Waldwache aufbrechen, auch wenn er sie nicht gerne alleine ließ.

Die Nacht des zweiten Wachtages war noch nicht um, und

die Elfen hatten ihr Lager am Abend zuvor in der Nähe des Waldrandes aufgeschlagen.

Ellaron rümpfte auf einmal die Nase. »Riecht ihr das auch?«, fragte er zwei seiner wachhabenden Krieger.

»Ja, es riecht nach verbranntem Holz!«, meinte einer der Krieger.

»Weckt die anderen und lasst uns nachsehen.«

Rauchwolken schwebten ihnen schon am Waldrand entgegen, die vom Tal herüberzogen.

Kurz vor dem Morgengrauen machte sich in den schönen Gesichtern der Lichtelfen das Grauen breit, als sie zur Ebene hinschauten. Die Überreste der Häuser und Stallungen des Menschendorfes schwelten an einigen Stellen nur noch. Die Pfähle, die sich vor ihnen aus der Erde erhoben, sie zeigten ihnen das schreckliche Bild einer grausamen Bluttat, wie sie diese noch nie zuvor gesehen hatten. Einer der letzten gefangenen Menschenfreunde, der an einen der Pfähle gebunden worden war, hauchte gerade sein Leben unter dem Dolch eines Wesens aus. Diese Wesen, wer immer sie auch waren, standen in ihren schwarzen Umhängen im Schleier des Dunstes. Wie es den Anschein machte, hatten diese die Leiber der Dörfler gemartert. Angewidert wandte sich Ellaron ab, sank auf den Boden, denn sie waren wohl um viele Stunden zu spät an diesem Ort eingetroffen, um noch eine der Seelen dort retten zu können.

»Wir sollten diese Bestien angreifen und vernichten, Waffenmeister!«

»Geduld, Rilaron! So schnell und gerne du auch handeln magst, für unsere Freunde dort ist es zu spät. Bedachtsamkeit ist hier für uns ein mächtiger Verbündeter. Wir müssen achtsam und auf unser eigenes Leben bedacht sein.«

»Aber man muss diese Bestien für diese Tat doch zur Verantwortung ziehen«, sagte ein anderer Elfenkrieger aufgebracht. »Sie haben Barano und die seinen gequält, verstümmelt und getötet, das Dorf mit all seinen Seelen niedergebrannt. Denn ich kann nichts Lebendes mehr außer diesen

Gestalten in ihren Umhängen erkennen.«

»Diese Menschen müssen für ihre Tat an den Dörflern bestraft werden!«, zischte Rilaron und legte seine Hand so fest um den Knauf seines Schwertes, das seine Handknöchel weis hervortraten.

»Nein Rilaron, dies sind keine Menschen!« Ellarons Stimme klang fest und gewiss. »Auch wenn ich die letzten Höhlenelfenkriegerinnen, vor mehr als ... sechshundert Sommern gesehen habe, also noch vor deiner Geburt. Das sind welche, da besteht für mich kein Zweifel. Spürst du ihre dunkle Macht nicht auch in deinem Herzen?«, fragte er. »Und natürlich werden wir sie nicht einfach so ziehen lassen, doch freue dich nicht zu früh! Wir wissen nicht, was uns erwartet.«

Ein stechender Schmerz machte sich in seiner Brust breit, als er an Alsi-Jatha dachte und an ihre Vermutung, dass ihr Volk nicht ruhen würde, bis sie Albarell und auch sie wieder in ihren Fängen hatten. Die Stadt seines Volkes und der Palast seines geliebten Königs waren viele Meilen entfernt, und ein unheiliger Krieg würde hier vielleicht zwischen den Elfenvölkern unbemerkt durch diese Angreifer entbrennen. Entweder war er mit seiner Waldwache durch Zufall genau in deren Front geraten, oder die Wurzel des Übels − bestehend aus Alsi-Jatha Verwandter − hatte es genau auf sie abgesehen.

Kala-Masa war ein Stück seitlich der Lichtelfen. Para-Saran hatte sie vor dem Überfall schon mit ein paar Kriegerinnen ausgeschickt, um vielleicht durch Zufall Lichtelfen zu entdecken, die den Überfallenen vom Wald her zu Hilfe kommen wollten. Denn sie hatten Alsi-Jatha und den Lichtelfenprinz hier entdeckt, hatten versucht ihnen auf leisen Sohlen auf dem Heimweg vor gut einem Mondlauf zu folgen. Aber sie hatten sie im Wald verloren und auch keine Spuren von ihnen wiedergefunden. Man hatte daraufhin Para-Saran informiert und die Hohepriesterin war mit weiteren Kriegerinnen zu ihnen gestoßen. Para-Saran hatte die Hoffnung, wenn die Waldwachen der Lichtelfen das Feuer bemerkten, dass diese dann ihren schützenden Wald verlassen würden um den Menschen, zu denen sie anscheinend eine freundschaftliche Verbindung hatten, zu Hilfe zu eilen. Einige dieser Lichtelfen waren nun, nur wenige Schritte von ihr und ihren Schwestern entfernt.

Eine der Kriegerinnen hatte sich unentdeckt zu ihren Schwestern bei den Pfählen zurück geschlichen und sich an Para-Saran gewandt, in dem sie leise sagte: »Wir haben einige Lichtelfen entdeckt, Herrin! Sie sind ganz nah«, und sie deutete unbemerkt mit einer leichten Kopfbewegung in die Richtung, wo diese sich befanden.

Para-Saran blickte angestrengt und dennoch unauffällig in die gewiesene Richtung, doch ihre Augen erblickten nichts als Gras und knorrige Bäume im Zwielicht des erwachenden Morgens.

»Wo?«, fragte sie.

»Dort!«

Die Hohepriesterin schenkte den Kriegerinnen neben sich ein Lächeln. Sie versuchte, die anderen ihrer ausgesandten Kriegerinnen auszumachen, doch bis auf eine konnte sie keine von ihnen entdecken, was jedoch nichts zu bedeuten hatte.

Ellarons Muskeln spannten sich, als er seinen Bogen doch hob, einen Pfeil einlegte, den eingelegten Pfeil zurückzog und auf eine der dunklen Gestalten richtete und diese, nachdem er den Pfeil abgeschossen hatte, mit einem lauten Aufschrei zu Boden ging.

Eine der Höhlenelfenkriegerinnen war getroffen.

Die Kriegerin, die Para-Saran Meldung gemacht hatte, ging neben ihr röchelnd zu Boden und war tot.

Doch noch im selben Moment, in dem Ellaron den Pfeil losgelassen hatte, wusste der erfahrene Krieger, dass etwas ganz und gar nicht stimmte. Da ertönte auch schon von irgendwo seitlich von ihnen ein Ruf. Seine schlimmsten Befürchtungen wurden wahr, denn gerade in diesem Augenblick erkannte er, dass er einen großen Fehler begangen hatte. Denn von der Seite her stürmten Höhlenelfenkriegerinnen auf sie zu. Beim Anblick wie viele Gegner sie gegen sich hatten, war es das Beste sich in den Wald zurückzuziehen. Es war die einzige Möglichkeit, das zu retten, was noch zu retten war. »Verdammt, es ist doch eine Falle! Zieht euch in den Wald zurück«, rief er aus.

»Wieso laufen wir weg, Waffenmeister?«, fragte einer der Krieger stirnrunzelnd. Ellaron schnappte ihn sich und zog ihn näher zu sich heran. »Sieh genau hin! Wir sind zu wenige, um gegen sie bestehen zu können. Wir sind verloren, wenn sie uns in die Hände bekommen. Die wollen nicht nur unseren Trupp, sie wollen unser ganzes Volk tot und vernichtet sehen. Ich habe zu spät erkannt, was sie geplant haben und ich möchte nicht, dass unser Volk und der König einen dieser heimtückischen Angriffe zum Opfer fallen. Wir alle würden so enden wie diese Menschen, die uns Freunde waren. Es ist fürs Erste wichtiger, dass wir unser Volk warnen, als hier den Helden zu spielen, um in einer Wahnsinnstat den Tod zu finden.«

Para-Sarans Katz und Maus spiel mit den Lichtelfen begann. Schatten, die am Rande des Waldes lauerten, breiteten sich auf einen in List erdachten Scheinangriff vor.

»Warum greifen sie uns an, um sich dann unverrichteter Dinge zurück zu ziehen?«

»Ich weiß auch nicht, warum sie es tun«, flüsterte Ellaron.

»Sie wollen vielleicht, dass wir Angst bekommen und die Nerven verlieren und ihnen den Weg somit tiefer in unser Reich weisen.« Er sah sich um. »Wo sind eigentlich Sonariell, Esmaros und Kesirel?«

»Verschwunden! Sie waren gerade noch hinter uns!«

Sie hörten im nächsten Augenblick einen entsetzlichen Schrei.

»Wir müssen zurück, ihnen helfen!«

In dem Moment tauchten erneut Höhlenelfinnen zwischen den Bäumen auf.

»Zu spät!«, hörte sich Ellaron niedergeschmettert sagen. »Weg hier!«

Eine Gruppe Höhlenelfinnen hatten drei der Lichtelfenkrieger von ihren Gefährten getrennt und diese gestellt. Die drei Krieger leisteten gegen ihre Angreifer heftigen Widerstand. Zwei der Lichtelfen gingen tot zu Boden. Einer von ihnen mit einem schrecklichen Todesschrei auf den Lippen. Er war auf einem Speer aufgespießt.

Eine der Kriegerinnen mit besonderer Macht richtete ihre dunkle Magie auf den noch lebenden, ziemlich jungen Lichtelfenkrieger und dessen Körper. »Jetzt bist du dran!«, rief die Höhlenelfe.

Sonariell riss vor Schreck die Augen auf, als er die Magie in sich spürte. Er wich im ersten Moment einige Schritte zurück und konnte so den nächsten Angriff noch abwehren. Er griff, nach dem er sich etwas gefasst hatte an und verletzte die Kriegerin dabei am Arm.

»Das wirst du mir bezahlen!«, donnerte es in seinem Kopf.

Er sah durch diese Ablenkung das Schwert einer anderen Höhlenelfe nicht auf sich zukommen, spürte einen stechenden Schmerz in seinem rechten Bein und ging zu Boden.

Die Waffe steckte zwar nicht in seinem Oberschenkel, hatte jedoch eine große und stark blutende Wunde hinterlassen. Er presste seine rechte Hand fest auf seine Wunde. »Verdammt!«, schimpfte er leise. Er ließ die Wunde los, um sich gerade noch rechtzeitig, dem nächsten Angriff zu erwehren. So schaffte er es, auch diese Attacke zu parieren. Dann bekam er zwei Schläge eines Kampfstabes zwischen die

Rippen. Nun war es auch für ihn zu spät, denn diese Schläge raubten ihm seine Kraft.

»Jetzt!«, rief eine Höhlenelfe und sie packten ihn.

»Du gibst also freiwillig auf Lichtelf, was?«, lachte und verhöhnte ihn eine andere dunkle Kriegerin und grinste ihn hinterhältig an. »Solltest du jetzt denken, es ist für dich schon zu Ende, dann hast du dich zu früh gefreut!« Die Kriegerin sah ihm in die Augen und wischte ihr Blut, das ihr an der Hand hinunterlief an seiner Wange ab.

»Wir würden nur zu gerne wissen, wo dein Volk lebt und sich verbirgt. Das könntest du uns verraten, denn es würde dir einiges ersparen und erleichtern.«

»Nein!«, sagte er.

»Tapfere Worte, junger Lichtelf. Dein Verhalten verdient eine besondere Anerkennung. Wir sind noch lange nicht miteinander fertig. Ich will ihn für mich!«, stieß sie fordernd hervor. »Zieht ihm seine Tunika aus und bindet ihn da drüben liegend mit den Händen über den Kopf an dem Baumstamm fest. Seine Füße fesselt ebenfalls, und bindet sie einen Schritt weit auseinander an Pfähle. Um den Rest werde ich mich selbst kümmern, nachdem ich meine Wunde verbunden habe!« In ihren mandelförmigen Augen funkelte tödliche Begierde.

»Verflucht sollt Ihr sein!« rief er.

Die Höhlenelfe blickte gleichmütig auf ihn nieder. »Verflucht bist du doch auch!«

Sonariell schickte ein Stoßgebet zum Himmel und zu seinem Gott. Er musste dafür gleich noch einen Schlag gegen die Rippen einstecken. Er begann kurz zu röcheln, als ihm die Luft aus seiner Lunge entwich.

»Also wo ist eure Stadt?«, fragte ihn die Kriegerin, nachdem sie mit einem Stück Stoff ihren Arm verbunden hatte.

Er schnaubte nur verächtlich.

»Du scheinst nicht sehr viel von einem Weiterleben zu halten«, lachte die Höhlenelfin. »Wenn du unbedingt sterben willst, bitte!« Sie warf ihren Dolch. Dieser landete genau zwischen seinen Beinen. »Wenn ich getroffen hätte, dann müsstest du deine Stimme um eine Oktave nach oben verlegen, um mir zu antworten!«, verhöhnte sie ihn und mit einem diabolischen Lächeln fügte sie an: »Dir werde ich das Singen schon noch beibringen!« Sie spürte, wie ihr Unterleib sich vor verbotenem Verlangen zusammenzog. Sie wand sich kurz den anderen Kriegerinnen zu. »Ich werde mich hier um ihn kümmern. Ihr folgt den anderen.«

Sie sah in fragende Gesichter.

»Ich werde sehen, ob er nicht doch redet. Der Rest läuft weiterhin wie mit Para-Saran vereinbart.«

»Du weißt hoffentlich, was du tust Navi-Sart!«, sagte eine der Kriegerinnen leise.

Die Höhlenelfe nickte. »Ja, das weiß ich ganz genau! Einen gewissen Dienst in Anspruch nehmen und wenn er schweigt ein Exempel an ihm statuierten.« Elfinnen waren mit der Fähigkeit ausgestattet, ihren Eisprung zu erkennen. Sie war gerade mehr als Empfängnissbereit.

Die Kriegerinnen machten sich ohne sie auf den Weg und verschwanden zwischen den Bäumen.

Die Kriegerin ging Anfangs vorsichtig mit ihm um, da sie nicht wusste wie viel der relativ junge Lichtelf aushalten würde. Sie konnte ihn auf viele Arten foltern, denn sie kannte hunderte davon. Doch sie hatte vor, seine in ihm schlummernde männliche Leidenschaft zu wecken.

Blonde Locken umrahmten sein junges, männliches Gesicht. Seine großen goldbraunen Augen hatten bestimmt schon manche Lichtelfe zum Seufzen gebracht – doch vergeblich! Aber weshalb machte sie sich darüber überhaupt Gedanken? Er brauchte sich jedenfalls nicht mehr, um die Zukunft zu sorgen, für ihn bestand sie nun aus ihrer ganz speziellen Behandlung. Er war so schön und perfekt gebaut. Zu schön, zu perfekt in den Augen einer Höhlenelfe. Er war alles das, was ihr Volk hasste, verabscheute und verachtete. Dennoch Lichtelfen hatten etwas, dass ihr Volk stärkte, in dem sie es von deren männlichen Spezies aufnahmen: Den Samen.

»Ich werde dir nichts sagen!«, stieß er mit zusammengebissenen Zähnen hervor.

Sie setzte sich seitlich nieder. »Ach weißt du, das ist mir im Moment völlig gleich!«, flunkerte sie. »Du und dein Körper, gehören jetzt mir! Nur das zählt.«

Die Fesseln an seinen Handgelenken waren eng geknotet. Er fühlte die rauen Stricke, die ihm die Haut aufscheuerten. Plötzlich zuckte er zusammen und sein Herz begann wild zu pochen. Sie hatte ihre Hand auf seinem Bauch gelegt.

Seine Unerfahrenheit mit der Lust und sein Entsetzen, kam ihr einer Einladung gleich, als er überrascht und leise bei ihrer Berührung aufstöhnte. Sie ließ von ihren fast zärtlichen Berührungen ab, nahm seinen Kopf zwischen ihre Hände und sah auf ihn hinunter. Er versuchte mit all seiner Willenskraft ihrem Blick auszuweichen. »Du bekommst zuerst die ehrenvolle Aufgabe für den Fortbestand unseres Volkes zu sorgen«, hörte er ihre Stimme.

»NEIN!«, hörte sie ihn keuchen. Ihre Augen funkelten in einem schwarzrot, als sie ihn unter sich zittern fühlte, was nun kam, das bereitete ihr ein großes Vergnügen. Er schrie auf, als sie ihm in ihrer Lust die Haut mit ihren langen Fingernägeln zerkratzte und sein Blut sich über seinen Brustkorb ergoss.

Ihr Haar umwehte sie wie ein Umhang aus glitzernder silberner Seide. Ihre kühlen Finger berührten ihn erneut und er stöhnte auf.

»Gib zu Lichtelf, du redest nur nicht und zeigst mir ein solch respektloses Verhalten, weil dir gefällt was ich mit dir tue, da du noch mehr davon möchtest.« Sie setzte fort was sie begonnen hatte, bis er das Gefühl hatte sein Unterkörper würde in Flammen stehen.

Die Elfe ließ nun ihre Hüllen fallen, nahm auf seinem Unterleib Platz und begann sich zu bewegen. Sie schloss die Augen genießerisch, stöhnte leise und genüsslich als sein Sperma aus seiner Eichel schoss. »Jaaaaaa«, rief sie mit strahlendem Gesicht, während er sich dieser beschämenden Prozedur noch ein weiteres Mal fügen musste. Ein weiterer kräftiger Strahl Sperma schoss aus seiner Eichel und verteilte sich in ihr. Sie war höchst zufrieden.

»Meinesgleichen herauszufordern kann ein wirklich böses Ende nehmen!«, flüsterte sie an seinem Ohr. »Wirst du wirklich nicht reden?«, hörte er ihre Stimme in seinen Gedanken. Er zuckte innerlich erschrocken zusammen.

»Na!«, sie lächelte kalt. »Wirklich nicht?«

Seine Antwort war ein Kopfschütteln.

»Du willst damit also sagen, dass dir dein Leben, wenn auch in Gefangenschaft, nichts wert ist, um zu reden? Na, komm sag es mir doch und wir werden sehen, ob ich dich nicht doch einige oder gar viele weite Mondläufe am Leben lasse!«

Er schüttelte den Kopf.

Du hättest reden sollen, dann hätte ich dich wirklich zu meinen Liebessklaven gemacht und mit in unser Tal genommen. Nun da du es nicht getan hast, ist der Zeitpunkt verpasst.« Sie legte ihm ihre Hand an die Wange, legte ihren Kopf schief und studierte sein Gesicht eingehend. »Du hast mir gefallen, Elf. Ich würde gern wissen, wie du eigentlich heißt.«

»Sonariell!«, stöhnte er.

»Tapferer Sonariell!« Sie streichelte mit ihrer Hand ein weiteres Mal über seinen geschundenen Körper. Plötzlich hielt sie inne. »Du weißt genau, was ich jetzt tun werde!« Ihr Dolch fuhr auf seinen Körper nieder.

Er riss die Augen weit auf.

Ich weiß, ich weiß!«, sagte sie fast sanft, als wolle sie einen Elfling beruhigen, der Angst hatte. »Vielleicht werden die Deinen einmal von mir erfahren, dass du nichts erzählt hast und wie tapfer du warst, bevor du von mir der Göttin hingegeben wurdest. Ein Moment des Schmerzes noch, Sonariell, so lange bis ich dein noch schlagendes Herz in den Händen halte, dann ist alles für dich vorbei!«

Sie hoffte, dass ihre Göttin sie erhören und ihre Opfergabe wohlwollend annehmen würde.

Sein Blick hatte einen entsetzten Ausdruck. Sein Körper zuckte ein letztes Mal, während sie sein noch pumpendes Herz in den Händen hielt. Starr und ohne jegliches Leben darin, waren seine Augen in weite Ferne gerichtet. Wieder einmal war ein Lichtelf durch die Hand einer Höhlenelfen dem Leben und der Unsterblichkeit entrissen worden.

Der Ausgang war von vornherein klar gewesen. Sie wollten grausame Rache an ihren Erzfeinden nehmen, um sich nach langer Zeit gegen die Lichtelfen zu behaupten und ihre Göttin gütig zu stimmen. Sie betrachtete noch einmal seinen Körper, packte sein Herz in ihren Lederbeutel und machte sich auf, in der Hoffnung, ihre Schwestern waren ebenso ruhmreich in den Tiefen des Waldes gewesen.

Der Feind im Wald

Ellaron starrte in das Dunkel des spätsommerlichen Waldes.

»Vielleicht haben sie sich zurückgezogen!«, flüsterte Neoran mit hoffnungsvoller Stimme.

»Das glaube ich nicht! Eher, dass sie damit etwas ganz Bestimmtes bezwecken. Wir müssen auf der Hut sein!«

Stille, absolute Stille. Kein Vogel zwitscherte mehr. Die Herzen der Elfen erfasste eine unglaubliche Kälte. Das einzige Geräusch, das zu hören war, war der eigene Pulsschlag, der den Elfenkriegern in den Ohren dröhnte.

Der dumpfe Einschlag eines schwarzen Pfeiles in einen Lichtelfenkörper brachte der Stille ein jähes Ende. Höhlenelfenkriegerinnen stürmten auf sie ein, Schwerter bohrten sich in die Körper der Waldwachen und töteten schnell.

Ellaron spürte, wie dunkle Magie ihn eine Weile lähmte, konnte sich jedoch auf einmal wieder bewegen. Er wollte gerade die Höhlenelfinnen angreifen, die sich in seiner Nähe befanden, als er zu Boden geschleudert wurde. Noch bevor er sich wiederaufrichten konnte, wurde ein Netz über seinen Körper geworfen. Dann hörte er, wie sich ihm leise Schritte näherten. *Deswegen haben sie uns nicht verfolgt*, dachte er sich, *sie haben uns in eine weitere Falle laufen lassen!*

Das Gesicht einer Höhlenelfe mit weißen Haaren und amethystfarbenen Augen tauchte vor ihm auf. Sie lächelte herablassend auf ihn nieder, dann drehte sie sich um und nickte stumm den Kriegerinnen zu.

Ellaron begriff erst in diesem Moment, dass sein ganzer Wachtrupp vernichtend geschlagen worden war. Alle waren niedergemetzelt worden, nur er und Neoran, den zwei der Kriegerinnen gewaltsam festhielten, lebten noch.

Die Höhlenelfen mit den amethystfarbenen Augen ging auf Neoran zu, während die beiden Kriegerinnen den Gefangenen Neoran auf die Knie zwangen. Ellaron wurde Zeuge von dem, was die Geschichten von der Grausamkeit und deren furchtbare Misshandlung an Gefangenen der Höhlenelfen erzählten.

Die Kriegerinnen zerrten Neoran zwischen zwei eng stehende Bäume. Sie schnitten ihm die Tunika vom Leib.

»Wo finden wir dein Volk?«

Neoran wollte tapfer sein, er gab keinen Laut von sich.

»Sie reden nicht!«, meinte eine der Höhlenelfinnen.

»Aber sie sterben als Opfer für unsere Göttin und sind so auch von Nutzen! Beginnt!«, befahl Para-Saran.

Neorans Hände wurden mit Seilen an den Ästen festgebunden. So wurde er hochgezogen, dass seine Füße den Boden nicht mehr erreichten. Danach wurden ihm die Stiefel ausgezogen und die Füße an den Knöcheln festgebunden.

Eine Kriegerin entfachte ein rauchfreies Feuer.

Die Hohepriesterin ging auf ihn zu, schwenkte ihre lange Peitsche und schlug zu. Bereits kurze Zeit später hinterließen die Lederriemen blutige Spuren auf der milchweißen Haut des Kriegers.

Die Augenlider Neorans flackerten, seine Nasenflügel blähten sich auf, doch einen Schrei unterdrückte er - noch.

Der Sadismus der Kriegerinnen ließ Ellaron erschauern, die Kriegerinnen hatten ihn mittlerweile ebenfalls gefesselt und geknebelt. Entsetzliche Kälte überkam ihn, er begann zu zittern. Die Magie dieser Höhlenelfen war mächtig, hatte erneut seinen ganzen Körper gelähmt. *Was hatte Neoran wohl in den Augen des Schöpfergottes verbrochen, dass er eine solche Folter zuließ?*, dachte Ellaron und versuchte sich von dem schrecklichen Bild abzuwenden. Eine Kriegerin in schwarzer Lederrüstung hielt ihm jedoch den Kopf fest, als er sein Gesicht abwenden wollte.

»Na, Lichtelf, gefällt dir das?«, verhöhnte eine der Kriegerinnen Neoran gerade. Diese beobachtete dabei genau dessen Augen. Mit einem kalten Lächeln setzte sie ihm ihren Opferdolch an den Bauch, worauf sich die Bauchmuskeln ihres Opfers zusammenzogen. »Aha ja, das gefällt dir wohl, und du denkst es sei gleich vorbei?« Ohne einen weiteren Ton zu sagen nahm sie die Waffe fort.

Seine Augen blickten in die Runde. Er sah dort nur Augenpaare, die sich an seinem Schicksal ergötzten und die verzweifelten Augen seines Waffenmeisters, der ihm nicht helfen konnte.

»Gib mir eine Fackel, Schwester!«

Die Elfe drehte die Fackel in der Hand und lächelte bösartig. »Nun wirst du vor Leidenschaft für unsere Göttin brennen.«

Er spürte die Hitze an seinen Fußsohlen, dann den Schmerz und er wusste, gleich würde seine Haut Blasen werfen. *Ihr Götter, lasst mich ohnmächtig werden!*, flehte er in seinen Gedanken und schrie. Doch er wurde nicht bewusstlos und musste lange leiden.

Mit einer eisigen Kälte stieß ihm die Elfe, nachdem sie ihm die Fußsohlen und fast den gesamten Unterkörper verbrannt hatte, ihren Dolch in den Rücken und durchtrennte sein Rückenmark und ließ somit einen letzten gewaltigen Schmerz in seinem Kopf explodieren. Ein letzter Ruck, war es, der durch seinen Körper ging, Tränen bildeten sich in seinen Augen und dann blickten sie ins Leere.

Die Kriegerinnen hatten Neoran langsam vor den Augen seines Freundes und Waffenmeisters zu Tode gequält.

Ellaron rechnete damit, dass er ihm gleich in einer ähnlichen Art zu seinem Schöpfergott folgen würde und machte sich schon auf sein Ende gefasst. Seine Gedanken flogen hin zu Alsi-Jatha. *Es waren die Kriegerinnen deines Volkes, meine Liebste? Pass auf dich auf, ich liebe dich!«*, sandte er ihr seine Gedanken.

Die weißhaarige Höhlenelfe kam wieder und sah ihm in die Augen. »Die Todesverachtung in deinem Blick gefällt mir, ebenso wie deine Furchtlosigkeit, als dein Freund starb. Du beeindrucktest mich. Doch denken verrät einen! Die Wahrheit über dich ist zu mir gekommen, ohne dass ich nach dieser gesucht habe. Du erfreust mich, weil du die beste Art bist, ans Ziel und an Alsi-Jatha zu kommen.«

Kurz darauf spürte er einen dumpfen Schlag, gefolgt von einem schmerzhaften Stich in seinen Hinterkopf. Schwärze umfing ihn und er sackte bewusstlos zusammen.

Schaurige Entdeckung

Alsi-Jatha hatte schon kurz nachdem ihr Liebster nicht zur gewohnten Zeit in die Elfenstadt zurückgekehrt war, ein ungutes Gefühl in der Magengegend verspürt. Doch auch schon zuvor, bei dem Besuch des Menschendorfes in der Nähe des Waldes etwas herannahen gefühlt, welches sie nicht beschreiben konnte. Dann waren da noch diese unschönen und seltsamen Träume, die sie auch nicht erklären konnte. Sie hatte darauf bestanden mit Albarell und den Kriegern reiten zu dürfen, nachdem sie dem Prinzen ihre Sorgen, ihre Unruhe und ihre Träume beschrieben hatte. So waren fünfundzwanzig Lichtelfen, angeführt von ihrem Prinzen und ihr, aufgebrochen ....

Das kalte Licht des Mondes brach durch die dichten Baumkronen und der sonst so friedliche Forst bot ein schauriges Bild für seine Betrachter. Überall um sie herum lagen die Leichen der Waldwache, die unter Ellaron ausgezogen waren, um nach dem Rechten an der Waldrandgrenze zu sehen. Das schrecklichste Bild jedoch bot, nach Sonariells auffinden, dem das Herz aus der Brust geschnitten worden war, nun Neoran, aus dessen im Baum hängenden halb verbrannten Körper immer noch Blut auf den Waldboden tropfte.

Den einzigen, den sie nicht fanden, war Ellaron.

Alsi-Jatha war sich jetzt jedoch sicher zu wissen, wer dieses Massaker und die Gräueltat begangen hatte. Sie wusste wo dieser Feind zu finden war. Doch warum hatten sie gerade Ellaron mit sich genommen? Niemand konnte den Tod besiegen und auch Unsterbliche konnten sterben, wenn man sie ermordete, doch eines wusste Alsi-Jatha, sie würde kämpfen, um ihn nicht zu verlieren. Der Weg würde sie somit wieder in ihre einstige Heimat führen, doch nicht als Kriegerin ihres Volkes, sondern als deren erbittertster Feind. Sie würde ihn nicht in Para-Sarans Hände belassen und schon gar nicht als Opfer für ihre frühere von ihr selbst verehrten Göttin.

Alsi-Jatha wollte sich sofort auf den Weg machen, doch

Albarell hielt sie davon ab. »Alsi-Jatha! Sei bitte vernünftig! Der Versuch Ellaron zu retten kann dir nicht im Alleingang gelingen. Wir bringen unsere Toten in die Stadt zurück und brechen dann gemeinsam mit einem großen Trupp Krieger auf. Vater und unser Volk, sie müssen wissen was geschehen ist. Es ist besser, wir haben weitere Krieger an unserer Seite, alleine würde ich dich sowieso nicht ziehen lassen. Gingen wir nur zu zweit, dann wären wir eine zu leichte Beute für die Kriegerinnen deines einstigen Volkes.«

»Albarell, sie werden ihn foltern. Du weißt selbst was das heißt!«

Er nickte. »Er ist mein Freund, mir wie ein Bruder und doch, was nutzt es, wenn wir versagen, weil wir jetzt aus Angst um ihn zu unbedacht und kopflos handeln?«

Alsi-Jatha sah ihren Freund verzweifelt an, dann nickte sie. Sie wusste, dass er Recht hatte.

In der Hand der Höhlenelfen

Langsam öffnete Ellaron seine Augen. Sein Schädel brummte und so ziemlich jeder seiner Knochen in seinem Körper schmerzte. Er hing gefesselt und in Ketten an einer kalten Felswand. Er war bis auf seine Hose entkleidet und fror.

Nach dem jemand den Raum betrat und eine orange leuchtende Fackel in die Halterung an der Wand steckte, sah er vier weitere Höhlenelfenkriegerin in den Raum eintreten.

Die Hohepriesterin trat an ihn heran. Ellaron war schockiert, als er das seltsam begehrende Funkeln in den Augen der Elfe bemerkte. Er begriff, dass diese wahnsinnig war. Ihm lief es eiskalt den Rücken herunter, als er an seine Krieger und die Menschenfreunde dachte, die sie mit ihren Kriegerinnen auf dem Gewissen hatte. Nur mit Mühe gelang es ihm Fassung zu bewahren, um ihr nicht seinen ganzen Hass entgegen zu schleudern. Er schluckte, denn er war sich durchaus bewusst, dass sie auch ihn jederzeit töten konnte.

Para-Saran sah im tief in die Augen und warf wie durch einen Spiegel einen Blick in seine Seele, denn für einen Augenblick konnte sie seine Emotionskontrolle durchbrechen. Als sie Hass gegen sie gerichtet und eine grenzenlose Liebe zu Alsi-Jatha dort fand, verpasste sie ihm eine schallende Ohrfeige.

Para-Saran drehte sich um, nahm ohne jede Gefühlsregung einen der Dolche, der auf einem Holztisch ordentlich aufgereiht neben anderen Folterwerkzeugen lag und wandte sich ihm wieder zu.

Sie setzte die Klinge, ohne ein Wort zu sagen, an seine Brust. Vollführte mit der Schneide einen ruckartigen Schnitt in seine Haut. Langsam lief sein Blut aus der Wunde und an seinem Brustkorb herunter.

Er sah in ihren Augen, dass sie sich an dem entstehenden Bild des Blutflusses auf seiner hellen Haut ergötzte.

»Das Elixier, gebt es mir«, befahl sie.

Eine der Kriegerinnen reichte ihr eine kleine hölzerne Schale. Sie anderen Kriegerinnen standen da, während ihnen außer Interesse am Handeln ihrer Priesterin keine Gefühlsregung anzusehen war.

Para-Saran senkte ihren Zeigefinger in den flüssigen Inhalt der Schale, legte diesen dann auf den Schnitt, und fuhr ihn entlang.

Dann trat sie zwei Schritte zurück. Ihr abwartender Blick ruhte auf ihm.

Einige Herzschläge später spürte Ellaron einen unerträglichen Schmerz in seiner Brust aufsteigen. Dann war da dieses Gefühl in seinem Kopf. Schwer atmend versuchte er den Schmerz aus seinem Geist zu verdrängen.

Mit einem sadistischen Lächeln auf den Lippen betrachtete Para-Saran zufrieden ihr Werk.

Er bäumte sich auf, als sie leise zu sprechen begann. Ein fanatischer Glanz spiegelte sich in ihren Augen dabei wider. Es waren ihm unbekannte Worte, Worte der dunklen Magie, die sie benutzte. Er kämpfte darum klare Gedanken zu fassen, doch tausend Klauen griffen nach seinem Geist, rissen Stücke aus seiner Seele. Wie von Sinnen hieb sein Verstand immer wieder auf die ihm vorgegaukelten Dämonen ein. Er schleuderte sie von sich, zertrat sie und löschte einen nach dem anderen aus. Aber für jeden, den er dem Nichts überließ, schlugen zwei neue ihre Fänge in seine Erinnerung. Ellarons Pupillen wurden langsam schwarz.

»Es ist gleich zur Vollendung gebracht«, sage Para-Saran und umgriff sein Kinn mit ihren Händen. »Sieh mich genau an.« Ein Lächeln umspielte Para-Sarans Miene. »Waffenmeister der Lichtelfen, du wirst qualvolle Folter hier erleiden. Ich werde dich streng bestrafen für deine Liebe zu der Verräterin, denn nur ich besitze das uneingeschränkte Privileg dich aus der Knechtschaft zu entlassen. Du bist mein Spielzeug und wirst mein Sklave sein. Erst danach wirst du unserer Göttin als Opfer zu Diensten sein, um ihr durch Schmerzen in deinem Sterben Freude zu bereiten«, sie lachte kalt auf. »Dies hast du der kleinen Verräterin Alsi-Jatha zu verdanken! Liebe, sie ist doch so etwas Schönes, nicht wahr? Und du liebst sie doch, ... noch?«

Er sah Para-Saran, dann änderte sich das Bild von ihrem Gesicht, in ein ihm so lieb gewordenes.

Dies war ihres grausamen Spiels Plan.

Die Kriegerinnen lösten ihn von den Ketten und führten ihn in ein anderes Verließ. Mit Freuden stellte Para-Saran fest, dass er sich willig wie eine Marionette führen ließ, ohne aufzubegehren.

In dem Raum angekommen fesselten die Kriegerinnen ihn mit gespreizten Armen und Beinen auf eine Bank. Seine Gliedmaßen wurden so straff gespannt, dass es ihm jegliche Bewegungsfreiheit nahm.

Fast sanft strich ihm die Hohepriesterin über seine Wange. Doch es war nicht das Gesicht von Para-Saran, das er sah, es war Alsi-Jathas. Da stand sie, seine Alsi-Jatha, in schwarzes Leder gehüllt.

Para-Saran wandte sich um. »Bringt das Kohlebecken, entzünde es und legt mir die Brenneisen und die anderen Instrumente auf den Tisch.

Eine Novizin hastete davon und kam mit einem Kohlebecken zurück.

»Entfache die Glut zu einem Feuer entfachen. Dann geht, schließt die Tür und wartet draußen, bis ich euch rufe. Ich will meinen Sklaven alleine zurichten.«

Para-Saran trat zum Instrumententisch. »Du sollst die Strafe für den Verrat deines Volkes an dem unseren spüren.« Sie schaute ihn an, genoss den Moment.

Er spüre die Hitze der Flamme auf seiner Haut.

»Bitte Liebste ...«

»Schweig!«

Er ist überragend gut gebaut, muskulös, absolut perfekt und einen gut untenrum bestückter Elf. Als Sklave ein Vergnügen und gut geeignet für die Paarung, stellte Para-Saran für sich fest. Doch er hatte einen unverzeihlichen Makel, er hatte die Vereinigung mit Alsi-Jatha gehabt und war somit befleckt von Leidenschaft mit ihr. Er konnte so nur noch als ein Sühneopfer dienen, um alles wieder in die rechte Ordnung zu bringen.

Ellaron wurde in seinem Glauben von Alsi-Jatha gefoltert und die unerträglichen Schmerzen, die sie ihm antat, die trieben ihn fast in den Wahnsinn. Sein Geist suchte immer wieder vergeblich Halt in der Vergangenheit, doch er fand nichts, das ihm diesen Halt geben konnte. Sein Verstand war leer und schwarz. Verzweiflung breitete sich aus in seiner Seele, und Traurigkeit umfing ihn wie ein Schleier.

Die Hohepriesterin genoss die Augenblicke, wenn er sich vor Schmerzen wandte. Aber sie marterte ihn nicht nur mit Schmerzen, sondern auch durch lustvolle Berührungen. Ihre Hände strichen über seine Rippenbögen. Sie lächelte und lies ihre Finger nach unten gleiten und an seinen erogenen Zonen verweilen. Mit einem hinterhältigen Lächeln beugte sie sich über ihn und küsste ihn auf den Mund. Sie malte ihm ein Vergnügen daraus. Dann hauchte sie: »Das es sich zwischen uns so entwickelt, hätte ich anfangs niemals erwartet. Aber ich bin froh, dass ich mich damals entschlossen habe jenen Auftrag der Meinen, der im Sinne meiner Göttin war, angenommen zu haben, in dem ich deinen Prinzen zu überlisten vermochte.« Ihr Blick glitt, begleitet von einem weiteren gehässigen Grinsen zu seiner unteren Körperhälfte.

»Wunderbar findest du nicht, dieses wohlüberlegte Maß an Reiz, bei dem ich dir unmäßige Erregung gewährte. Ich werde dir zeigen, dass der Schmerz weit intensiver wirkt, als die Lust«, und sie begann ihn erneut *zu martern*, wären sie ihm weiter Glauben machten, sie sei Alsi-Jatha, denn nur diese eine Erinnerung hatte sie ihm durch ihre Magie unter Wirkung des Elixiers gelassen.

»Oh', ihr Götter! Alsi-Jatha, bitte sei gnädig oder töte mich und erlöse mich von meinem Leiden.«

»Nein! Noch lange nicht.«

Para-Saran war sich fast sicher, dass Alsi-Jatha einen Rettungsversuch wagen würde, sobald sie die Nachricht im Menschendorf finden würde. Denn dann wusste sie ganz genau, wo ihr Liebster abgeblieben war.

Para-Saran lächelte bei dem Gedanken ....

Wie wunderbar wäre es erst, wenn der Waffenmeister auch noch glaubte, seine Geliebte wäre es, die die beiden hohen Lichtelfen opfern würde. Sie musste dazu nur die Empfindung bei ihm dementsprechend weit stärken, dass sie selbst nach deren Opferung als seine Retterin auftrat. Ihm suggerieren, dass sie erkannt habe, dass das Blutvergießen zwischen den Seinen und ihnen, eine sinnlose Fehde und Verschwendung war. Alsi-Jatha würde *zum Schein* ihm zur Bestrafung übergeben. Dies wäre wohl der Höhepunkt ihrer Rache an ihrer Nichte und ihrer Schwester, die sich von ihrer Sippe und der Göttin abgewandt hatten. Welcher so gedemütigte und gequälte Elfenmann, so gutherzig er noch sein mochte, empfände nicht tiefe Abscheu und wünschte nicht, den Verursacher all seiner Pein ausgiebig zu quälen. Er würde sie dafür bestimmt nur zu gerne auf grausame Art und Weise richten. Dies war wohl die kreativste Art, ohne Alsi-Jathas Blut durch die eigene Sippe vergießen zu lassen, denn Ellaron gab in ihrer Fantasie ein großartiger Henker für ihre Nichte ab. Wenn er sie getötet hatte, würde sie ihm seine Erinnerungen zurückgeben und er, der Lichtelf, würde sich freiwillig, aus seinem Schuldgefühl heraus, der Göttin opfern. Es wäre ein so grandioses Opferungsspiel, wie es das Volk und ihre Göttin noch nie gesehen hatte.

Doch Alsi-Jatha war noch nicht da und auch keiner der hohen Lichtelfen, daher würde sie warten und sich gedulden müssen. So kurz nach dem Überfall noch einmal in das Reich der Lichtelfen einzudringen war zu gefährlich, da diese gewarnt waren. Sie war sich sicher, sie würde Alsi-Jatha irgendwann wieder in ihre Finger bekommen, denn sie hatte vor, egal wie lange es dauern würde, die Verräterin ihrer Strafe zuzuführen und sollte es Jahre dauern.

Der Aufbruch zur Befreiung

»Wir werden diesen Höhlenelfen und deren Taten an unserem Volk endgültig ein Ende setzen«, grollte Belmon. Er setzte sich in Bewegung und durchschritt die Halle mit ausladenden Schritten zum Ausgang hin.

Sein Gesicht war von Wut und Trauer gezeichnet, als er noch einmal auf die toten Krieger schaute, deren Körper man mit allen Ehren in der Großen Halle des Königshauses aufgebahrt hatte.

»Wenn das so einfach wäre, mein König!«, erwiderte Atharis. »Diesen abscheulichen Kreaturen ist doch jedes Mittel Recht, uns vernichtet zu sehen. Ihr solltet hierbleiben!«

Belmon hielt abrupt in seinem Lauf inne. »Ihr seid der angesehenste Elf in meinem Beraterstab, Atharis. Ich weiß auch, dass ihr die Höhlenelfen abgrundtief hasst, und kenne die Gründe dafür nur zu gut. Ich frage mich nur einmal wieder, ob Ihr Euch davor fürchtet mich als König zu verlieren, wenn ich mit den Kriegern gegen sie ziehe, oder ob Ihr vor der Rache der Höhlenelfen Angst habt, wenn wir sie nicht besiegen können?«

Atharis schwieg für eine kurze Weile betreten. »Mein König!«, begann er dann ziemlich kleinlaut, »Ich fürchte mich nicht vor dem Feind, aber ich fürchte um Euch, den Prinzen und euer Leben! Ich habe das Gefühl, dass es genau das ist, was die Höhlenelfen mit ihrem Überfall bezwecken wollten. Nämlich dass Ihr zu ihnen kommt!« Er machte einige Schritte auf seinen König zu. »Ich traue auch dieser Höhlenelfin nicht!«, er zeigte dabei mit einer fast unmerklichen Kopfbewegung in Alsi-Jathas Richtung, die gerade mit einem traurigen Gesichtsausdruck und gedankenversunken, zwischen den Totenbetten von Sonariell und Neoran stand.

»Unterlasst solche Reden und Anschuldigungen gegen über ihr, Atharis!«, blaffte ihn der König an. »Wie bereits erwähnt, ich persönlich werde mit den Kriegern gegen die Höhlenelfen ziehen und meinen Waffenmeister, den ich wie einen eigenen

Sohn liebe, zurückholen. Sollte er noch leben!«, fügte er leise hinzu. »Ich liebe mein Volk und die Elfenkrieger, die mir stets treu zur Seite stehen oder standen!« Der König machte eine Pause. »Ich will, dass Ihr die Augen offenhaltet, solange ich nicht hier bin. Befolgt auch meine Anweisungen und bestattet die Krieger in Ehren. Lasse mein Pferd bereitmachen«, forderte er seinen Berater auf, der darauf ergeben tat, was sein König ihm gebot.

König Belmon mochte den Krieg nicht, doch er fürchtete sich nicht; weder vor einem Kampf noch vor dem Tode, wenn es um das Überleben seines Volkes ging. Es war ein ewiger Kampf, der schon über Jahrhunderte mit Unterbrechungen andauerte, und ein ewiger Hass zwischen den seinen und den Höhlenelfen. Sein Volk liebte die Natur und achtete auf Ansehen, sowie auf Recht und auf Ehre. Die Höhlenelfen hingegen waren darauf bedacht, mit allen ihnen zur Verfügung stehenden Mitteln zu bekommen, was sie ersehnten. Sie mordeten rücksichtslos. Selbst Schlachten in den eigenen Reihen war bei ihnen keine Ausnahme. Doch er wusste, seit Alsi-Jatha bei ihnen war, dass nicht alle Höhlenelfen sie so verabscheuten und vor allem, dass Alsi-Jatha nicht so war. Ohne lange zu Zögern zog er Alsi-Jatha mit sich aus der Halle. »Mach dich bereit, wir brechen auf!«

Im Hof schwang König Belmon sich kurz darauf in vollem Rüstzeug auf sein Pferd, das ein Stallbursche gesattelt herangeführt hatte.

Alsi-Jatha schwang sich ebenfalls in voller Lichtelfenrüstung in den Sattel, so auch Albarell.

Nach einem kurzen Handzeichen des Elfenkönigs ihm zu folgen, gab er seinem Pferd einen kurzen Schenkeldruck und der Hengst des Herrschers flog dem dichten Wald entgegen, gefolgt von weiteren Pferden, die den anderen Kriegern gehörten.

Sie hatten vor, die mörderischen, hochmütigen Höhlenelfen zur Strecke zu bringen und ihnen ihre Beute, die aus seinem getreuen Waffenmeister bestand, zu entreißen.

Der Elfentrupp hatte Stunden später das Menschendorf erreicht und alle waren aufs Tiefste bestürzt und erschüttert. Die kleine Sieli lag mit aufgeschlitzter Kehle auf dem Boden am Rande des abgebrannten Dorfes, ihr Kleid war zerrissen und mit ihrem schon langen getrockneten Blut besudelt. Baranos hing mit weit aufgerissenen, toten Augen und schmerzverzerrtem Gesicht an einem der Pfähle. Sein eigener Dolch steckte in seinem Herz und auf dem entblößten Brustkorb prangte ein eingebranntes Zeichen, das Alsi-Jatha nur zu gut kannte.

Das Zeichen wurde nur selten von ihrem Volk verwandt. Es waren zwei Spinnen, wobei die eine in den Faden der anderen eingewebt schien; Verräter an ihrem Volk wurde dieses gesandt, und wenn sie gefangen wurden, wurde ihnen dieses Zeichen in die Haut eingebrannt. Es war eine Warnung für sie. Alsi-Jatha wandte sich ab. Sie empfand es, als habe ihr jemand einen Pfeil durchs Herz gejagt. Die Menschen so gerichtet zu sehen, schmerzte sie sehr. Es waren keine Krieger, die hier gestorben waren, es waren Menschen, die einfach nur in Frieden leben wollten. Das Schlimmste war jedoch, dass man auch vor den wehrlosen Alten, Frauen und Kindern keinen Halt gemacht hatte. Als sie vor nicht mal einem Mondlauf hier gewesen war, war dieses Dorf noch voller Leben und seine Bewohner auch; jetzt war es von den Höhlenelfen vollends zerstört und jegliches Leben ausgelöscht worden. Sie erkannte was ihr ungutes Gefühl damals hervorgerufen hatte. Ihre *Schwestern* hatten sie gesehen und beobachtet. Ob die Menschen es allein nur ihrer Anwesenheit zu verdanken hatten, dass sie nicht mehr lebten oder ob sie sowieso vorhatten dieses und das darin bestehende Leben zu vernichten, das konnte sie nicht sagen. Alsi-Jatha nahm jedoch an, dass der Zufall es gewollt hatte, dass sie gerade zu diesem Zeitpunkt eben auch dort anwesend war.

Albarell hatte beim Anblick seines Menschenfreundes und dessen getöteter Enkeltochter so verzweifelt aufgeschrien, dass ihm sämtliche Luft aus seinen Lungen gewichen war. Sein Magen hatte sich verkrampft und er hatte sich übergeben müssen.

Der König der Lichtelfen stand mit starrem Gesichtsausdruck da. »Die Götter müssen eine wirklich sadistische Ader haben, dass sie dies alles zulassen!«, sagte er leise.

Alsi-Jatha war voller Zorn. Der unbeugsame Wunsch nach Rache flammte in ihr auf und wurde in ihrem Herz zu einem gefährlichen und tödlichen Feuer. Para-Saran hatte die Grenze der Grausamkeit überschritten, etwas getan, das nicht mehr rückgängig gemacht werden konnte. Sie würde nach dieser Bluttat gewiss auch Dörfer angreifen lassen, um sich solche Gemetzel wie hier und im Elfenwald anzusehen um sich, im Namen der Göttin daran zu ergötzen. Diese Göttin jedoch existierte für Alsi-Jatha in ihrem Glauben längst nicht mehr. Sie hatte gelernt, ohne diese zu leben und bis jetzt schien es gut zu funktionieren! Sie war sich sicher, ihr Volk war fehlgeleitet. Sie alle lebten ein Leben in Sklaverei unter einer einzigen Person, und zwar der, der herrschenden Hohepriesterin und in deren Glauben, ohne es jedoch zu merken. Blutvergießen und Grausamkeiten waren längst zur Tagesordnung auch unter ihnen geworden. Der Anblick des Todes brachte sie nicht mehr zum Erschauern und alles geschah angeblich im Namen der Göttin und zu deren Ehre. Widerstand gegen diesen Glauben bezahlte ein jeder, der es wagte, mit dem Verlust seiner Unsterblichkeit. Die Motivation war schon lange nicht mehr nur, sich für ein vor langer Zeit geschehenes Unrecht zu rächen, sondern sie war zur Lust am Blutvergießen geworden. Ihr Volk hatte sich in Bestien verwandelt.

»Sie werden dafür bezahlen!«, sagte der Elfenkönig, als er

mit grimmigem Gesicht noch einmal über das vernichtete Dorf blickte. »Das schwöre ich!«

Sein Blick fiel auf Alsi-Jathas Gesicht. Sie sah so traurig aus, man konnte den Hass, den sie empfand, in ihren Augen sehen. Sie war so anders als ihre Sippe. Die Art wie sie ihn ansah, der Ausdruck erweckte immer wieder den Wunsch in ihm, sie wie eine Tochter vor allen Gefahren zu schützen.

Er ging zu ihr und legte ihr die Hand sanft auf die Schulter, als er leise sagte: »Es muss hart für dich sein dies zu sehen und nichts anderes tun zu können, als gegen dein eigenes Volk zu kämpfen, nur weil du uns beistehen möchtest.«

Alsi-Jatha musterte den König darauf hin und stellte dabei fest, dass er es bei ihr ebenfalls tat.

»Es sind meine Blutsverwandten und dennoch, ich hatte die Wahl. Ich hatte die meine längst getroffen, als ich Albarell befreit habe und das hier zeigt mir nur einmal mehr, dass es für mich das richtige war!« Sie sah den König fest und ernst in die Augen. »Das Brandzeichen auf Baranos Brustkorb, es gilt mir!«, gestand sie. »Es bedeutet Verräter und ist eine Warnung! Es schmerzt mich, dass mich Para-Saran somit dazu zwingt gegenüber meinem eigenen Volk eine solche Verachtung zu fühlen. Das lässt mich die Hohepriesterin nur noch mehr hassen. Ich möchte Para-Saran vernichtet sehen, um ihrem grausamen Spiel ein Ende zu setzen!«

Dann jedoch warf sie einen schuldbewussten Blick zum König hinüber.

Belmon zog sie einfach in seine Arme und hielt sie fest. »Herrje, Alsi-Jatha, Kind, schau jetzt nicht so schuldig drein, als hättest du mit deinen Worten und Gefühlen gerade ein Verbrechen begangen.« Er hob seine Hand und fuhr ihr sanft damit über ihre Wange. »Mein Kind, du trägst keine Schuld an dem was sie getan haben. Rede dir das bloß nicht ein!«

Sie waren kurz nach der Unterhaltung mit einer Truppe von einhundertzwanzig Kriegern und ein paar Kriegerinnen weiter geritten und hatten nur zwölf Krieger zurückgelassen, um die Überreste der armen Menschenseelen beizusetzen.

Bislang hatten sie die Hälfte der Strecke zum Schattental bewältigt. Es war Zeit, ein weiteres kurzes Nachtlager aufzuschlagen, denn die meisten Pferde der Elfen brauchten wenigstens ein paar Stunden Ruhe.

Alsi-Jatha, die an der vordersten Spitze der Reiterschar geritten war, gesellte sich mit ihrem schwarzen Pferd an die Seite des Königs.

»Hoheit, bitte lasst mich zuerst alleine in das Tal und in die Feste. Ich habe mich nicht umsonst gegen meine Göttin und mein Volk gewandt. Ich habe dort alles verloren, doch will ich nicht verlieren, was ich bei Euch gefunden habe!«

Belmon sah sie an und schüttelte verneinend den Kopf. »Das kann ich nicht zulassen und nicht verantworten, denn ich könnte mir nie verzeihen, wenn dir auch noch etwas geschieht.«

»König Belmon, ich werde hier nicht untätig herumsitzen, ich kenne mich bei meinem Volk nur zu gut aus!«

Belmon sah sie prüfend an. »Gut, du kennst dich dort aus und ich nehme an, du hast alles gut durchdacht. Ich schätze auch, ich kann dich von dieser Idee nicht abbringen, du würdest die erste Gelegenheit nutzen, ohne meine Erlaubnis zu gehen. Aber tu mir einen Gefallen, sei wachsam und achtsam.«

Sie wandte ihren Blick zu Albarell. »Hoheit, Albarell kennt den Eingang in das Tal, er wird Euch den Weg zeigen und auch die Fallen, die dort aufgestellt sind. Doch seid auch ihr achtsam, es könnte durchaus Neue dort geben.«

Der Elfenkönig nickte und machte eine verneinende Handbewegung zu seinem Sohn hin, als Albarell etwas einwenden wollte, dann wandte er sich wieder Alsi-Jatha zu. »Alsi-Jatha, ich sage es noch einmal, gehe auch du kein Risiko ein!«

Ein wortloses Nicken, ein Lächeln zu Albarell hin, ein kurzer Schenkeldruck und sie stürmte mit ihrem Pferd in die Nacht hinein. Ihr langes Haar wehte ungebändigt im Wind und sie wurde eins mit der Dunkelheit.

Alsi-Jatha hatte den Durchgang in den Felsen endlich erreicht und schlich, ihr Pferd am Zügel führend, hinein. Sie umging geschickt die Fallen und erreichte im Morgengrauen das Ende des Ganges.

Sie blickte vorsichtig um die letzte Ecke der Felswand, denn ihr Gefühl sagte ihr, dass dort Wachen im Verborgenen lauerten. Sie hoffte, diese überwältigen zu können, bevor sie eine Warnung absetzen konnten.

»Keine Sorge!«, hörte sie dann auch schon leise eine Stimme. »Wenn alles nach Plan läuft, haben wir diese Lichtelfen besiegt, noch bevor sie bemerken, dass sie in unsere Falle gelaufen sind.«

»Ich will Euer nettes Gespräch ja nicht unterbrechen und auch Eure erdachte Strategie nicht schlecht reden, aber …!
Sie grinste die beiden Wachen an, die sie nur zu gut kannte.

»Bei der großen Göttin«, stöhnte Klea-Balet entsetzt auf, als er Alsi-Jatha erkannte.

Sie zog ihr Schwert und rammte ihr den Knauf noch in der gleichen Bewegung mit voller Wucht in den Bauch.

Die Höhlenelfe brach stöhnend zusammen und in der nächsten Sekunde traf sie ein weiterer Schlag ins Genick, so dass sie bewusstlos vor ihren Füßen zu Boden sank. Aus dem Augenwinkel sah sie, wie die anderen Höhlenelfe versuchte sie anzugreifen. Schnell tauchte sie unter deren Schwertstreich hindurch, sprang wieder auf, griff die Kriegerin am Hals und schlug Toli-Selias Kopf gegen die Wand, die ebenfalls zu Boden ging.

Sie steckte den beiden Kriegerinnen je einen ihrer abgerissenen eigenen Ärmel als Knebel in den Mund und fesselte sie zusammen an einen Felsen.

Toli-Selia kam schnell wieder zu sich und sah sie aus wütenden Augen an.

Alsi-Jatha ließ es sich nicht nehmen, tätschelte ihr die Wange. »Keine Angst, ihr beide werdet nicht lange alleine bleiben«, sagte sie so nebenbei, »bald, sehr bald sogar, werden euch die Lichtelfen hier finden und euch Gesellschaft leisten.« Dann setzte sie ihren Weg fort.

Die Morgensonne blendete sie ein wenig, als sie ihren Blick über das Tal, das sie einstmals ihre Heimat nannte, schweifen ließ. Kurz hielt sie in ihrem Lauf inne, als habe sie Angst weiter zu gehen, dann straffte sie ihren Körper und ging furchtlos auf ihr Ziel los. Geduckt und unbemerkt lief sie das letzte Stück auf die Feste zu. Auf jenen grausigen Ort zu, an dem sie mit großer Gewissheit ihren Liebsten vermutete, der dort der Göttin der Schatten zur Huldigung dieser, geopfert werden sollte. Albarell, ihr Freund, er sollte nicht der einzige Lichtelfenkrieger bleiben, den sie der Göttin als Opfer entrissen hatte, da war sie sich sicher. Wenn ein Lichtelf liebte, so vereinigte sich seine Seele mit der seiner großen Liebe und selbst sie, als Höhlenelfin, spürte die seine noch immer tief in sich. Dies war das Einzige, das sie nach dem Fund der getöteten Krieger der Waldwache ein wenig beruhigt hatte. Ellaron lebte! NOCH!

Seit sie begriffen hatte, dass sie ihn ebenso liebte, wie er sie, hatte ihr Herz eine Veränderung erfahren. Wo es einst das Verlangen hatte, der Göttin zu dienen, brannte nun eine Flamme hervor, die alle vernichten wollte, die ihr ihre wahren Liebe nehmen wollten. Die Friedfertigkeit und Freundlichkeit, die sie in den letzten Monaten an den Tag gelegt hatte, war jedoch fürs Erste wie weggewischt. Ein Teil ihres Wesens hatte sich mit Ellaron vereinigt und dieser brannte in ihrem Herzen wie ein Licht der Hoffnung. Die letzten Monate waren die glücklichsten ihres langen Lebens gewesen. Doch dann hatten die Höhlenelfen den Wald durchstreift, um sich zu rächen. Ihr einstiges Volk war ein Volk ohne Seele, getrieben von der Lust am Töten.

Sie hatten das friedliche Reich erschüttert, das Alsi-Jatha seit zwei Jahren liebte und seither ihre Heimat und ihr zu Hause nannte. Diese Erschütterung würden die Höhlenelfen ebenfalls spüren, sobald es Nacht wurde. Sie würden für den begangenen Frevel an den Lichtelfen bezahlen, wenn es in ihrer Macht stand. Die Hohepriesterin würde bezahlen, ohne eine Chance von ihr auf Vergebung.

Zurück im Schattental

Vor der Spalte im Felsen befahl der König seinen Lichtelfenkriegern abzusitzen und begab sich dicht gefolgt von ihnen, die Pferde führend, durch den engen Durchlass.

König Belmon deutete nach oben. »Seht!«

Der Elf, der ihm auf dem Fuße folgte, blieb stehen und spähte in die angegebene Richtung. Je länger dieser die Felswand betrachtete, desto unnatürlicher kam diese ihm vor. Über einer Kante oberhalb des Felsrandes türmte sich Geröll.

»Das ist eine der Fallen«, erklärte Albarell leise.

Sie umgingen diese Falle geschickt und auch die anderen Fallen, vor denen Alsi-Jatha sie gewarnt hatte. Vor ihnen öffneten sich die Felswände des Hohlwegs in das Tal.

Belmons Stirn legten sich in Falten, als einer seiner Krieger auf einen Felsbrocken vor ihnen deutete: »Hoheit, seht dort!«

Zwei Höhlenelfinnen waren an dem Felsen gebunden, geknebelt und eine schien ohne Bewusstsein, die andere schaute ihnen aus grimmigen mandelförmigen Augen entgegen.

Albarell lächelte fast belustigt: »Ich schätze, das haben die beiden Alsi-Jatha zu verdanken!«

Tasiana, eine der wenigen Kriegerinnen des Rettungstrupps, sah ihren König fragend an: »Mein König, was soll mit diesen da geschehen? Sollen wir sie töten?«

»Nein, Tasiana! Stellt vier Wachen ab, zu einem das uns niemand von hinten überrascht, zum andern für die beiden dort. Wir werden später über sie entscheiden. Wir lassen auch die Pferde hier, das ist sicherer und ihr anderen, folgt mir zur Feste der Höhlenelfen.«

Die Feste tat sich weit hinten im Tal vor ihnen auf. Dunkel und machtvoll. Dunkle Magie lag überall in der Luft. Böses ahnend und all ihren Mut zusammennehmend, strebten die Krieger mit festen Schritten auf die Feste zu, während sie ihren Blick achtsam über das offene Gelände streifen ließen, um sich gegen eine aufkommende Gefahr sofort zur Wehr setzen zu können.

»Mit Verlaub, Hoheit, wie gedenkt Ihr gegen diese mörderischen, blutgierigen Höhlenelfen vorzugehen?«, fragte einer seiner Krieger leise.

»Wir werden sie in der Feste angreifen, doch erst wenn Alsi-Jatha in sie eindringen konnte.«

Sie hatten die Ebene ungesehen überquert und befanden sich in der Nähe der Opferstätte.

Tasiana studierte die Holzpfähle, die über ihnen auf dem Hügel standen. Sie starrte diese angewidert an. »Wie viele wohl an diesen schon ihr Leben lassen mussten?«, fragte sie leise.

»Gedanken an den Tod sind gerade kein guter Ratgeber für die uns bevorstehende Aufgabe, Tasiana!«, erklärte Belmon ernst. Ihr wisst, was ihr zu tun habt, sollten die Höhlenelfen uns entdecken und angreifen. Mögen die Götter mit uns allen sein!«

»Vater, ich werde Alsi-Jatha folgen!« Noch während Belmon sich umdrehte und seinem Sohn ein entrüstetes »Was?«, entgegendonnerte, meinte Albarell: »Es ist besser, zwei von uns in der Feste zu haben.«

Belmon zog fragend die Augenbrauen nach oben. »Alsi-Jatha wird diese Art von Unterstützung sicher nicht begrüßen!«

»Aber die meine könnte sie vielleicht von Schwierigkeiten fernhalten, Vater!«

»Äh ... na gut!«, murmelte der König. »Dann mach dich los! Aber bei den Göttern, pass auf dich auf!«

Es war bereits dunkel, als Alsi-Jatha an die Mauer heranschlich, doch sie war eine Höhlenelfe und eine Kriegerin, die sich zu verteidigen wusste. Außerdem waren nun genug Lichtelfen in der Nähe, das wusste sie. Sie warf einen kurzen Blick hinter sich in Richtung des Opferhügels, dann einen weiteren durch das Haupttor und blieb stehen.

Wie lauteten die Sätze in dem magischen Buch noch mal, die Albarell und König Belmon nie darin gelesen hatten? dachte sie. *Nur der große Weber des Schicksals wird entscheiden was die Zukunft bringt ... und jene, die falsch entscheiden, sie werden untergehen. Der Glanz eines mächtigen Königreiches wird von dem Glauben an Stolz und Ehre und dem Schutz der Schwachen getragen, aber nur wenigen ist es gegeben, die einst weit verbreitete Magie zu weben, ... doch nun, da sich das Volk der Elfen im Niedergang befindet, scheint auch diese bald das Ende seiner Tage zu sehen. Wenn allerdings das Dunkelwesen mit dem Herzen für das Licht die Worte entziffert, so zur Weisheit gelangt und den wahren Mythos des Buches erkennt und ihn deuten kann, dann wird diese Elfe alle erretten können. Wenn Liebe hell und dunkel sich vereint, dann wird diese Zeit gekommen sein. Die Götter aber vergessen nie, und werden jene strafen, denen Strafe für ihren Frevel gebührt!* Sie schüttelte verwundert den Kopf über diese Gedanken, denn sie hatte wirklich anderes zu tun, als über dieses Buch nachzudenken.

Alsi-Jatha wollte grade weiter schleichen, als sie einen Schatten hinter sich bemerkte.

Sie starrte, ihre Waffe kampfbereit in den Händen haltend, ungläubig den Elfen an. »Bei den Göttern, Albarell!«, sprach sie. »Was willst du hier?«

Ihr Freund legte ihr sanft die Hand auf den Arm. »Er ist mein Freund! Das habe ich dir doch schon gesagt!«, raunte er. »Also will ich das Gleiche wie du, und ihn aus den Händen dieser Höhlenelfen retten!«

»Diese Idee von dir ist wahnsinnig, Albarell. Ich weiß nicht, warum du dich auch noch in Gefahr bringen willst. Auch nicht, warum ich das zulassen sollte!« Sie seufzte leise, als er sie mit einem bösen Seitenblick bedachte. »Aber gut, ich denke, du wärst mir eine große Hilfe. Auch wenn ich dies nicht gutheiße, Prinz. Dennoch, ich muss zugeben, es ist schön, einen Freund an meiner Seite zu haben.«

»Den hast du! Du bist nicht allein und sie…«, er deutete mit dem Kopf in Richtung der Ebene, »sie sind in unserer Nähe.«

Alsi-Jatha ging voran und huschte wie ein Schatten an den Wänden entlang, jede Deckung der ihr so bekannten Mauern nutzend. Sie schlichen zu der Tür hinüber, die in den Kerker hinunterführte. Keine Wache war im Zwischenstock zu sehen. Alsi-Jatha öffnete die Tür und holte tief Luft, bevor sie die dunklen, steilen Treppenstufen weiter hinunterstieg.

Unten angekommen hörten sie Schritte. Sie drängte sich rasch, genauso wie Albarell in eine dunkle Nische. Beide warteten, bis die Wache an ihnen vorbei war und sich keiner mehr auf den Gängen des Kerkers aufhielt. Albarell folgte ihr durch das Labyrinth und schließlich gelangten sie unbemerkt an eine ihnen bekannte Tür vor der zwei Wachen standen.

Die strenge Bewachung konnte nur eines bedeuten, nämlich dass sich in dem Raum Ellaron befand.

»Wie sollen wir an denen vorbeikommen und an Ellaron heran?«, wisperte Albarell ihr ins Ohr.

»Jetzt ist die Zeit meiner Rache gekommen, für das, was sie den Menschenfreunden, uns und den Kriegern angetan hat. Ich werde mich den Wachen zu erkennen geben und du bleibst hier. Sollte etwas schiefgehen, dann versuche du Ellaron zu retten.«

Noch ehe der Lichtelfenprinz sie zurückhalten konnte, schob sie ihre Waffe in ihre Halterung zurück und trat in den Gang.

Die Wachen fuhren zu ihr herum. Es dauerte keinen Wimpernschlag, bis diese sie erkannten. Sie wollten sie schon packen, als sie einige Worte murmelte. Die beiden Wachen gingen vor ihr, ohne ein Wort von sich zu geben, zu Boden. Albarell bemerkte, wie die Kälte von dunkler Magie in seinen Körper eindrang.

Alsi-Jatha packte einen der Höhlenelfen und zerrte ihn durch die Tür eines der offenen Verliese. Sie gab Albarell ein Zeichen an seinem Platz zu bleiben. Sie kam zurück und tat das gleich mit der zweiten Wache. Leise verschloss sie die Tür des Kerkers von außen und schob den Riegel vor. »Die beiden stellten schon mal keine Gefahr mehr da«, sagte sie leise.

Die Retter sind nah

Sie öffnete die schwere Tür, vor der die Höhlenelfenwache gestanden hatte, so leise sie konnte. Das Licht in dem Raum war düster und warf gespenstische Schatten an die Felswand. Bis auf eine hölzerne Bank gab es nichts in dem Raum, doch auf der lag ein an Händen und Füßen gefesselter Gefangener. Es war Ellaron. Vor ihm standen die Hohepriesterin und ein schwarz gekleideter Höhlenelf.

»Es war ein hartes Stück Arbeit einen Lichtelfen so zu manipulieren.«

Der Elf fuhr sich mit Daumen und Zeigefinger der linken Hand nachdenklich über sein Kinn. »Aber könnte man ihn so nicht auch den Standort der Stadt entlocken?«

»Glaubst du ich hätte es nicht versucht? Aber es ist auch nicht mehr von Belang!« Das ausdruckslose Gesicht seiner Tante veränderte sich zu einem Schmunzeln. »Wen haben wir denn da?«, höhnte sie. »Ein verlorenes Opfer kehrt zu uns zurück.« Die Stimme von Para-Saran war kalt. Mit einem siegessicheren Lächeln drehte sie sich zu Alsi-Jatha herum. »Du willst dir wohl den Lichtelfen zurückholen?«

Auge in Auge standen sie sich gegenüber.

»Es scheint wohl so, als habe ich dies vor!«, erklärte Alsi-Jatha in genauso kaltem Tonfall.

»Er ist mein Gefangener, du wirst ihn niemals befreien können. Doch sag, Verräterin, was sollte mich daran hindern, auch dich hier zu behalten und euch beide zu opfern?«, lachte die Höhlenelfenpriesterin leise, dann machte sie eine schnelle Handbewegung und Ellaron stöhnte auf. »Ich werde mich gut um ihn kümmern, damit die Göttin glücklich ist und zuvor … wird er sich um dich kümmern. Dieser Lichtelf war eine gute Wahl von dir, denn er besaß einen wachen Verstand. Jetzt ist nur noch eine arme, durchweichte Seele übrig. Seine Hingabe ließ mich in den letzten Tagen die düsteren Gedanken an deinen Verrat ein wenig vergessen. Ich habe ihm dabei die Wahrheit von dir gezeigt. Ich glaube, seine

Hingabe würde für uns beide reichen, aber ich denke, ich werde es ihm nicht ausreden können, dich persönlich zum Opferplatz zu geleiten, denn sein Geist ist ein unheimlicher Platz voller seltsamer Erinnerungen an deine Grausamkeiten, die du ihm angetan hast.«

Alsi-Jathas Gesichtszüge wurden hart und noch um einiges kälter. Plötzlich erinnerte sie sich tief in ihrem Inneren an jene Worte, die ihre Lehrmeisterin sie über Jahre gelehrt hatte und die sie niemals vergessen sollte. *Mit deinem Hass, Zorn und den Rachegefühlen kannst du die starke Magie erzeugen und deine Opfer kontrollieren. Begib dich niemals auf den Pfad des Mitleides, denn das könnte dir dein Leben nehmen.* Wie hatte sie nur diese wichtige Lehre vergessen können? Sie war in der Lage, so ihre Feinde zu kontrollieren und nun waren die Höhlenelfen die Feinde, gegen die sie genau diese Magie einsetzen sollte. Selbstbewusst hob sie ihren Kopf, stolz und mutig, ohne jegliche Bedenken sah sie der Tante entgegen. »Du hast es geschafft die Dunkelheit erneut in mein Herz zu tragen. Ein Fehler … denn das wirst du nun büßen!«

»Du unterschätzt die Lage, Alsi-Jatha, du bist ein Schwächling und eine Verräterin unseres Volkes. Sar-Marad, nimm die Verräterin gefangen und wenn sie sich wehrt, dann töte sie eben!«

Para-Saran wandte sich ab, als seien der Untergang und der Tod Alsi-Jathas längst besiegelt. Laut sprach sie: »Oh, meine große Göttin, sieh mit Wohlwollen herab auf deine Dienerin Para-Saran. Blicke herab und siehe welches Opfer ich dir darbringe. Ein Opfer, das an deiner wahren Macht zweifelt, obwohl sie eine Höhlenelfe ist. Verschlinge ihre Seele, auf dass sie begreift, dass du die wahre Göttin über alle bist.« Sie legte Ellaron ihre Hand sanft auf die Stirn und sprach: »Wähle den rechten Pfad und folge deinem Herzen und der Wahrheit, die ich dich erkennen ließ!«

Sarl-Marad kam der Aufforderung seiner Tante nach und auf Alsi-Jatha zu. Er streckte ihr auffordernd seine Hand entgegen. »Du hast gehört! Deine Waffen her, und dann werde ich dich fesseln, Verräterin.«

»Du Dummkopf, glaubst du wirklich, ich lass mich von dir gefangen nehmen?«, verhöhnte sie ihn, wie sie ihn zu früheren Zeiten auch schon so oft verhöhnt hatte. »Mögen die Götter entscheiden, welches Schicksal, das unsere sein wird, Sar-Marad«. sagte sie, ohne die Spur einer Gefühlsregung.

Daraufhin zog er eine Waffe aus seinem Gürtel und griff sie an.

Im letzten Moment erst zog sie ihr Schwert aus der Schwertscheide und durchbohrte damit seine linke Schulter. Sarl-Marad dem sein Dolch aus der Hand glitten war, starrte sie ungläubig an, als Alsi-Jatha hervor presste: »Du hättest mich nicht unterschätzen dürfen.« Dann drehte sie das Schwert langsam in seiner Schulter. Ein scheußlicher Schrei entwich aus seiner Kehle, als ihre finstere Aura in seine Seele eindrang und ihn gänzlich lähmte. Ungläubig und mit weit aufgerissenen Augen ging Sarl-Marad zu Boden.

Ihre Tante wich zurück. »Das kann nicht sein … woher hast du diese Macht?«

Alsi-Jatha grinste: »Du selbst hast sie mich zur Hälfte gelehrt!«

Para-Saran keuchte auf, denn sie hatte nie angenommen, dass Alsi-Jatha so stark war. Ihr kam es so vor, als wäre sie sogar mächtiger als alle Hohepriesterinnen es jemals waren.

»Du wirst dafür büßen, dass du hast Lichtelfen und Menschen töten lassen, und versucht hast den Prinzen und Ellaron zu töten«, sprach sie ruhig.

Para-Saran lachte auf. »Anscheinend vergisst du, dass du dein Schwert in meines Neffen Schulter stecken hast. Bis du es aus ihm herausgezogen hast, habe ich dich schon getötet.« Sie griff nach einer Waffe, die auf dem Tisch in ihrer Nähe lag. »So werde ich erst deinen Liebsten töten und dann dich! Dir ist wohl nicht gewahr, dass ich euer aller kümmerliches Leben mit einer kleinen Geste zerquetschen kann! So wie damals das deiner Eltern.«

Alsi-Jatha starrte sie an, als sie die Worte begriff.

»Sieh' mich nicht so an. Nicht die Trolle, sondern ich habe deine Mutter und auch deinen Vater getötet! Sie musste sich ja in diesen verdammten Lichtelfenprinzen verlieben.«

Alsi-Jatha war so geschockt und gleichzeitig wütend, dass sie nicht wusste, was sie tun sollte. Plötzlich begann ihre erdrückende, schwarze Aura zu schwinden und sie glaubte sich schon verloren, doch da verband diese dunkle Kraft sich mit der guten Magie und wurde zu einem hellen gleißenden Licht. Para-Saran wich mit Entsetzen in den Augen zurück, als sie begriff, welche Bedrohung auf sie zukam. Doch ihr Körper wurde von dem Licht eingehüllt – wie in einem Kokon und dann begann sie zu brennen. Sie stand in Flammen, ihr Blut floss über ihr Gewand. Ein Schrei aus Entsetzen und Schmerzen entrann ihrer Kehle, dann starb sie und zerfiel zu Staub.

Vor der Feste tobte zur gleichen Zeit der Kampf zwischen den Licht- und Höhlenelfen, die die Lichtelfen mittlerweile entdeckt hatten.

Urplötzlich machte sich Magie breit. Der Waffenmeister der Höhlenelfen spürte sie deutlich, entsetzt schlug er auf den Lichtelf vor sich mit seinem Schwert ein.

Auch der König der Lichtelfen spürte diese Magie, doch im Gegensatz zu Rass-Baran lähmte sie ihn nicht.

Der Höhlenelf wusste, sein Ende war gekommen und nicht mehr aufzuhalten als das Schwert des Lichtelfenkönigs, seinen Körper durchbohrte.

Für eine Sekunde blickte Rass-Baran zum immer dunkler werdenden Himmel empor, und das Antlitz des aufgehenden Mondes schien auf sein Sterben unbekümmert herabzusehen. Dann verlangte das Gesetz der Schwerkraft seinen Tribut, er stürzte zu Boden und der Tod umspülte ihn mit seiner Eiseskälte noch in der gleichen Sekunde. Seine mandelförmigen Augen waren starr gen Himmel gerichtet.

Um Belmon herum wurde die Welt immer leiser und stiller. Da war nichts mehr, keine Gegenwehr seines Gegners.

»Was war das, Hoheit?«, fragte einer der Lichtelfenkrieger verwundert, der neben dem König gekämpft hatte.

Belmon starrte selbst noch immer auf den von seinem Schwert durchbohrten Höhlenelfenkörper zu seinen Füßen und in die glasigen, toten Augen seines Gegners. Er kniete sich neben diesen nieder und schloss dessen Lieder mit seiner Hand. Belmon konnte sich nach Alsi-Jathas Beschreibung vorstellen, wem er gerade die Unsterblichkeit geraubt hatte … ihrem Ziehvater! Er riss sich von dem Gedanken los, dass sie um ihn trauern könnte und schaute über die Szenerie, die sich ihm bot.

Rot und von Blut gedrängt, war das Feld vor ihm. Leichen, zerschmetterte Körper aber auch Verletzte, und sich ihrem Schicksal ergebende Höhlenelfen ... nichts an das er sich später gern einmal erinnern würde.

»Ich weiß es nicht!«, sagte der König. »Ich weiß bloß, dass es Magie war, die gewoben wurde. Eine sehr mächtige Magie und sie war nicht gegen uns gerichtet. Diese Magie hat nur die Höhlenelfen gelähmt und dennoch, wir haben sie auch in uns gespürt!« Dann fing der König sich und rief über das Schlachtfeld. »Genug! Gebt Eure Waffen an uns ab Höhlenelfen, dann lassen wir Euch am Leben. Andernfalls holen wir sie uns von Euren toten Körpern. Ihr habt die Wahl!«

Trotz dieses überaus gütigen Angebots konnte man in den Augen seiner Krieger nur zu deutlich sehen, welche Entscheidung ihnen lieber gewesen wäre.

»Nehmt die sich ergebenden Höhlenelfen gefangen und in Gewahrsam, das Töten soll ein Ende haben!«, gebot er.

Das Licht im Kerker war verschwunden. Sarl-Marad kniete immer noch vor Alsi-Jatha, mit dem Schwert in seiner Schulter. Ihre Augen ruhten ruhig auf ihrem einstigen Ziehbruder.

Sein Atem stockte und er rechnete schon mit dem Tod, als sie das Schwert blitzschnell aus seiner Wunde zog. Er schrie vor Schmerz gepeinigt auf.

Sie presste ihre Hand schnell auf seine Schulter, riss mit der anderen einen ihrer Ärmel vom Hemd und ersetzte ihre Hand flink durch den Stoff.

Der Schmerz betäubte regelrecht seinen Verstand, erschöpft und jeglicher Hoffnung beraubt weiteren Qualen zu entkommen viel Sarl-Marad in die Bewusstlosigkeit.

In Alsi-Jathas Augen spiegelte sich kein Hass gegen ihn. Er sollte leben, wenn er bereit war zu erkennen, dass die Lichtelfen nicht die Feinde waren, wie man ihnen seit Beginn ihres Lebens vorgemacht hatte.

Ellaron lag auf der Bank, hatte die Augen geschlossen und regte sich nicht.

Alsi-Jatha erlöste ihn von seinen Fesseln und sah sich seine Verletzungen an. Ellarons Körper war von Wunden übersät. Sie rang um Atem. »Glaub ja nicht du könntest dich so von mir lossagen«, sagte sie leise, als er unter Stöhnen die Augen aufschlug und sie entsetzt ansah.

»Nicht mehr, lass mich in Frieden!«, rief er gequält aus. Nun sah sie es erst, seine Pupillen waren nicht blau …, sondern schwarz.

Alsi-Jatha seufzte: »Was hat sie dir nur angetan?«

Er starrte sie wieder an, dann erzitterte sein Körper und er verlor das Bewusstsein.

Belmon keuchte und verzog gequält das Gesicht, als er sich auf den Knauf seines Schwertes stützte. Seine Muskeln taten weh. Er schüttelte frustriert den Kopf. Er wusste, er war der Meinung seines Volkes nach, ein hervorragender König, doch in diesem Moment nur noch ein Schatten des ehemaligen Kämpfers, der er einst gewesen war. Er stöhnte kurz auf, als die Muskeln in seinen Beinen aufgrund der Anstrengung brannten. Er atmete noch einmal tief ein, setzte dann entschlossen einen Fuß vor den anderen, um das Schlachtfeld in Richtung Feste zu überqueren.

Die Nacht war schon längst angebrochen, der Mond schien hell. Tagelang waren sie unterwegs gewesen. Neben ihm traten einige seine Krieger, um ihrem König zu folgen. *Es ist nicht mehr weit*, dachte er und rieb sich erschöpft die Augen. *Dann werden wir die Wahrheit erfahren! Die Wahrheit über das Schicksal meines Sohnes und dem der beiden Elfen, die mir väterlich am Herzen liegen!* Dann erschien ihm das Gesicht seines Bruders in seinem Geist. Verblüfft über seine eigenen Gedanken und das ihm erschienene Bildnis, hob er den Kopf.

Ein schmerzlicher Sieg

Der Lichtelfenprinz ließ achtsam seine Augen umher-schweifen als er in den Kerker trat. »Bei den Göttern, was war das für eine Macht? Hast du das auch gespürt, Alsi-Jatha?« Als sie ihm nicht antwortete, sah er sie besorgt an. »Was ist mit dir?«

»Die Hohepriesterin ist ausgelöscht! Ich habe sie bezwun-gen! Ellaron ist verletzt, doch er lebt.«

»Na dann dürften wir hier ja schon mal einen Teil unsere Schwierigkeiten überwunden haben. Zum Glück!«

»Albarell, ich befürchte, für mich beginnen erst hier die wahren Schwierigkeiten! Doch was wir jetzt brauchen, das ist die Hilfe eines Heilers! Ich hoffe nur, die Krieger und dein Vater haben es geschafft mein Volk zu bezwingen!«

Albarell sah besorgt auf Ellaron hinunter, der ohne Be-wusstsein auf der Bank lag und dann auch zu den bewusstlo-sen Höhlenelfen hinüber. »Was machen wir mit dem da?«

»Mir reicht Para-Sarans Tod vollkommen. Ich verbürge mich für ihn! Er ist mein Ziehbruder, oder besser gesagt mein Vetter und somit wohl einer meiner letzten Verwandten!«, er-klärte sie fast beiläufig. »Könntest du jetzt bitte einen Heil-kundigen herbeischaffen, oder muss ich erst selbst gehen?

Albarell holte tief Luft. »Ich gehe ja schon! Doch kann ich dich auch wirklich alleine lassen?«

»Das kannst du! Geh bitte und sieh nach was draußen los ist, aber sei bitte vorsichtig«, flehte sie ihn an.

König Belmon, lief schnellen Schrittes, gefolgt von seiner Leibwache und seinem Heiler durch die Feste der Höhlenel-fen. Der König drehte sich zu seinen Kriegern um. »Seit auf der Hut, es könnte sich der eine oder andere Höhlenelf noch in einem der Gänge versteckt halten. Landos, seid Ihr euch sicher, dass es hier langgeht?«, fragte der König.

Elfen hatten zwar alle einen guten Orientierungssinn, doch auch die Krieger waren sich nicht mehr wirklich sicher, ob das der richtige Weg zum Kerker hinunter war, den Alsi-Jatha ihnen beschrieben hatte. Doch dann erreichten sie die Treppe.

»Hoheit, ich gehe voraus, wenn es Euch recht ist?«, meinte Landos.

Auf das wortlose Nicken seines Königs eilte der erfahrene Krieger schnell und dennoch achtsam die Stufen hinunter.

»Prinz Albarell?«, hörte Albarell auf einmal eine wohlbekannte Stimme leise fragend rufen.

»Ja, hier!«

Landos stoppte und rief noch einmal leise: »Alles in Ordnung mit Euch?« Er fügte dann schnell hinzu: »Wir haben die Feste eingenommen und die überlebenden Höhlenelfen sind in unserer Gewalt.«

»Kommt schnell herunter, wir brauchen Euch!«, hörte er seinen Prinzen auffordernd rufen.

»Mein König, der Prinz ist hier und scheint wohlauf!«, rief Landos schnell noch seinem König nach oben zu und eilte mit ausladenden Schritten den Gang entlang, der zur Peinkammer führte.

Als Landos um eine Ecke bog, sah er in einiger Entfernung den Prinzen.

»Was ist mit unseren Kriegern, meinem Vater?«, sprach der Prinz ihn sofort an.

»Euer Vater dürfte gleich hier sein! Einige unserer Krieger sind verletzt, auch viele Höhlenelfen und eine nicht geringe Anzahl von ihnen sind im Kampf gefallen, mein Prinz«, begann er zu berichten. »Wir hatten erst Probleme ihrer habhaft zu werden, doch dann waren sie plötzlich mitten im Kampf wie gelähmt und das war unsere Chance.«

»Manchmal zahlt es sich eben aus, eine Höhlenelfe an der Seite zu haben.«

Landos sah seinen Prinzen verwundert an, wollte auch schon zu einer Frage ansetzen, doch sein Prinz kam ihm zuvor. »Alsi-Jatha trägt eine mächtige Magie in sich! Sie hat Para-Saran damit vernichtet.«

»Was ist mit dem Waffenmeister und ihr?«

»Ellaron ist verletzt, Alsi-Jatha wohlauf. Kommt!«

Die Tür quietschte als die beiden Lichtelfen eintraten.

»Ich habe Hilfe mitgebracht«, sagte Albarell.

Landos blieb wie vom Donner gerührt stehen und starrte kurz Alsi-Jatha an. Er wisperte irgendwas von *Ihr Haar*, und fragte dann laut: »Was ist geschehen?«

Albarell schüttelte schnell den Kopf, denn er hatte schon längst gesehen, dass sich an Alsi-Jatha etwas verändert hatte. Ihre Haare waren nicht mehr gänzlich hellblond, sondern von goldenen Strähnen durchwoben.

Sie sah den Elfenkrieger etwas irritiert an. »Was mit mir ist? Seid Ihr blind Landos? Ellaron braucht Hilfe! Euer Waffenmeister ist schwer verletzt und muss hier heraus. Und zwar sofort!«

Es dauerte einen kurzen Moment bis Albarell fragte: »Was ist mit dem Höhlenelf und dessen Wunde?«

»Sein Name ist Sar-Marad. Seine Wunde muss jedoch warten, die Blutung ist gestoppt, das hat im Moment auszureichen!«, sagte sie und sah ihren Vetter mit einem bedauernden Blick an.

Sar-Marads silbergraues Haar und seine Kleidung war über und über mit seinem Blut verschmiert.

Albarell versuchte ein wenig zu lächeln, als Alsi-Jatha ihn auf seine Bemerkung hin ansah. »Es ist dann wohl auch in deinem Sinne, dass auch er so bald wie möglich versorgt wird, damit er am Leben bleibt!«

Man hörte dem König Belmon die Erleichterung an, als er in diesem Augenblick den unfreundlichen Raum betrat. »Bei den Göttern, da seid ihr ja!« Er sah sich schnell um. »Wo ist diese unsägliche Hohepriesterin?«

Alsi-Jatha warf ihm einen Blick zu und deutete mit dem Kopf auf den Haufen Asche. »Das sind die Überreste von ihr.«

»Oh, bei den Göttern!« meinte der König und starrte sie ebenfalls an. »Du hast sie vernichtet?«, fragte er in Alsi-Jathas Richtung.

Sie nickte.

»Ist dir etwas geschehen?«

Sie schüttelte verneinend den Kopf.

»Tilos mein Heiler, wo seid Ihr?«

Der Heiler der Lichtelfen eilte in den Raum.

»Ja, eure Hoheit!« Der Heiler sah seinen König fragend an.

Belmond zeigte zu Ellaron hin. »Er braucht eure Hilfe, nicht ich!«

Landos sprach kurz darauf leise mit einem seiner Kameraden. »Wir müssen vorsichtig mit ihm sein«, erklärte er.

»Wo sollen wir in hinbringen?«

Alsi-Jatha hörte die Frage, sie antwortete: »Am besten in meinen alten Raum. Albarell, weißt du noch, wo die Treppe an der Eingangstür hinaufführt?«

»Ja, in etwa!«

»Im ersten Stockwerk, gleich als erstes an der Treppe, da ist mein Raum.«

»Wir finden ihn schon!«

»Gut, dann solltet ihr jetzt gehen! Ich werde mich um einen Heiltrank kümmern, die Ellarons Geist aus der Dunkelheit zurückbringt, sobald Sarl-Marad versorgt und eingesperrt ist.«

Albarell nickte, er verstand und gab mit einer Handbewegung das Zeichen den Raum zu verlassen und Ellaron aus dem Kerkergewölbe zu bringen.

König Belmon setzte sich ebenfalls in Bewegung, um den Raum zu verlassen, doch Alsi-Jatha hielt ihn sanft am Arm fest und sah ihn bittend an. »Bitte Hoheit, bleibt noch einen Moment, ich möchte mit Euch kurz alleine sprechen!«

Er nickte.

Sarl-Marad war noch besinnungslos, doch er erlangte allmählich das Bewusstsein zurück.

»Ich hoffe, Ellaron ist nicht zu schwer verletzt«, sagte

Belmon.

Alsi-Jatha starrte auf den Boden zu ihrem Vetter hin und flüsterte leise: »Ellaron wird es schaffen. Mir ist das Herz jedoch schwer, meine Tante hat seinen Geist mit der dunklen Magie des Vergessens überzogen. Mit ihren letzten Worten brachte sie jedoch eine weitere grausame Gewissheit für mich zu Tage, denn sie gestand mir in ihrem Hass ein, meine Eltern getötet zu haben. Sie sagte, meine Mutter sei an ihrem Tod selbst schuld, da sie sich in einen Prinzen der Lichtelfen verliebt habe.«

Sie musste es wissen, doch der König kam ihr zuvor, als habe er bemerkt was auf ihrer Seele lastete.

»Alsi-Jatha, mein Kind, ich denke sie sprach von meinem Bruder«, sagte er. »Tu mir den Gefallen, verliere nicht den Mut! Du hast bei deiner Tante getan, was du tun musstest, es gab keine andere Möglichkeit, um am Leben zu bleiben und der Rest lag nicht in deiner Hand!« Belmon erklärte mit Bedauern in der Stimme: »Alsi-Jatha, ich muss dir noch etwas sagen. Es tut mir leid, aber auch dein Onkel ist unter den Toten! Der Waffenmeister starb im Kampf durch meine Hand!«

»Danke Hoheit, dass Ihr mir das gesagt habt!«

Belmon war sich sicher, bei seiner Nichte Alsi-Jatha, wie er nun wusste, brauchte er sich in einer Sache jedenfalls nicht zu sorgen. Sie war keine Gefahr für sein Volk, auch wenn sie eine ungeheure Macht und Magie in sich trug, die wohl jeden vernichten konnte, wenn sie es wollte. »Ich hoffe nur, du hältst es jetzt auch noch aus, wenn du die anderen Toten deines Volkes siehst!«, sagte er und Bedauern schwang in seinen Worten mit. »Weißt du schon was du vorhast?«, fragte er.

»Alles was ich mir wünsche, ist euch Heim zu begleiten und zu hoffen, dass alles seinen Lauf zum Besten nimmt!«, sagte sie leise.

»Albarell und ich werden dich bei allem unterstützen, egal wie du dich entscheidest, Alsi-Jatha«, fuhr der König fort. »Es gibt zwar keine Möglichkeit, dass was geschehen ist rückgängig zu machen. Aber ich weiß, wenn du es willst, wirst du

deinem Volk eine würdige und gütige oberste Priesterin sein.«
Ein Lächeln huschte über Belmons Gesicht. »Du meine
Nichte wärst ein starker Verbündeter für unser Volk!« Er
fuhr ihr sanft über den Arm. »Du weißt Alsi-Jatha, wir vertrauen dir!«

»Eine Bitte hätte ich noch!« sagte sie. »Er …«, sie deutete
mit dem Kopf auf ihren Cousin, »sein Name lautet Sar-Marad, er gehört zur Familie. Ich muss gestehen, ich habe ihn
nie wirklich gut behandelt. Doch ich möchte ihn, so wie die
anderen Überlebenden meines Volkes, nicht für die Fehler
anderer sterben sehen, wenn es nicht sein muss!«

»Wir finden gemeinsam einen Weg! Ich weiß, dass es für
dich umso schwerer sein muss. Ich bin auch nicht gerade froh
darüber, über das, was geschehen ist. Kümmere dich erst um
ihn, bevor er noch vor unseren Augen verblutet! Ich helfe dir
dann, ihn in eines der Verließe zu bringen. Ich denke es ist
einfach besser ihn einzuschließen, zumal Albarell mir noch
gesagt hat, dass er dich angegriffen hat.«

Sarl-Marad öffnete kurz nachdem Alsi-Jatha ihm einen
neuen festen Verband angelegt hatte, die Augen. Er sah die
beiden aus misstrauisch und gleichzeitig hasserfüllt leuchtenden Augen an. »Was habe ich zu erwarten?«, fragte er.

Der König wusste, dass er ihn erst einmal schocken musste.
»Den Tod für Euer Vergehen an meinem Waffenmeister und
an Eurer Ziehschwester Alsi-Jatha, die ja eigentlich Eure
Cousine ist. Oder was glaubt und erwartet Ihr? Gnade von
uns?«

Sarl-Marad schloss die Augen und schluckte.

Alsi-Jatha spürte seine innere Verzweiflung über die Antwort, doch er konnte sich wieder fangen, bevor die Wahrheit
sichtbar wurde. »Ich werde es wohl so hinnehmen müssen!«,
sagte er, als sei es das Natürlichste auf der Welt.

Belmon war von seiner Ruhe überrascht und sah Alsi-Jatha
fragend an. »Alsi-Jatha, sind die Krieger alle so wie dein Vetter?«

»Ähnlich sind sie ihm, denn sie wurden so erzogen. Doch

der Dummkopf ist ein ganz besonderes Exemplar von einem Höhlenelfen. Er denkt grundsätzlich nicht über seinen Tellerrand hinaus und machte alles was Para-Saran und mein Onkel von ihm verlangt haben! Er ist ein wirkliches Vorbild von einem nicht selbstständig denkenden Höhlenelfen.«

Sarl-Marad sah Alsi-Jatha wutentbrannt an, der Spott, den er glaubte aus ihrer Stimme zu vernehmen, er machte ihn wütend. Mutig stieß er hervor: »Ich werde mich auf jeden Fall nicht unterwerfen! Ich will nicht als Schatten meiner selbst weiterexistieren! Das kannst du vergessen! Das allerletzte was ich tun werde, ist dich anbetteln, Alsi-Jatha damit du mir einen leichten Tod schenkst, Verräterin des eigenen Volkes!«

Alsi-Jatha sah gespielt emotionslos auf ihn herab und ihm dabei fest in die Augen. »Du wagst es zu trotzen, obwohl du verletzt und im Angesicht des Todes bist?«, sagte sie möglichst kalt klingend, doch in ihrem Herzen sah es anders aus. Für sie war es grauenhaft gewesen, ihm das Schwert in den Körper rammen zu müssen, um ihn aufzuhalten. Er war über Jahrhunderte ihr *Bruder* gewesen und auch wenn sie ihn immer weggestoßen hatte, wusste sie doch, dass er ihr etwas bedeutete.

»Ich denke, wir sollten ihn jetzt am besten sich selbst überlassen, damit er ein wenig über das, was er gesagt hat und über sich nachdenken kann. Denn wie es aussieht, gibt es niemanden mehr, der das Denken für ihn weiter übernimmt!«, meinte Belmon trocken. »Lass ihn uns hier raus und in ein sicheres Verlies schaffen.«

Sie sah noch einmal durch das kleine Gitter der Kerkertür zu Sarl-Marad ins Verließ hinein, dessen Gesicht sich schmerzvoll verzogen hatte. Dann wandte sie sich wieder dem königlichen Onkel zu. »Ich habe für Sarl-Marad getan, was ich tun konnte. Vielleicht begreift er noch, dass eine Dosis Demut euch gegenüber ihm nicht schaden würde, und es angebracht wäre, die alten Verhaltensmuster zu überdenken. Ob er es können wird, das ist eine andere Frage! Vielleicht begreift er ja noch, warum sein Vater starb. Ich möchte jetzt nur noch eines, das Gegenmittel für Ellaron beschaffen und nach ihm sehen.«

»Dann komm!«

Sarl-Marad war eingeschlossen und Belmon orderte vom Vorhof der Feste ein paar Krieger ab, die die Gefangenen in die Verließe bringen und bewachen sollten. »Ich hoffe wir haben dein Einverständnis dazu?«, sagte Belmon gerade.

»Wieso sollte ich nicht?«

»Du bist die letzte weibliche Höhlenelfe aus deiner Familie, mein Kind. Somit steht dir die Würde zu, zu herrschen.«

Überall lagen noch tote, aber auch verletzte Höhlenelfen. Auch einige Krieger der Lichtelfen waren im Kampf verletzt worden. All diese Opfer hätten nicht sein müssen. Die Lichtelfen hatten den Sieg errungen und Alsi-Jatha wurde langsam klar, was dies auch für sie bedeutete; sie hatte Para-Saran vernichtet und als Mietglied aus herrschaftlichem Haus, hatte sie das Erbe als Hohepriesterin anzutreten. »Ich sehe es unter den Umständen mehr als eine Bürde und einen Fluch«, stieß sie hervor. Ihr Blick viel wieder auf die Opfer. Jeder ihrer Sinne schrie vor Schmerz, denn sie kannte jeden der Toten und Verletzten hier persönlich. *War es das, was das Buch der Magie ihr hatte sagen wollen?* Dass, wer die Götter des Lichts erzürnte, der würde vom Schicksalsweber mit dem Tod bestraft? Aber was hatten sich dann die Lichtelfen, die ebenfalls ihr Leben hatten lassen müssen, sich zu Schulden kommen lassen? Dafür fand sie keine Antwort.

»Bei den Göttern, warum dies alles nur?«, flüsterte sie, für Belmon unüberhörbar. Dann räusperte sie sich. »Verstehst du das, Onk… ähm' Hoheit?«

»Nein, mein Kind!«, sagte der König leise und lächelte. »Onkel hört sich gut aus deinem Mund an. Doch wir sollten diese Gewissheit noch ein bisschen für uns behalten, gerade wegen der Deinen.«

Sie nickte. »Ich verstehe, Hoheit!«

»Die Götter haben in den letzten Tagen und auch heute viele Elfenseelen zu sich gerufen. Ich denke, wir können nur noch eines tun – Gräber ausheben, um deren Körper der letzten Ruhestätte anzuempfehlen!«

»Mit Eurer Erlaubnis, Hoheit, ich möchte, dass die Toten meines Volkes nach unserem Ritual bestattet werden«, sagte sie dann und wartete auf seine Reaktion.

»Du bedarfst dafür meiner Erlaubnis dazu nicht!«

»Dann werde ich mich jetzt zuerst meiner Aufgabe widmen und mich um Ellaron kümmern und danach alles Weitere vorbereiten.«

»Tu das und gib den Kriegern Anweisungen, wie sie mit den Toten deines Volkes verfahren sollen.«

Ungewissheit

Am Morgen als die Sonne ihre ersten Strahlen über den Horizont schickte, öffnete Ellaron für einen kurzen Augenblick die Augen. Die Zeit verstrich, bis ihm bewusst wurde, dass er nicht mehr gefesselt auf der Bank im Kerker befand, sondern in einem Bett und das in den Raum, in dem er lag, Licht durch dessen Fenster zu ihm hereinfiel. Sein Verstand versuchte zu verstehen was geschehen war. Es gelang ihm jedoch nicht. Er versuchte angestrengt weiter eine Erklärung dafür zu finden. *Was ist das schon wieder für eine perfide Idee von Alsi-Jatha? Wie bin ich hier her gekommen?*, fragte er sich. Er schloss die Augen wieder, denn seine Lider waren bleiern und schwer. Noch während er versuchte, die Situation mit geschlossenen Augen zu ergründen, hörte er ein Geräusch und spürte eine sanfte Hand, die ihn berührte. Dann vernahm er die fragende Stimme einer ihm bekannten Person. »Ist er zu sich gekommen?« Er erkannte die Stimme, denn sie gehörte seinem Freund und Prinzen Albarell.

»Nein leider noch nicht wirklich, Albarell. Aber es kann nicht mehr lange dauern, bis seine Sinne wieder vollkommen wach sein werden.«

Auch diese Stimme kannte er … Er öffnete die Augen sah Albarell an, sein Blick hatte einen Moment etwas Erleichtertes, dann jedoch richtete sich sein Blick auf Alsi-Jatha. Er sah sie misstrauisch an, wich dann ihrem Blick aus und sprach kein einziges Wort.

Sie nahm seine Hand sanft in die ihre. »Was ist mit dir? Warum siehst du mich nicht an?«, fragte sie mit gedämpfter Stimme.

Er sagte noch immer kein Wort, er war sich nicht sicher. Was, wenn er bei Albarell einem Trugbild verfallen war?

Albarell trat an das Bett heran. »Sei unbesorgt! Alles ist gut!«

Dann traf ihn eine schrecklichere Erkenntnis. Er hatte sie angesehen, es war wirklich Alsi-Jatha, auch wenn ihr Haar anders aussah. Er glaubte zu wissen − sie war die neue

Hohepriesterin. Ihr Schicksal hatte sich erfüllt, nur er wusste nicht, wohin es sie führen würde. Doch sein Herz glaubte, die schreckliche Gewissheit des Kommenden zu kennen! Er spürte ihren warmen Atem an seinem Hals, als ihre Lippen ihn an seiner Hand berührten, die nicht durch die Folter geschunden war. Ein schrecklicher Gedanke begann sich in ihm festzusetzen, begann sich in seinen Geist zu manifestieren. »Du hast gewusst, dass sie kommen, du warst es, die uns verraten und mich gefoltert hat«, sagte er mit heiserer Stimme. Oh' Albarell wie konntest du ihr verfallen?«

»Was? Was denkst und redest du da nur Ellaron?«, fragte sie möglichst sanft, konnte doch die Erschütterung über seine Worte nicht verbergen.

»Es hat prima funktioniert, nicht? Du hast uns allen nur etwas vorgetäuscht!« Er schaute ihr tief in die Augen.

Sie hielt seinem Blick stand.

Albarell sah seinen Freund entsetzt an. »Alsi-Jatha, hat das Gegenmittel gegen Para-Sarans Vergessensserum etwa nicht gewirkt? Ist er immer noch im Dunklen ihrer Magie gefangen?«

Alsi-Jatha schüttelte verneinend den Kopf, als sie ihm zu erklären versuchte: »Albarell, das Gegenmitte hat gewirkt. Sie dir seine Pupillen an, sie haben ihre ursprüngliche Farbe wieder. Ich denke, körperlich ist er bereits wieder in besserer Verfassung. Auch scheint mir seine Langzeiterinnerung zurück, doch ich befürchte es bedarf doch der Zeit die Realität zu erkennen, so hoffe ich sein merkwürdiges Verhalten uns gegenüber ändert sich auch schnell.«

Sie drehte sich zu Albarell, als dieser leise sprach: »Vielleicht sollten wir, oder besser du, ihm dabei etwas auf die Sprünge helfen!«

Alsi-Jatha zog die Augenbraue spöttisch nach oben und wand sich an Albarell. »Womöglich hat er aber auch unter der Folter Para-Sarans seinen rationalen Verstand völlig verloren!«

König Belmon, der gerade in den Raum eingetreten war

und draußen die Worte aus dem Zimmer vernommen hatte, stand mit hart aufeinander gepressten Lippen da, bemüht sich das verräterische Schmunzeln von seinem Antlitz zu verbannen. »Sehr interessant was man hier so erfährt! Sind das die neuen Heilmethoden, wenn jemand geschwächt von der durchgestandenen Behandlung einer Höhlenelfenpriesterin gerade erst zu sich gekommen ist? Haltet ihr es wirklich für nötig, nur weil er noch ein wenig verwirrt ist, meinen Waffenmeister zu ärgern?« Der König wollte noch etwas hinzufügen, wurde aber von Albarell unterbrochen. »Vater, die Situation ist ernster als sie sich von dir anhört, denn dein Waffenmeister misstraut Alsi-Jatha wieder!«

Belmon sah erst zu Alsi-Jatha und dann auf Ellaron nieder. »Na dann wollen wir mal sehen, ob ich es nicht vermag meinem Waffenmeister diese unsäglichen Gedanken zu vertreiben! Kann es wirklich sein, mein Junge, dass du der Elfe, die dich liebt, schon wieder misstraust?«, hakte er nach.

Ellaron hätte laut aufgelacht, doch ihm war viel mehr zum Heulen zumute. »Ihr habt keine Ahnung Hoheit, was sie die letzten Tage alles mir getan hat!«, sagte er.

Alsi-Jathas Blick nahm einen erbosten Ausdruck an. »Wir sollten wohl mal nach weiteren Verletzungen sehen, er hat vielleicht auch was am Kopf abbekommen, Hoheit!«

»Alsi-Jatha, hör auf deinen Liebsten zu ärgern. Ich weiß, wo du warst – er aber doch nicht!«, beschwichtigte Belmond, denn er sah das Unverständnis in Ellarons Augen. »Ellaron, du fragst dich sicher, warum auch ich hier bin und auch, was geschehen ist. Ich werde es dir gerne berichten, wenn es dein Zustand zulässt?«

»Hoheit, ich werde mich derweilen um alles Besprochene kümmern und nach den Verletzten meines Volkes sehen. Wenn Ihr mich entschuldigt. Ich bin nach allem nicht in der Stimmung mir weiter die geschmacklosen Unterstellungen Eures hochgeschätzten Waffenmeisters anzuhören. Ich ertrage das nicht!« Sie sah noch einmal zu ihm. »Ellaron ist bei Euch in guten Händen!«

Der betrübte Blick ihres Onkels berührte Alsi-Jatha, doch sie winkte resignierend mit der Hand ab. »Soll er denken was er will! Er lebt, das ist erst einmal das wichtigste! Ich bitte euch nur, mich jetzt einfach in Ruhe zu lassen. Es gibt genug Dinge, um die ich mich zu kümmern habe!«

Mit einem Seufzer setzte sich der König ans Krankenbett seines Waffenmeisters. Er wusste, es hatte keinen Sinn mit seiner Nichte zu diskutieren, denn Alsi-Jatha war zutiefst verletzt von Ellarons Worten.

Sie drückte Albarell das Verbandsmaterial und die Salben in die Hand. Ohne auch nur ein weiteres Wort ihres Onkels abzuwarten oder noch etwas zu sagen, stürmte sie aus dem Raum.

Der König nahm die Materialien zur Behandlung seinem Sohn ab. »Albarell, geh ihr nach. Sie braucht jetzt ebenfalls einen Freund an ihrer Seite. Ich bleibe bei Ellaron!«

Alsi-Jathas Gesicht war verbissen, jedoch nicht zornig. Trauer konnte man in ihren Augen lesen. Selten hatte Albarell sie so durcheinander erlebt.

»Es ist wirklich zum Haare raufen, und doch ist genau das geschehen, was ich befürchtet hatte. Warum hast du mich sie nicht gleich verfolgen lassen?«

»Ich ...«, Albarell brach ab, denn er wusste es hatte keinen Sinn ihr noch einmal zu erklären, wie gefährlich das für sie und auch Ellaron gewesen wäre. »Es tut mir leid, Alsi-Jatha ... doch Vater wird ihn zur Vernunft bringen.«

»Möglicherweise!«, flüsterte sie traurig.

Albarell legte ihr seine Hand auf die Schulter. »Lass den Kopf nicht so hängen, Cousine!«

Sie starrte ihn an.

»Na komm schon, glaubst du Vater würde es mir verschweigen, selbst da ihr eine Abmachung habt? So und nun versuche ich dir ein wenig deinen Kampfgeist zurück zu bringen. Gib ihn und eure Liebe nicht auf. Ich will nicht, dass du irgendwann einmal bereust mich gerettet und ihn dadurch kennen gelernt zu haben. Ich möchte auch nicht, dass du unser beiden Sippen aus gebrochenem Herzen irgendwann gegeneinander in den sicheren Tod führst.«

»Sag Albarell, zweifelst du auch schon an meiner Loyalität euch gegenüber?«, fragte sie empört.

»Nein, Alsi-Jatha, ganz bestimmt nicht!«, versicherte er, etwas erschrocken über ihre Reaktion, denn ihre Pupillen wurden golden.

»Was ist?« fragte sie ungehalten.

»Deine Augen. Erst dein Haar und nun! Was bedeutet es, wenn auch deine Pupillen golden werden?«

»Golden?«

»Ja Golden!« Er sah sich um, griff nach einer Silberschale, die in der Nähe stand und hielt sie ihr vor die Nase. »Sieh selbst.«

»Bei den Göttern, ich weiß es nicht!« Sie blickte betrübt zu Boden. »Diese Macht von Magie, die ich seit Para-Sarans Vernichtung in mir spüre, sie macht mir Angst.«

Albarell verstand Alsi-Jathas Kampf mit ihren Gefühlen. Ellarons Anschuldigungen hatte es ihr nicht leichter gemacht ihr Gleichgewicht wieder zu finden, im Gegenteil.

»Ich gehe einfach wieder mit euch nach Hause!«, sagte sie fest entschlossen. »Dann wird vielleicht alles gut!«

»Alsi-Jatha«, sagte er sanft, »Du kannst nicht einfach wieder mit uns zurück. Es geht nicht! Du bist vom Schicksal dazu auserwählt worden, die Stelle der Hohepriesterin einzunehmen.«

Entsetzt und hilfesuchend sah sie ihn an. »Ich? Nein ...« In ihren Kopf herrschte ein heilloses Durcheinander.

»Doch, du! Du musst!«, beharrte er. Er stand jetzt mit verschränkten Armen vor ihr an der Treppe, als wollte er verhindern, dass sie einfach davonlief. »Mein Vater hat Recht mit seiner Annahme, die Götter haben dir dieses bestimmt. Du hast keine Wahl! Sie hat dir eine göttliche Aufgabe übertragen. Du hast Para-Saran vernichtet und somit Anspruch auf deren Nachfolge. Du bist die einzige ihres Blutes, die das kann. Nimmst du diese Bürde nicht an, wird es keinen Führer für die noch gefangenen Höhlenelfen geben. Wir wären zu unserem Schutz gezwungen sie hier weiter als Gefangene zu behandeln. Du bist schon lange für diese Aufgabe geschult und vorbereitet worden.«

Alsi-Jatha sah Albarell kopfschüttelnd an.

»Es wäre nicht richtig von dir, deine Sippe nicht zu führen, Alsi-Jatha!«, beharrte er eindringlich. »Sie brauchen einen Führer der besonnen und bedacht handelt. Einen, mit Weitblick auf den Frieden.« Albarell betrachtete ihr Gesicht, sah ihre angespannten Züge und wie sie quälend langsamen Atem holte.

Der Elfenprinz machte zwei Schritte auf sie zu und nahm sie sanft in seine Arme. Er hatte damit gerechnet, dass er vielleicht dunkle Magie spüren würde, doch nicht der Hauch von etwas Dunklem war zu fühlen. Eine leichte Vibration war da und ein Gefühl, es war warm und gut. »Ich fühle überhaupt nichts Dunkles mehr in dir!«, erklärte er.

Albarell lächelte, als sie ihn verdutzt ansah.

»Weißt du eigentlich, dass die Strähnen goldener Farbe, die in deinen Haaren entstanden sind, mehr werden?«

»Nein das kann nicht sein! Die Haare der Hohepriesterinnen werden nach der Weihe und Magieübergabe immer weiß. Erst leicht, einige Strähnen und mit der Zeit dann ganz weiß. Jedenfalls hat man uns das so gelehrt, denn ich kannte nur Para-Saran als Hohepriesterin und keine andere.«

»So wird es einen Grund haben, warum es bei dir mit der Haarfärbung und auch mit deinen Pupillen anders ist. Wenn du also verhindern willst, dass unsere Sippen ihr Gewissen weiter gegenseitig mit dem Blut des jeweils anderen besudeln, dann nimm Para-Sarans Platz ein. Führe fort, was du mit meiner Rettung einst begonnen hast.«

»Also gut!«, sagte sie leise, wenn auch so etwas wie Resignation in ihrer Stimme lag. »Ich bin einverstanden, auch wenn es mir nicht sonderlich gefällt. Wann werdet Ihr es verkünden?«

Albarell sah sie an. »Wir gar nicht!« Seine Stimme klang ernst. »Du wirst es in ein paar Tagen selbst tun, und deine Sippe über die Veränderungen informieren. Deine Aufgabe beginnt damit. Vater, ich und die Krieger werden einzig als Beobachter über alles wachen.« Er drückte ihr aufmunternd die Schulter. »Ich bin sicher, ihr werdet es schaffen und du wirst eine besondere und besonnene Führerin sein.«

Alsi-Jatha lächelte gequält. »Ich wollte, ich hätte deinen Optimismus.«

»Kommst du wieder mit hinein?«, verlangte Albarell zu wissen.

»Nein Albarell, ich komme nicht mit. Ich schau nach dem Rechten und danach werde ich in der Weihhalle noch etwas erledigen, sowie auch in Para-Sarans Räumen.«

»Mach keine Dummheiten!«

»Es ist bestimmt keine Dummheit Formeln von Tränken zu vernichten, die anderen Schaden zufügen!«

»Ein Rat, wenn ich ihn dir geben darf? Vernichte nicht die Formeln, die das Gegenteil bewirken oder heilende Wirkung haben. Man weiß ja nie, ob man sie nicht vielleicht noch einmal braucht! Halte sie nur unter Verschluss.«

Alsi-Jatha machte drei Schritte zur Treppe hin, blieb dann aber stehen und drehte sich noch einmal um. »Albarell!«

»Ja!«

Sie lächelte den Prinzen an. »Du solltest jemanden der mit dir Blutsverwandt ist, nicht für so töricht halten, denn ansonsten müsstest du darüber nachsinnen, ob eine solche Verrücktheit auch in dir schlummert. Aber eines will ich dir jetzt noch sagen, ich danke dir für deinen Rat Vetter!«

Die Auserwählte

Alsi-Jatha hatte in Para-Sarans Räumen erst einmal alle Aufzeichnungen für Schadenstränke, die sie finden konnte, aussortiert. Um die anderen Aufzeichnungen, die von Nutzen für gute und heilende Zwecke waren, würde sie sich später kümmern, sie in Ruhe studieren und ordnen.

König Belmon hatte, nachdem er seinem Waffenmeister, der auch ihm nicht wirklich Glauben schenken wollte, daraufhin gehörig die Meinung gesagt. Dann mit seinem Sohn gesprochen. Nun hatte auch er den Weg zu Para-Sarans einstige Räume eingeschlagen. Er hatte dabei kurzzeitig in den noch oben führenden dunklen Gängen die Orientierung verloren. Nachdem er die ornamentgeschmückte Treppe gefunden und hinaufgestiegen war, stand er in der offenen Tür des Wohnraumes der ehemaligen Hohepriesterin.

Er räusperte sich leicht und blickte Alsi-Jatha an, als sie gerade ein Pergament ins Feuer warf. »Sehr herrschaftlich diese Räume, eure Priesterinnen lassen es sich auch sehr gut ergehen, wie mir scheint!«, stellte er nüchtern fest. Ohne Umschweif kam er zum Thema, warum er überhaupt zu ihr gekommen war und begann: »Dieses Mal bist du es, die es euch beiden schwermacht, Alsi-Jatha. Ich habe mit ihm gesprochen. Ich denke es wäre nützlich für euch Beide gewesen, wenn du wieder zu uns gekommen wärst.«

Alsi-Jatha hielt in ihrem Tun inne: »Vielleicht, seine Worte sind mir zu kränkend, das soll er einmal begreifen.«

»Alsi-Jatha, wir wissen, dass das was er denkt, ihm so von Para-Sarans suggeriert wurde, um vor allem dir zu schaden. Ich bin mir sicher, er hat es jetzt auch verstanden.«

»Doch was nützt dies unserer Liebe, solange er zweifelt.«

Der König merkte, dass das Thema Ellaron für seine Nichte im Moment einfach zu verletzend war, so ging er zu einem anderen Thema über. »Hast du dir überlegt, was du zu tun gedenkst? Ich meine, bist du bereit, das Erbe der Hohepriesterin anzunehmen?« Warm und freundlich musterte er sie. Erst jetzt fiel Belmon auf, welche Sorge ihr ins Gesicht geschrieben stand. Es war nicht nur alleine die Sorge um Ellaron. »Was ist mit dir, mein Kind?«, fragte er teilnahmsvoll.

Alsi-Jatha holte tief Luft. »Ich werde es wohl müssen, so wie es aussieht! Ich habe ein wenig Schwierigkeiten mit allem was geschehen ist und daher auch mit meinen Gedanken ins Reine zu kommen. Ständig, seit ich Para-Saran getötet habe, bin ich hin- und her gerissen zwischen zwei Seiten, die so unterschiedlich sind und mir doch so unendlich nah und vertraut. Einerseits hat man mich hier erzogen, um irgendwann einmal die Verantwortung über die Höhlenelfen zu tragen. Dies war die Absicht, sollte unserer Höchsten einmal etwas geschehen, wie mir Para-Saran kurz vor meiner geplanten Opferung sagte. Auf der anderen Seite habe ich das Leben bei euch Lichtelfen lieben gelernt und eine ganz andere Auffassung von Leben, Recht und Ordnung dadurch bekommen. Von Kindesbeinen an hatte man mir gesagt, Lichtelfen taugen nichts- außer zur Opferung. Sie seien unsere Feinde … Und nun? Mein Vater war ein Lichtelf. Beider Sippen Blut fließt in mir. Die Schwester meine Mutter hat den Tod meiner Eltern willentlich herbeigeführt und mich zu einem Leben im Dienste der Göttin verflucht.«

Belmon lächelte milde. »Du weißt, wie viel nun von dir dabei abhängt! Im Endeffekt wissen wir beide, dass du diejenige bist, die zur Erfüllung der Prophezeiung gewählt wurde, nachdem es deiner Mutter und meinem Bruder nicht gelungen ist. Es ist eine sehr große Verantwortung, auch das ist mir bewusst. Ich kenne sie! Doch zu allen Zeiten gab es hier eine Oberpriesterin. Du bist diejenige, die ihrer Sippe einen anderen Weg aufzeigen kann und wird. Ich kenne deine innere Stärke und weiß, du kannst es.«

Sie selbst fing wieder mit dem Ausgangsthema ihres Gespräches an: »Was ist mit Ellaron und meiner L…« Sie sprach das Wort Liebe nicht aus, denn sie wusste nicht, ob sie die seine nicht längst verloren hatte. »Ich mache es uns vielleicht, selbst wenn er sich auf seine Gefühle besinnen sollte, viel zu schwer mit meiner neuen Macht!« Sieh blickte Belmon an und er sah ihre Trauer. »Ich liebe ihn so sehr!«

»Mein Kind, er dich doch auch!« Belmon nahm sie kurz in seine Arme.

Alsi-Jatha sah König Belmon bittend an. »Ich muss noch in die Weihhalle. Würdest du mich dorthin begleiten, Onkel?«

»Um was zu tun?«, fragte er interessiert, da sie in diesem Raum schon einige Dinge, welche unverkennbar der dunklen Seite zuzuordnen waren, vernichtet hatte.

»Um dort etwas zu vernichten, was der Göttin geweiht ist«, sagte sie ernst, zog dabei eine weitere Schriftrolle hervor, studierte diese kurz, um sie dann ins Feuer zu werfen.

»Wenn du möchtest das ich mitkomme. Dann lass uns gehen, wenn du hier fertig bist!«

»Mit dem Vernichten von Schriften, die Schaden bringen, die von Para-Saran hier aufbewahrt wurden, bin ich es.« Sie griff nach einigen Pergamenten und schloss sie in einer Truhe ein, während sie sagte: »Mit den von ihr bewohnten Räumen …«, sie sah sich um, »jedoch noch lange nicht! Es wird sich hier in der Feste noch einiges ändern müssen.«

Ihr gemeinsamer Weg führte sie kurz darauf durch verschiedene Gänge, Korridore und Treppen. Jetzt erst in Alsi-Jathas Begleitung zeigte sich Belmon anschaulich die endlosen Gänge des Labyrinths. In ihm rief das Wegenetz, das vor allem in die Tiefe der mächtigen Anlage führte, zwar Neugierde, aber auch bedrückende Gefühle hervor. Hier gab es keine Fenster nur Belüftungsschächte. »Was befindet sich eigentlich ganz in der Tiefe!«

»Die Grabeshalle vom einstigen Herrscherpaar und auch die sterblichen Überreste der Priesterinnen und hochrangigen Kriegerinnen, die dort in Steinsakkovagen ruhen, während die Körper der gemeinen Kriegerinnen und alle Krieger nach ihrem Ableben dem Feuer übergeben werden. Dann sind da auch noch in den nicht ganz so tief gelegenen Stockwerken, Schmieden, Näherwerkstätten, Wäschereien, Backöfen, Küchen, Lager, Keller, die Spinnenzucht und eben die Kerker.«

»Spinnenzucht?«

»Ja. Es ist eine geschlossene Höhle, wo sich an den Wänden und der Decke mehrere hunderte von verwobenen Netzen spannen. Verschiedene Spinnenexemplare werden dort gezüchtet. Jede Höhlenelfe hat mindestens eine Spinne als Haustier.«

»Allmächtiger«, hauchte der Onkel. »Was wollt ihr nur mit dem Gezücht?«

»Wie gesagt, die meisten sind Haustiere! Doch Para-Saran und ihre Vorgängerinnen ließen auch einige andere züchten, die wir vernichten werden müssen. Diese gigantischen Spinnen dienten ihnen zur Abstrafung von ungehorsamen Höhlenelfenmännern.«

Mit Erschrecken und der Gewissheit was die Elfenmänner durch die Spinnen erleiden mussten, erschauderte Belmon bis ins Mark.

»Sind wir vor diesen Sicher?«

»Ja! Sie sind sehr gut eingesperrt, da sie selbst für uns nicht ungefährlich sind. Ich werde mich alsbald um deren Vernichtung kümmern. Ihr Schicksal wird das Feuer sein!«

»Brauchst du bei ihrer Vernichtung Hilfe?«

»Nein.«

Sie erreichten über eine Vorhalle, einen Gang der etwa 4.50 m breit und 20 m lang war. Dieser war zwar spärlich mit Fackeln beleuchtet, doch am Ende konnte man eine große Zweiflüglige eisenbeschlagenen Tür sehen.

»Das ist die Weihhalle oder besser gesagt die Opferhalle! Wer nicht draußen geopfert wurde, der starb hier.«

Alsi-Jatha öffnete die rechte Tür, indem sie sich mit aller

Kraft dagegenstemmte.

Der Raum dahinter schien groß zu sein, doch er war dunkel, bis sie mit der Fackel die Ölrinne in dem Gestein der Mauer entzündet hatte. Die durch den Schein der Flammen erhellten Wände strahlten auf den Lichtelfenkönig selbst im Lichtschein eine dunkle und bedrückende Magie aus, denn sie zeigten bildlich dargestellte Opferungsszenen. Die Runen darunter und die Muster, die um die Säulen herum verliefen, waren in Silber gehalten. Er ließ seinen Blick kurz zum Gewölbe Himmel schweifen. Die Decke dieser Halle glich dem Nachthimmel mit seinem Gestirn. »Äußerst bemerkenswert«, entkam es ihm. Dann löste er seinen Blick von dort. Der Boden war aus dunkelgrauem Gestein, wie auch die Wände und Säulen. Die Bodenmitte war mit dem Bild einer riesigen Spinne in einem Netz versehen. Die Augen der Spinne bestanden aus zwei riesigen roten Edelsteinen. *Als Kunstwerk gesehen eine wirklich großartige handwerkliche Leistung! Doch von diesem geht für den Betrachtenden etwas wahrlich Dunkles aus!*, schosse es ihm in Gedanken durch den Kopf.

Hinter dem Spinnenbildnis stand ein schwarzer marmorner Altar und auf diesem befand sich eine schwarze, mit silbernen Runen verzierte Steinschale, welche auf einem blutroten Tuch stand. Alsi-Jatha sah ihren Onkel an. »Der Altar und vor allem die Schale, sie ist das Allerheiligste meines Höhlenelfenvolkes!«, erklärte sie.

Alsi-Jathas Herz pochte hart gegen ihren Brustkorb, als sie darauf zu ging und Belmon sie schweigend zu diesem Heiligtum, durch das sie einst ihre Weihe als Novizin der Göttin erhalten hatte, begleitete.

»Was ist das für eine Schale?«, fragte Belmon auch schon und hoffte mit seiner Vermutung nicht richtig zu liegen, doch Alsi-Jatha machte mit ihren nächsten Worten diese Hoffnung zunichte.

»Es ist die Schale, in der das Blut der tot geweihten Opfer, die der Göttin dargeboten wurden, aufgefangen und den jungen Höhlenelfinnen dargereicht wurde, um sie zu

Novizinnen zu weihen, indem sie das Blut tranken, so wie ich einst auch. Ich habe Lichtelfenblut getrunken!«, gestand sie und verzog angeekelt von sich selbst das Gesicht. Mit einem kurzen Zögern griff sie nach der Schale.

Belmon beobachtete sie schweigend und begann zu ahnen, was sie vorhatte.

Alsi-Jatha zerschmetterte das für sie einst heilige Artefakt auf dem Boden der Halle. »Kein Höhlenelf wird jemals wieder Blut eines Opfers aus dieser Schale trinken. Keine Höhlenelfe wird jemals wieder durch diese Schale zur Novizin oder eine Novizin gar zur Priesterin der Göttin geweiht.«

»Alsi-Jatha, würdest du mir bitte eine Frage beantworten?«, während er auf die zerborstene Schale sah. »Was für Sätze hast du in dem Buch der Magie gelesen, die uns verborgen geblieben sind?«

Alsi-Jatha zitierte die Worte: Nur der große Weber des Schicksals wird entscheiden was die Zukunft bringt ... Jene, die falsch entscheiden, werden untergehen. Der Glanz eines mächtigen Königreiches wird von dem Glauben an Stolz und Ehre und dem Schutz der Schwachen getragen, aber nur noch wenigen ist es gegeben, die einst weit verbreitete Magie zu weben. Doch, da sich das Volk der Elfen im Niedergang befindet, scheint auch diese bald das Ende seiner Tage zu sehen. Wenn allerdings das Dunkelwesen mit dem Herzen für das Licht die Worte entziffert, so zur Weisheit gelangt und den wahren Mythos des Buches erkennt und ihn deuten kann, wird diese Elfe alle erretten können. Wenn Liebe hell und dunkel sich vereint, wird diese Zeit gekommen sein. Die Götter aber vergessen nie, und werden jene strafen, denen Strafe für ihren Frevel gebührt!«

Belmon zog Alsi-Jatha in seine Arme und leise sagte er, als er durch ihre Haare fuhr: »Ich kenne den Namen der Elfe nur zu gut. Er lautet Alsi-Jatha!« Dann löste er sich wieder von ihr und lächelte. »Der Tag zählt nur noch wenige Stunden, die Nacht wird bald erneut über das Gebiet hier hereinbrechen. Verspürst du nicht den geringsten Drang, in deinen

Raum zurück zu kehren? Ich denke, Ellaron wartet auf dich!«

»Ich möchte zuvor noch mit Dir über etwas sprechen«, sagte sie beim Gehen. »Was geschieht mit den Gefangenen meiner Sippe?«

»Ich würde sagen, wir gewähren ihnen einen Aufschub, bevor wir tatsächlich beginnen Gericht über sie zu halten. Vielleicht gelingt es dir sie davon zu überzeugen endlich Frieden zu halten. Ich nehme an, ihre neue Hohepriesterin wird sie davon bestimmt überzeugen können!« Es zeigte sich ein rätselhaftes Lächeln auf seinem Gesicht, als er weitersprach: »Es gibt weitere Worte einer Prophezeiung, die mit dem Buch verbunden ist, sie lautet: »Alles Dunkle im Herzen der Unsterblichen wird fallen. Neigen werden sich die Häupter der Zerstrittenen, denn ihr allein gebührt alle Macht und Ehre. Die Priesterin mit den goldenen Haar − sie allein wird den Frieden bringen und über ihre Sippe mit der Weisheit einer friedliebenden Göttin herrschen! Es gibt noch weitere Stellen dieser Prophezeiung. Ich habe das Buch in meiner Satteltasche und diese Worte nun auch gelesen. Sie waren zuvor nicht da. Sie werden jedoch eintreten, da bin ich mir sicher, und sie werden dir nicht zum Nachteil gereichen, sondern zum Gegenteil. Ich werde sie dir alle noch nicht nennen!«

Alsi-Jatha ging allein drei Stockwerke tiefer zum Eingang des Gewölbes, das den Riesenspinnen als Nest diente. Sie hatte sich ein Tuch um Mund und Nase gebunden, denn der faulig-modrige Gestank war hier im Gang schon recht heftig. Mit geübten Handgriffen schloss sie die Belüftung des Höhlenraumes, entriegelte den Hebelverschluss, öffnete die Klappe und entzündete das vernichtende Feuer, um die Gefahr, die von diesen Wesen ausging für alle zu bannen.

Schreckliche Quietschgeräusche waren hinter der schweren Eisentür kurz darauf zu vernehmen, die nach einer Weile verstummten. Ein elendiger Gestank von Verbranntem der durch einige Felsritzen kroch, erfüllte kurz darauf den Gang.

Die Schwaden hatten sich zwei Stunden später durch die von Alsi-Jatha wieder geöffnete Belüftung verzogen. Als sie das Tor öffnete lagen sieben rauchende riesige Spinnenkadaver in der Höhle. Alsi-Jatha wusste, diese Spinnen hatten ihr Opfer noch lebend eingesponnen. Das von ihnen dann ausgesonderte Betäubungsgift enthielt einen Verdauungssaft, der das Gewebe langsam auflöste, so dass aus dem Fleisch des Opfers langsam und unter Qualen ein Nahrungsbrei entsteht. Diesen saugt die Spinne dann auf: Übrig bleiben vom Opfer nur die unlösbaren Hartteile. Doch es hatte noch eine schlimmere Art zu sterben gegeben, wenn eine Priesterin in ihr Amt berufen wurde, dann züchtete sie ihre eigene Spinne. Die Aufgaben des Opfers war dann zuerst die einer Brutstätte. Die älteste Spinne wurde dazu befruchtet, legte ein Ei im Körper des Opfers ab, und irgendwann durchbrach die Jungspinne von innen dessen Haut. Das so gequälte Opfer, wurde danach erst als Nahrung genutzt.

Die Weben waren alle fort – verlodert, doch ein paar schwarz verkohlte einzelne Knochen und zwei Schädel, konnte sie von der Tür aus entdecken. Sie wusste, dass diese zu den Elfenmänner gehörten, die Para-Saran oder ihre Vorgängerinnen den Spinnen zum Fraße vorgeworfen hatte. So hielt sie einen Augenblick in schweigendem Gedenke an diese bedauernswerten Opfer innen, bis sie das Tor wieder verschloss. Noch eine Aufgabe der Vernichtung vom Bösen auf ihrer Liste hatte Alsi-Jatha erfüllt.

Erkennen

Eine erdrückende Dunkelheit legte sich in dem spärlich möbilierten Raum auf sein Herz, auch wenn dieser ein Fenster besaß, das Tageslicht in den Raum ließ und drang unaufhörlich in sein Unterbewusstsein vor, je mehr Zeit verstrich. Das Bewusstsein, dass dies Alsi-Jathas Raum war, verjagte auch diese Stimmung in ihm nicht. Ellaron wusste, er musste nach den Vorwürfen, die er Alsi-Jatha gegenüber ausgesprochen hatte, den ersten Schritt tun, ansonsten hatte er sie womöglich für immer verloren. Sollte es dennoch so sein, wäre es wohl besser gewesen, er wäre nicht mehr am Leben. Sein König hatte ihm erst erklärt, was überhaupt geschehen war und ihm dann den Kopf gehörig zurechtgesetzt. König Belmon hatte wirklich kein Blatt vor den Mund genommen.

Plötzlich durchdrang ein leises, klapperndes Geräusch die bislang anhaltende Stille.

Zögernd hob er den Kopf und schaute in das Gesicht, dass er so sehr liebte und dass ihm durch Para-Sarans List so grausam erschienen war. Ihre Augen blickten ihn ernst, aber nicht wütend an.

Er wollte etwas sagen, schwieg jedoch, da er nach den richtigen Worten suchen musste. Er wollte jetzt nichts Falsches sagen.

Er hatte einen Augenblick zu lange gezögert, denn Alsi-Jatha wandte sich von ihm wieder schweigend ab. Er bekam gerade noch ihren Arm zu fassen.

»Lass mich los!«

»Nein, Alsi-Jatha, das werde ich nicht tun, denn ich kann dir nicht nachlaufen. Dazu fühle ich mich noch zu schwach! Hör mir doch bitte erst einmal zu. Ich bitte dich um Verzeihung!«, sagte er leise.

Ihre Selbstbeherrschung, die sie beim Betreten des Raumes noch hatte aufrechterhalten können, löste sich in Wohlgefallen auf. »Du hast mich sehr verletzt, du undankbares Scheusal von einem Lichtelfen!«

»Hast du mich ein lichtelfisches Scheusal genannt?«, fragte er etwas beleidigt.

»Ja!«, zischte sie und setzte nun zu einer heftigen Schimpftirade an: »Ich fange selbst an zu glauben, dass du mir die ganze Zeit nur vorgespielt hast, dass du mir vertraust. Vielleicht wäre es dir nicht einmal so unlieb, wenn du Recht mit deinen unglaublichen und verletzenden Anschuldigungen hättest, um mich so schnell wie möglich aus deinem Herz verbannen zu können.«

»Die Richtung, in die unser Gespräch gerade verläuft, gefällt mir nicht!«, stellte er zaghaft fest und richtete sich ein wenig mehr im Bett auf. Dabei entfuhr ihm ein leiser Schmerzlaut.

»Ellaron, verdammt, wir sind hierhergekommen, um dich zu retten. Wenn ich ehrlich sein soll, ich hätte darauf gerne verzichtet diese Feste wieder zu betreten und auch auf das, was ich zu deiner Rettung getan habe. Ein Menschendorf wurde zerstört, jedes Leben dort ausgelöscht. Diese Menschen haben auch mir nach dem Besuch bei ihnen am Herzen gelegen. Auch bei uns Elfen gab es auf beiden Seiten große und schmerzliche Verluste. Im Gegensatz zu euren Kriegern und dir, da erschüttern mich die Toten auf allen Seiten zutiefst!« Trauer schwang in ihrer Stimme mit. »Was jedoch dich betrifft, so kann ich mich nicht daran erinnern, dass mich jemals eine Person so tief verletzt hat, wie du!«

Er schluckte schwer. »Offenbar bin ich immer noch in ziemlichen Schwierigkeiten. Ich möchte ganz bestimmt zu meiner Entschuldigung nicht darauf herumreiten, dass dieses Zeug, das man mir ins Blut gebracht hat, und die Magie deiner einstigen Tante meinen Verstand ziemlich vernebelt haben. Doch es war so!« Er sah sie entschuldigend an. »Was braucht es, dass du mir meine unbedachten Worte verzeihst? Du solltest wissen, ich liebe dich, Alsi-Jatha!«

Sie setzte sich auf den Stuhl, der am Bett stand, ohne ihm seine Frage zu beantworten. Sie sah ihn eine Weile nur ernst und schweigend an. Bis sie selbst das Schweigen nicht mehr aushielt. »Trotzt der Tatsache, dass es vielleicht unvernünftig ist«, begann sie ihr Schweigen zu unterbrechen, »ich glaube es würde mir leidtun, wenn ich dir für den mir zugefügten Schmerz den Hals umdrehen würde. Selbst wenn ich als baldige neue Herrin dieser Feste jedes Recht dazu hätte.« Sie schmunzelte ein wenig, als er sie erschüttert ansah. »Sage mir was Para-Saran dir alles angetan hat, an das du dich noch erinnern kannst«, forderte sie ihn auf.

Er verzog auf ihre Aufforderung sein Gesicht. »Muss das sein?«

Sie nickte nur.

Er begann zu erzählen, auch wenn es ihm eine ungeheure Überwindung kostete. Als er geendet hatte, wusste sie, Para-Saran hatte ihn mehr gequält und anders, als sie es sonst mit ihren Opfern getan hatte. Para-Saran hatte viele Arten der Folter gekannt und auch, wie man jemanden zu Tode brachte. Mit ihm war sie jedoch so verfahren, weil sie herausbekommen hatte, dass er ihr etwas bedeutete, und sie ihm.

Kurz darauf meldete sich Albarell zu Wort, der noch einmal nach seinem Freund sehen wollte. Er hatte das Gespräch der beiden im Hintergrund verfolgt. »Ich will nicht stören, aber vielleicht wird es Zeit, nachdem was alles passiert ist, endlich zu handeln? Ellaron, du solltest sie vielleicht fragen, ob sie dich zum Gemahl haben will!«

Ellaron sah seinen Freund fassungslos an und etwas wie Tadel schwang in seinen nächsten Worten mit: »Albarell, wie kommst du nach meinem Bericht nur auf solch einen Vorschlag und dass ich sie jetzt gerade fragen soll, ob sie meine Gemahlin werden will?«

Alsi-Jatha sah zwischen den beiden Freunden hin und her. »Habe ich gerade etwas verpasst oder habt Ihr vergessen, dass ich ebenfalls in diesem Raum anwesend bin?«, fragte sie trocken.

»Es liegt doch auf der Hand, dass Ihr euch liebt. Ich glaube, es wäre jetzt ein guter Zeitpunkt euch zu entscheiden und sich nicht mehr hinter der schützenden Mauer eurer

Gefühlsbarrikade zu verstecken.«

»Ach, und da rätst du deinem Freund mich zu fragen, … ob ich mit ihm den Bund eingehen will und das in der derzeitigen Lage? Du vergisst eines … ich bin hier nicht die, die ihm misstraut und er ist anscheinend der, der keine Beziehung führen kann, ohne zu misstrauen.«

Es lag mir fern, euch zu etwas zu drängen! Ich halte es dennoch für eine gute Idee!«, betonte der Elfenprinz.

»Spar dir die Mühe Albarell«, kam es vom Bett her, »sie ist wütend auf mich und es ist, muss ich zugeben, auch noch meine eigene Schuld!«

»Ach ja?«, entfuhr es Alsi-Jatha und ihre Pupillen weiteten sich. »Der Herr Waffenmeister gesteht also seine Schuld ein! Das wäre mal etwas ganz Neues!« An Albarell gerichtet tat sie ihren Unmut auf ihn kund: »Wer von uns hat dich eigentlich darum gebeten, sich in unsere Probleme einzumischen?«

»Darf man sich nicht einmal mehr um das Wohlergehen seiner besten Freunde kümmern?«, und er machte dabei ein gespielt fassungsloses Gesicht.

»Mich beschleicht so das merkwürdige Gefühl, dass ihr euch bei dieser Scharade, die ihr zwei gerade aufführt, abgesprochen habt!?«

Albarell hob beschwichtigend die Hände und beeilte sich zu sagen: »Wie kannst DU nur so etwas glauben, Alsi-Jatha? An so etwas würde ich im Traum noch nicht mal denken! Blut ist immerhin dicker als Wasser.«

Alsi-Jatha richtete ihren Blick derart fest in seine Augen, dass Albarell einen Schritt zurück wisch.

»Ist sie nicht hinreißend in ihrem Zorn?«, kam es vom Bett her. »Dieses goldene Glitzern in ihren Augen!«

»Du wirst mich bestimmt gleich um vieles hinreißender finden, wenn ich mich um deine Wunden kümmere!«, stieß Alsi-Jatha hervor, die wieder an das Bett herantrat, um einen seiner Verbände zu lösen.

Ellaron stöhnte auf, als er die Wunde sah, dabei entglitt ihm ein weiterer unterdrückter Schmerzenslaut. Mit zusammengebissenen Zähnen zischte er: »Musst du so grob sein?«

»Es tut mir außerordentlich leid, dir vielleicht ein paar weitere Schmerzen bereiten zu müssen, aber ich habe leider keine andere Wahl, denn die Wunden müssen behandelt und neu verbunden werden!«

Seine Gesichtszüge spiegelten seine Erschöpfung wider, doch sein Körper entspannte sich ein wenig, als er fühlte, wie ihre Hände geschickt seinen Arm abtasteten, die Salbe verteilte und sie die Stelle wider verbanden. Ellaron schloss die Augen und versetzte sich zurück in die Zeit, da sie sich geliebt hatten. Es gelang ihm sich gänzlich zu entspannen und sein Geist kam zur Ruhe, ohne die Bilder der Folter und der Qualen, die ihn in den letzten Tagen verfolgt hatten, zu sehen.

»Alsdann, da er nun ruht, gehe ich jetzt wieder!«, verkündete Albarell.

Glücksmomente, Hoffnung und Trauer

Die Hiebe von Para-Sarans Peitsche hatten tiefe Wunden in Ellarons Haut gerissen. Auch die anderen Verletzungen wie Schnitt- und Brandwunden, die ihm unter ihrer Folter zugefügt worden waren, heilten langsam.

»Tut es immer noch sehr weh?«, fragte Alsi-Jatha, als sie ihm am nächsten Tag eine Mischung von heilenden Kräutern auf die Wundstellen auftrug.

Ellaron verzog das Gesicht schmerzhaft. »Ich würde lügen, wenn ich nein sagte. Ich glaube jedoch, ich kann wirklich froh sein, dass ich noch relativ gut davongekommen bin, denn ich denke, es hätte auch schlimmer enden können.«

Sie schaute ihn an, ihr Blick war mitleidig, als sie fortfuhr seine Verletzungen zu behandeln.

Als sie damit fertig war, ließ sie ihn allein, er brauchte Ruhe und Alsi-Jatha wollte in den Kerker, um nach ihrem Cousin Sarl-Marad zu sehen.

Der Besuch bei Sarl-Marad, der weiterhin den Uneinsichtigen gab, hatte nichts gebracht.

Als sie ihren Raum betrat, starte Ellaron entsetzt die Wand an.

Sie folgte seinem Blick und sah wie Zillaria, ihre Spinne, sich langsam und den Lichtelfen beäugend immer weiter an einem Faden hinunter zur Bettstadt gleiten ließ.

Ellarons Gesicht zeigte einen angeekelten Ausdruck. Er schluckte, als die Handteller große Spinne mit einem Ruck ein Stück weiter herabsank. Sein Gesicht wurde noch um einen Ton bleicher, als es sowieso schon war, während seine Augen dafür immer größer wurden. Er stützte sich entschlossen auf seinen Händen ab, als wolle er sich aufrichten, doch seine Kräfte verließen ihn schmählich und er sank zurück in das Kissen.

Alsi-Jatha musste leise lachen.

Ellaron sah in ihre Richtung. »Alsi-Jatha?«, sagte er verwundert, »wie lange bist du schon wieder hier?«

Sie schüttelte lächelnd den Kopf. »Lange genug, um mich an dem Bild, dass du gerade abgibst, zu ergötzen.«

»Da ist eine …« weiter kam er nicht.

»Spinne, … und zwar meine vermisste Hausspinne. Das ist meine Zillaria! Ich habe dir doch schon von ihr erzählt?«, sie schenkte ihm dabei ein diabolisches Lächeln.

Er sah sie bittend an. »Könntest du sie vielleicht entfernen?«

»Ich könnte schon!« Alsi-Jatha stand weiter untätig da. »Sag jetzt bloß, der große Waffenmeister hat Angst vor einer so kleinen Spinne? Etwa, weil sie dir näherkommt?«, spottete sie.

»Alsi-Jatha, ich finde das nicht lustig, Spinnen können sehr giftig sein!«

»Ja, das können sie und beißen können sogar alle. Es gibt sogar welche der Achtbeiner, die fressen sich einen Weg in den Körper und legen dort ihre Eier ab. Wie es aussieht, mag sie dich!«, stellte sie trocken fest.

Ellaron riss die Augen noch weiter auf und wich etwas ins Kissen zurück, als die Spinne schon fast vor seiner Nase baumelte.

Alsi-Jatha streckte ihre Hand aus. »Du hast ihn genug geärgert, Zillaria! Wo warst du eigentlich die ganze Zeit?«

»Verdammt Alsi-Jatha, was soll das?«, stieß er hervor, nachdem er sich von seinem Schrecken ein wenig erholt hatte.

Sie sah in an, kam mit der Hand, auf der die Spinne ganz friedlich saß, Stück für Stück näher.

»NEIN! DAS KANNST DU DOCH NICHT WIRKLICH TUN WOLLEN!? ALSI-JATHA, BITTE!«, presste er panisch hervor. Er sah sie an und gab knurrend zu: »Ich gebe es zu, diese Runde geht eindeutig an dich und deine vielbeinige Freundin! ALSI-JATHA, LIEBLING, BITTE!«

Sie kniff die Augen zusammen und sah in mit einem

fragenden Blick an. »Du erinnerst dich also wirklich daran das wir uns lieben?«

»Natürlich!« Er lachte. Doch sein Lachen erstarb, als sie mit ihrer spinnenfreien Hand nach der seinen griff, sie seine Hand drehte und ihm das Spinnentier auf die Handfläche setzte.

Ellaron schloss verzweifelt die Augen.

»Zillaria wird dir nichts tun, Liebster!«, hörte er Alsi-Jathas Stimme. »Rück ein Stück!«, sagte sie und legte sich an seine Seite.

Zillaria krabbelte eine Weile in Ellarons Hand herum. Das Gefühl der sich bewegenden Spinnenbeine in seiner Handfläche beruhigte ihn seltsamer weise, dazu Alsi-Jathas Nähe und Wärme schläferten ihn ein.

Alsi-Jatha nahm ihre Spinne noch einmal auf die Hand. Sie schloss ebenfalls die Augen. Leise summte sie ein Lichtelfenlied, das er ihr in einer ihrer Liebesnächte beigebracht hatte. Ein Lied, dessen Melodie sie so sehr liebte. Ein entspanntes Lächeln breitete sich auf ihren Zügen aus, und mit einem Seufzer legte sie ihren Kopf vorsichtig gegen seine Schulter. Langsam begann sie eine dumpfe Müdigkeit zu verspüren ….

Zillaria beäugte die beiden Elfen noch eine Weile, dann machte sie sich auf den Weg, zur Wand und hinauf in ihr Versteck.

Ein leises Klopfen war zu hören, die Tür quietschte ein wenig als Albarell hereinkam und leise sagte: »Ich habe hier etwas zur Stärkung für Euch.«

»Vielen Dank!«, sagte Ellaron. Er griff sofort nach einem Stück Brot und Käse und biss ab. Nach den letzten Tagen hatte er zum ersten Mal wieder Hunger.

Alsi-Jatha war auch aus ihrer Ruhetrance erwacht.

»Guten Morgen, Alsi-Jatha! Was ist mit dir, sag mal hast du keinen Hunger?«

Sie begann zu lächeln. »Nun schon, und ich bekomme ja auch vielleicht noch was ab, wenn dein Freund mir noch etwas überlässt!«

Albarells Blick ging nach oben zur Decke hin, dann verzog er auf einmal das Gesicht und stieß hervor: »Wisst Ihr eigentlich, dass da oben eine riesige Spinne sitzt?«

»Ein wunderschönes Tierchen nicht«, sprach Ellaron mit vollem Mund und seelenruhig kauend. »Albarell, mein Freund, ein guter Rat von mir: Behaupte vor Alsi-Jatha ja nichts anderes, denn das ist Zillaria, ihre geliebte und ach so schmerzlich vermisste Hausspinne!«

Etwas verwirrt dreinschauend, da Albarell nicht wusste, was die Bemerkung seines Freundes sollte und Alsi-Jathas Kichern zu bedeuten hatte, brummte er nur: »Ah ja, ich verstehe natürlich alles!«, zuckte mit den Schultern. »Ich will ja auch euer trautes Glück … zu dritt nicht stören«, erklärte er. »Alsi-Jatha, es tut mir leid, aber wir brauchen dich. Mein Vater lässt fragen, ob du zu einer Besprechung hinunterkommen könntest.«

»Ich komme gleich mit, ich muss mich nur noch ein wenig zurechtmachen!«

»Ich warte dann mal vor der Tür!«, meinte Albarell auf Zillaria schauend.

»Sag bloß du hast auch etwas gegen Spinnen?«, fragte Alsi-Jatha und fing wieder an zu lachen.

»Nach dem ich von entsetzlichen Grausamkeiten durch diese Achtbeiner in einer der Höhle hier gehört habe, in welcher du eine Vernichtung durchgeführt hast, da sind mir die Tierchen nicht mehr so ganz geheuer. Dass Deine Freundin da oben nicht so groß ist, hat für mich daher schon mal etwas tröstliches.«

Kurze Zeit später, nachdem sie sich mit dem König und einigen Lichtelfenkriegern besprochen hatte, ging Alsi-Jatha ein weiteres Mal in den Kerker.

Sie fuhr kurz darauf in einem der Verliese ungehalten auf: »Glaubst du wirklich, du hast mit deinem Verhalten eine Chance am Leben zu bleiben, du Schwachkopf?«

Sarl-Marad schwieg und starrte sie weiter nur finster an.

»Wie du willst!«, sagte sie. »Wenn du nicht mit mir reden willst und auch nicht einmal versuchst über alles nachzudenken, dann kann ich dir eben nicht helfen!«

Doch Alsi-Jatha wusste, sie musste es versuchen, ihn zur Vernunft zu bringen, denn er lag ihr am Herzen, mehr als jeder andere ihrer Sippe.

»Mit ihrer Macht wird die Göttin uns helfen«, sagte er entschlossen.

Alsi-Jathas Mine wurde noch düsterer. »Du verdammter, starsinniger Narr!« donnerte sie. »Sieh doch, wo sie dich und die anderen der Sippe hingebracht hat. Para-Saran hat ihre Macht über uns alleine für ihre Zwecke benutzt. Hast du immer noch nichts begriffen?«

»Alles in Ordnung?«, fragte König Belmon, als er den Kerker ebenfalls betrat.

Alsi-Jatha schüttelte verneinend das Haupt. »Er will einfach keine Vernunft annehmen«, gestand sie und er konnte die Verzweiflung umso deutlicher aus ihren Worten heraushören.

König Belmon legte seine Hand auf ihren Arm. »Lass mich mit ihm reden. Ich halte es für besser, du wartest so lange draußen!«

Sie ging, während Belmon sagte: »Ich weiß nicht, wie viel Ihr über unsere Lebensgewohnheiten wisst, doch Ihr solltet wissen, meinem Sohn und mir liegt Alsi-Jatha besonders am Herzen.«

»Sie aber nicht mir!«, fuhr Sarl-Marad auf. »Ich verachte sie!«

»Wenn dem wirklich so ist, junger Höhlenelf, warum regt Ihr Euch dann so auf, und vor allem, warum versucht Ihr sie aus Eurem gekränkten Stolz heraus zu verletzen?«, fragte der

König mit einer Intensität in seiner Stimme, die Sarl-Marad unvorbereitet traf. »Sar-Marad, seid doch nicht so töricht. Ihr belügt Euch doch selbst. Euch zu verändern und zu begreifen, worum es überhaupt geht, dies ist der Ausweg, den es noch für Euch gibt, sonst wird es noch viele Tote in Euren Reihen geben.«

»Erzählt mir nicht, dass Ihr diese Vernichtung nicht mit Genugtuung unter uns sähen werdet, Lichtelfenherrscher!«

»Nein, nicht Genugtuung ist es, ich habe noch nie mit Genugtuung getötet, im Gegensatz zu den Euren. Aber ich sehe, Ihr versteht nicht wirklich, was gerade geschieht. Merkt Ihr denn immer noch nicht, dass man auch Euch missbraucht hat, nur um den Machthunger der Hohepriesterin, zu stillen, Sar-Marad?«

»Man missbrauchte mich nicht!«, beharrte er. »Ihr seid der, der das nicht versteht. Alsi-Jatha hat ihre Göttin und ihre Familie verraten.«

Belmon schüttelte den Kopf. »Da liegt ihr falsch, denn sie hat einen Teil ihrer Familie gerettet. Ich denke jedoch nicht, dass man Euch gesagt hat, dass Eure Tante Alsi-Jathas Eltern getötet hat. Es waren nicht die Trolle, sie war es, da sie anscheinend nicht ertragen konnte, dass ihre Schwester einen Lichtelfen - nämlich meinen Bruder, liebte. Oder vielleicht tat sie es auch alleine wegen der Macht, denn diese hätte ihre Schwester innegehabt. Darüber hinaus gab es eine Prophezeiung, dass wenn sich eine Höhlenelfe mit einem Lichtelfen verband sich die Sippen wieder annähern würden, was natürlich den Plan zu ihrer verräterischen Machtübernahme gefährdet hätte.«

»Das ist alles Lüge!«, stieß Sarl-Marad hervor.

»Ihr scheint wirklich zu glauben, was Ihr da sagt. Mir ist es gleich, ob Ihr Eurem Vater und Eurer Tante bald folgt.« Er wandte sich zum Gehen, an der Tür drehte er sich um. »Solltet Ihr Euren Standpunkt noch überdenken wollen, dann wird Alsi-Jatha bestimmt alles tun, um Euch zu helfen. Ansonsten wird in einigen Tagen Euer noch einmal durch Alsi-

Jathas Großmut und Pflege erhalten gebliebene Unsterblich-keit enden. Eure Göttin oder besser Euer Verstand mögen Euch helfen, Sar-Marad. Ihr werdet ansonsten Alsi-Jatha erst wiedersehen, an dem Tag, an dem Ihr hingerichtet werdet, wenn ihr es nicht anders haben wollt! Ich möchte dann wirk-lich nicht mit Euch tauschen.«

»Die Sterne leuchten heute besonders schön über dem Tal, findest du nicht auch?«, fragte Belmon als er neben sie trat.

»Ja, das tun sie!«, antwortete Alsi-Jatha und sah ihn von der Seite her an.

Eine Zeitlang standen sie schweigend und nachdenklich nebeneinander und sahen in den mit Sternen übersäten nachtschwarzen Himmel über dem Tal.

Belmon wusste, was Alsi-Jatha auf dem Herzen lastete.

Ohne dass sie ihren Blick von den Sternen abwandte, sagte sie leise: »Irgendetwas muss ich doch tun können, um sie und vor allem Sarl-Marad zur Vernunft bringen zu können.«

Belmon legte seine Hand tröstend auf die ihre.

Etwas erstaunt und dennoch erfreut über diese wiederholte so vertraute Geste, lächelte sie ihn dankbar an.

Eine Weile blieben beide wieder stumm.

»Sarl-Marad, ist er dir so wichtig?«, fragte er.

Sie nickte. »Ich habe früher nicht erkannt, wie sehr!« Dann schluckte sie hart, sie wusste, dass er ihr vielleicht etwas sagen würde, dass ihr überhaupt nicht gefallen würde. »Habt ihr ir-gendetwas für ihn und die entschieden, die nicht vernünftig werden wollen, dass ich wissen sollte?«, fragte sie daher mit leicht zitternder Stimme und sah ihn dann direkt an.

Belmon lächelte als er ihr antwortete: »Manchmal zahlt es sich aus ein Lichtelfenkönig zu sein, der es schafft selbst ein Problem dieser Art aus der Welt schaffen zu können. Wir müssen jedoch vorsichtig sein, nicht dass er hinter meine ver-wendete List kommt.«

Sie sah ihn mit verständnislosem Blick fragend an.

Belmon lächelte immer noch. »Er ist sich jetzt mehr als bewusst, dass er hingerichtet wird, wenn er seine Sturheit dir und uns gegenüber beibehält. Er glaubt, dies wird an dem Tag geschehen, an dem du dich öffentlich als Hohepriesterin anerkennen lässt!«

»Onkel, das willst du doch nicht wirklich tun?«, rief sie erschrocken aus. »Glaubst du etwa, ich lass mich als Hohepriesterin anerkennen, um zur Feier des Tages zu sehen, wie einige meiner Höhlenelfensippe hingerichtet werden? Das wäre dann gleichzusetzen mit einem Opferfest zur Priesterinnenweihe.«

»Bewahre Kind! Ich hoffe, gerade er kommt zuvor noch zu sich und eine Wandlung kehrt in seinem Denken ein. Also tu' mir, dir und ihm den Gefallen und gehe erst einmal nicht wieder zu ihm! Egal wie schwer dir das fällt. Wir kümmern uns um ihn, was seine Wunde und sein Wohl angeht, soweit man dies bei einem Gefangenen eben tut. Ich weiß, du hältst es seinetwegen aus!«

Wieder war eine kurze Zeit des Schweigens zwischen ihnen, bis der König ein anderes Thema mit Alsi-Jatha zu bereden begann. »Morgen, sagte mir Albarell, begehst du das Ritual für die Bestattung eurer Toten!«

»Ich kann nicht anders, denn ich bin in dem Glauben aufgewachsen und an dem Ritual der Totenverbrennung ist nichts Dunkles und Böses. Ich möchte ihre Körper dem Feuer übergeben, so wie es Brauch bei uns ist. Allerdings, die Asche einiger, und zwar der Mörderinnen der Dörfler – denn ich habe herausgefunden, dass sie alle zu den Toten zählen, wird schweigend dem Wind übergeben werden, als Zeichen der Verachtung. Die Asche derer, die – sagen wir: ehrenhaft im Kampf gestorben sind, wird begleitet von Klageliedern, in kleinen Tongefäßen mit ihren Waffen auf der Ebene beigesetzt. So werden diese Toten, wenn die Gefäße zerfallen, in den Kreislauf des Lebens aufgenommen, bis die Götter beschließen, das Ende der Zeit von uns allen einzuläuten.

»Mach dir keine Sorgen, wir haben kein Problem damit, ich weiß, du hast deinem Volk nicht den Rücken zugewandt, sondern nur denen, die frevelhaft gehandelt haben. Ich weiß mittlerweile nur zu gut, dass man die oberste Priesterin als Sprachrohr sieht, die für die Sippe die Wünsche an die Göttin überbringt. Es ist gut und weise von dir, dass du diese Beisetzung so vollziehen willst und wirst, denn ansonsten wäre zu befürchten, dass du in den Augen der Deinen die zur Vernunft gereichen auch zu ihnen die Verbindung eines gewissen Vertrauens verlierst, an dem einige doch schon festzuhalten scheinen, zu wollen. Es wird helfen, wenn sie bemerken, dass wir Lichtelfen deine Entscheidungen nicht in Frage stellen und diese unterstützen. Mögen wir zwar mit den Göttern und dem dazu gehörigen Glauben nicht immer einer Meinung sein, man sollte solche Ehrenrituale niemals unterbinden!«

Alsi-Jatha verzog theatralisch das Gesicht. »Ich weiß jedoch nicht was die Götter davon halten werden?«

»Sogar die Götter selbst, wie du weißt, unterliegen jenen unbestimmbaren Mächten des Zweifels, die sie oftmals entzweien und diese dann an ihren eigenen Geboten zweifeln lassen. Vielleicht gerade auch weil wir selbst so oft das Glück herausfordern, glauben wir zu wissen, dass wir eines Tages unserem Schicksal nicht mehr entkommen können, wenn wir nicht immer tun, was sie von uns erwarten. Aber ich denke, wenn sie die Vernichtung wollten, dann hätten sie dir nicht die Entscheidung gelassen, zu tun, was du zu tun und entscheiden gedenkst.«

Totenehrung

Am nächsten Tag, auf der Ebene vor der Feste …

Alsi-Jathas Geist war angefüllt mit Erinnerungen und Gedanken, während sie auf den Leichnam ihres einstigen Ziehvaters und Onkels starrte. Er hatte nicht die Spur einer Chance gehabt. Immer noch war sie von der Entwicklung ihrer Macht überrascht – ebenso überrascht, wie er und die Krieger es gewesen sein mussten, als diese sie getroffen hatte und ihnen zum Verhängnis geworden war. Seiner Schwester war jedes Mittel recht gewesen. Es ging niemals um die Familienehre, wie sie ihm, Sarl-Marad und sogar ihr immer wieder glauben gemacht hatte. Es war der Elfe alleine um deren Dominanz, Macht und um ihre Herrschaft gegangen. Um dies zu erreichen schien Para-Saran wirklich jedes Mittel recht gewesen zu sein. Sie hatte Rass-Baran ebenfalls benutzt, belogen, betrogen und gequält. Tränen rannen Alsi-Jathas Wangen herab, die von ihrem inneren Schmerz herrührten. Der Stahl von Belmons Schwert hatte Ras-Barans Leib durchstoßen, doch sie zürnte ihm dafür nicht, denn der Kampf war von dem Lichtelfen ehrenvoll geführt worden. Sie wusste nur zu gut, dass sie ebenso am Tod, wenn man dies so sah, schuldig war. Sarl-Marad als Sohn hätte eigentlich an ihrer Seite stehen müssen, sie hatte auch erst überlegt Belmon zu bitten, dass er es ihm gestattete, wenigstens unter Bewachung abseitsstehen dabei sein zu können. Die Bitte Belmon sich von ihm fernzuhalten und somit die Möglichkeit Sarl-Marad vielleicht selbst doch zur Vernunft zu bringen, hatte sie doch davon abgehalten.

Alsi-Jatha beugte ihr Knie als Dank für Ras-Barans Fürsorge sich um sie gekümmert zu haben und überkreuzte ihre Arme vor der Brust, als letzte Ehrerbietung für ihn – den Waffenmeister der Höhlenelfen.

König Belmon stand mit Albarell neben ihr. Beide hoben ihr Schwert in die Luft, verneigten sich leicht, und rings um sie herum taten es die Lichtelfenkrieger und Kriegerinnen ihnen gleich.

»Das ist die Ehrenbekundung der Lichtelfen für gefallene Kämpfer?«, meinte Silz-Marla, die mit einigen der gefangenen Höhlenelfen der Zeremonie auf Alsi-Jathas Anweisung hin beizuwohnen hatten. »Ich kann das nicht glauben! Sie ehren unsere Toten«, entfuhr es ihr.

Mit einem leisen Zischen der Fackel entzündete sich der Holzstapel unter Ras-Barans Leichnam, ebenso wie auch die anderen Scheiterhaufen, auf denen tote Höhlenelfenkörper gebettet lagen. Die Leichen der Kriegerinnen, die die Schmach an dem Menschendorf begangen hatten, deren Scheiterhaufen brannten abseits.

Als Belmons Augen über die siebenundneunzig Scheiterhaufen glitten, blieb sein Blick plötzlich an einer der Höhlenelfinnen hängen, die gerade mit ihrer Nachbarin zu flüstern schien.

Als wenn diese seinen Blick gespürt hätte, wandte sie den Kopf um, warf ihre dunkelgraue Mähne in den Nacken und sah ihm dann direkt in die Augen. Für eine Sekunde hielt sie seinen Blick fest, dann wandte sich ihr Blick auf Alsi-Jatha. Er konnte die Reaktion der Elfe beobachten und wie sich deren Blick veränderte. Denn auch Alsi-Jatha sah zu ihrer einstigen Lehrmeisterin hin.

Normalerweise wusste Silz-Marla ihre Gefühle gut hinter einer eiskalten Maske von Arroganz zu verbergen. Als sich ihre Blicke trafen, trat ein Aufblitzen von Unsicherheit in Silz-Marlas Blick auf. *Vielleicht hätten wir die Zeichen bei Alsi-Jatha sorgfältiger studieren sollen, als wir es bei den anderen Schülerinnen bisher getan hatten*, dachte Silz-Marla bei sich und bei diesem Gedanken stahl sich ein kurzes Lächeln auf ihre Züge.

Belmon beugte sich ein wenig zu Alsi-Jatha hinüber und flüsterte: »Es wird schon alles gut gehen. Es scheint mir auch, dass einige von ihnen wirklich anfangen nachzudenken.«

Alsi-Jatha enthielt sich eines Kommentars und nickte nur. Sie beobachtete Silz-Marla noch eine Weile, bis sie dann wieder auf den brennenden Haufen vor sich blickte.

»Alsi-Jatha, sollen wir die Elfinnen und Elfen deiner Sippe wieder fortführen oder möchtest du sie weiter dabeihaben?«

»Mir wäre es lieb, sie blieben als Zeugen weiter anwesend.«

»Gut, dann soll es so sein. Wir werden uns jetzt zurückziehen, bis auf die Krieger, die du erbeten hast, und euch mit dem Ritual allein lassen.«

Der König sah in die Runde. »Einige von Euch kennen ihre Aufgabe schon, noch fünf weitere Krieger werden bei den Gefangenen als Wache zurückbleiben, denn sie werden bis zum Ende des Rituals ebenfalls hier verweilen. Ihr anderen folgt uns.« Er neigte leicht den Kopf. »Hohe Frau des Höhlenelfenvolkes, die Krieger stehen Euch zur Verfügung und unter Eurer Befehlsgewalt.«

»Ich danke Euch, Hoheit!«, brachte Alsi-Jatha leise hervor.

Auch Albarell neigte den Kopf in Alsi-Jathas Richtung.

Der Herrscher sowie der Thronfolger der Lichtelfen verließen den Platz auf der Ebene und begaben sich zurück in die Festung.

Als sie gingen hörten sie noch Alsi-Jathas Worte: »Der Abend neigt sich langsam dem Ende zu und wir sind bereit die Asche unserer Toten und deren Seelen auf den endgültigen Pfad hin in das Totenreich zu übergeben.«

Die Flammen waren mittlerweile gänzlich erloschen. Dann setzte der rhythmische Trauergesang der Höhlenelfen ein, sie konnten Alsi-Jathas Stimme darunter heraushören.

Die noch heißen, verbrannten Überreste eines jeden dieser Toten, der Leichenbrand, wurde in das für diesen bereitgestellte Tongefäß eingefüllt. Bei den Gefäßen handelte es sich um kleine eierförmige Töpfe mit einem abgesetzten Rand und einem flachen Boden, wobei sich in dem Schulterbereich des Gefäßes Verzierungen befanden und auf dem Gefäß des Waffenmeisters sich auch noch das Zeichen seines Geburtsstandes befand. Alle diese Gefäße wurden mit einem Deckel verschlossen und dann mitsamt den Waffen der Toten unter den Ahnenbäumen beigesetzt. Die Asche der anderen Elfinnen wurde einfach im aufkommenden Wind zerstreut.

Die neue Herrscherin

Sieben Tage später, kurz vor Sonnenuntergang, wurden alle Höhlenelfen unter Bewachung der Lichtelfen in den mit Fackeln erleuchteten Hof der Feste gebracht. Es war der Zeitpunkt an dem Alsi-Jatha als neue Hohepriesterin ihre Entscheidung bekannt geben wollte, wie es mit den Überlebenden ihres Volkes weiterging.

König Belmon hatte alles mit Alsi-Jatha und seinem Sohn besprochen. Alle Drei waren übereingekommen, es sollte keine weiteren Opfer mehr geben. Der König der Lichtelfen ließ Alsi-Jatha, als neue Herrin dieses Tals, den Vortritt. Er wusste, dass dies für Alsi-Jathas Anerkennung bei ihrem Volke von höchster Wichtigkeit war.

Kurz ertönte eine Fanfare aus einem Horn, dann öffnete sich das große Tor der Feste. Alsi-Jatha betrat den von Fackeln erleuchteten Hof und begab sich auf ihren Platz. Nun konnten sie auch die Elfen sehen, die dort standen und auf ihr Erscheinen gewartet hatten. Ein wenig stolz blickte sie zuerst zum dunkler werdenden Himmel hinauf und sie dankte den Göttern der Lichtelfen für den Sieg über Para-Saran, den sie errungen hatte. Ihr war klar, was dies für sie bedeutete; sie trat deren Erbe als Hohepriesterin endgültig und unwiderruflich an. Doch sie tat dies nicht um Hass zu lehren, wie die Höhlenelfenpriesterinnen zuvor, sondern um die Lehre der Einigkeit zu verkünden und die beiden zwiegespaltenen Sippen der Elfen wieder zu einem friedlichen Miteinander zu vereinen.

Jeder der beiden Elfensippen spürte die Macht ihrer Magie, die sie in sich trug. Alsi-Jathas Augen strahlten große Weisheit und Kraft aus. Ihr Haar war mittlerweile von noch mehr goldenen Strähnen durchwoben, was ihr etwas Majestätisches verlieh. Die Lichtelfen erkannten auch ihre spirituelle Ebene die von besänftigender und friedlicher Natur, sowie Verständnis und Mitgefühl zeugten, denn ein jeder von ihnen fühlte im Gegensatz zu den Höhlenelfen den warmen

Energiestrom, der von ihr ausging als angenehm, wenn sie sich in ihrer unmittelbaren Nähe befanden.

Die Höhlenelfen, flankiert von den Lichtelfen, waren immer noch Gefangene. Viele hatten im Kampf ihr Leben gelassen, als Alsi-Jatha ihre Magie bewirkt hatte. Sie wussten, sie hatte auch ihren Geist und nicht nur den von Para-Saran gelähmt. Sie waren nicht dem Licht und der Macht im Raum ausgesetzt gewesen, dies hatte sie alleine auf Para-Saran gerichtet, um ihr Einhalt zu gebieten. Doch sie hatte damit den Lichtelfen auch die nötige Zeit verschafft, ihre Sippe zu besiegen. So waren viele Höhlenelfen zu Tode gekommen, bis die Lichtelfen begriffen hatten, dass die Höhlenelfen in diesen Moment völlig wehrlos gegenüber ihnen gewesen waren.

Als sie Albarell darauf aufmerksam gemacht hatte, dass nicht nur ihre Haare golden wurden, hatte Alsi-Jatha dies bei ihren Pupillen erst nicht glauben wollen. Alsi-Jatha hatte sich seit dem Vorfall äußerlich verändert. Doch nicht nur in ihrem Aussehen; sie war auch in sich und ihrem Denken nach Frieden gewachsen. Dies war auch den Höhlenelfen nicht verborgen geblieben. Auch fingen einige endlich an zu begreifen, dass sie Alsi-Jatha als ihre neue, geweihte Hohepriesterin anerkennen mussten.

Alsi-Jatha sah zu König Belmon hinüber, der seinen Kopf zum Gruße neigte.

Albarell tat es seinem Vater gleich.

Während der Lichtelfenkönig ernst das weitere Geschehen verfolgte, lächelte der Prinz seiner Cousine aufmunternd zu.

Alsi-Jatha sah kurz zu dem seltsamen Pfahl hin, den König Belmon im Hof hatte aufstellen lassen. Der Pfahl selbst war mit kleinen Schnitzereien versehen. Belmon hatte nur gesagt: »Es ist ein Zeichen zu deiner Ehrung, zum Tag der Verkündung deiner Herrschaftsannahme! Ich habe gehört, an diesem Tag sollte den Göttern ein Opferbeweis dargeboten werden, warum dann nicht dafür ein von uns hübsch geschnitzter Pfahl, aus einem Baum, der vom Sturm entwurzelt wurde und der nie mehr Blätter tragen wird? Wie du siehst, wird er bis zu dem Tag völlig verziert sein. Er trägt auf sich deine Geschichte.«

Ellaron war gerade erschienen. Sein Erscheinen lenkte sie von der Betrachtung ab und Alsi-Jatha machte sich keinen weiteren Gedanken mehr über den Pfahl, der in seiner Kunst wunderschön geworden war.

Ellaron trat an die Seite seiner Herrscher, verneigte sich vor seinem König und dem Prinzen, wie es die Etikette bei öffentlichen Anlässen für einen Waffenmeister erforderte. Dann traf sich sein Blick mit dem Alsi-Jathas und er wiederholte die Geste mit einer tiefen Verneigung in ihre Richtung.

Alsi-Jatha verließ ihre eingenommene Position und ging auf ihn zu.

Als Ellaron sich noch einmal verbeugen wollte, wurde ihr es einfach zu dumm. »Komm sofort mit, Ellaron!«, herrschte sie ihn gespielt ungehalten an.

Er hob eine Augenbraue und sah sie etwas verwirrt an, dann seinen König, der nur mit der Schulter zuckte. »Höhlenelfin eben, immer herrisch in ihrem Gebaren!«

Als Ellaron sich nicht sofort anschickte ihrer Aufforderung zu folgen, schnappte sie ihn einfach an seiner Hand und zog ihn mit sich, um die Position an der Stelle wieder einzunehmen, an der sie zuvor gestanden hatte.

Ellaron wollte etwas sagen, doch sie gebot ihm mit einer Handbewegung zu schweigen. Er sah sie ein wenig ungehalten an, wollte gerade erneut zu einer Widerrede ansetzen, als sie ihm einfach einen Kuss auf den Mund drückte, was ihn so ein weiteres Mal zum Schweigen brachte.

Sie hatte sich dazu auf die Zehenspitzen stellen müssen und als sie zu König Belmon sah, sah sie sein Schmunzeln.

Alsi-Jatha gebot allen mit der Hand Ruhe, denn ein Raunen hatte sich breitgemacht. Eigentlich hatte sie vorgehabt die Rede zu ihrem Volk anders zu beginnen, doch schien es ihr wichtig, durch das Raunen über den Kuss, den sie Ellaron gegeben hatte, die Rede zuerst auf diesen Punkt zu lenken. Vielleicht taktisch nicht ganz so klug, dennoch, ihre Sippe musste begreifen, das Ellaron für sie einen wichtigen Platz in ihrem Leben besaß, wenn er diesen auch einnehmen wollte.

»Ein hoch entwickeltes Höhlenelfenvolk«, begann sie, »wie wir, hat es nicht nötig, eine Führungsform zu wählen, in der zwischen Kriegerinnen und Krieger Unterschiede gemacht werden. Alle, ob Elfin oder Elf sollten eine freie Gattenwahl haben. Nach der Wahl eines solchen, soll auch keiner das Recht auf seinen Körper und seine eigene freie Entscheidung verlieren. Vielmehr scheint es mir wichtig, dass wir uns einig werden und diese Einigkeit auch leben!« Kurz ließ sie ihre Worte wirken, dann fuhr sie fort: »Das Verhalten unserer Vorfahren in dieser Angelegenheit, zeugte in meinen Augen, nicht gerade von einer hohen Intelligenz. Ebenso gilt dies für das Herausbilden von Fähigkeiten. Es wird Zeit, dass wir zu einem Volk zusammenwachsen, das gegen Feinde und An- feindungen kämpft, aber nicht gegen sich selbst, ebenso auch nicht gegen die, die uns als Freunde bereit sind die Hand des Friedens zu reichen. Wir alle sollten unser Denken diesbe- züglich einem Wandel unterziehen!« Alsi-Jatha sah auf ihre Höhlenelfen nieder, als sie weiter erklärte: »Ich habe vor un- sere Sippe unter zwei Führer zu stellen, doch an wen ich da denke, dazu möchte ich erst zu einem späteren Zeitpunkt zu- rückkommen. Die Macht der einzelnen Führer, also auch die meine als eure Hohepriesterin, soll somit in sich begrenzt sein. Gewichtige Entscheidungen werden ab sofort von einer Versammlung getroffen, welche sich aus freien Männern und Frauen unserer Elfensippe zusammensetzten wird. Die Be- dürfnisse jedes Einzelnen sollen ab nun nicht hinter den Be- dürfnissen aller zurückstehen müssen. Der Göttin der Schat- ten soll nicht weiter durch das Darbringen von Blutopfern gehuldigt werden. Die Lichtelfen sind, wie Ihr seht, nicht in Ungnade bei ihren Göttern gefallen, auch wenn sie keine sol- che Opfer darbringen.« Alsi-Jatha holte tief Luft. »Also frage ich Euch, mein Höhlenelfenvolk, warum sollten wir, die einst mit den Lichtelfen unter den gleichen Göttern lebten, dies nicht wieder tun? Was hat Para-Saran und ihre Vorgängerinnen mit ihrem Glauben an die Göttin erreicht? Nichts als ihren Tod und dem vieler Unschuldiger! Hätte eine machtvolle Göttin es wirklich zugelassen, dass ich der von ihr als Hohepriesterin auferlegten Bestrafung entkommen können, wo ich es war, die die Opferung eines Lichtelfen verhindert hat? Denkt darüber nach!« Wieder blickte sie über die anwesenden Elfen. »Ich möchte nur eines für unser Volk: Es soll freier leben können. Dies in Frieden mit unseren verloren geglaubten Brüdern draußen vor diesem Tal. Wem das nicht gefällt, der kann gehen und woanders sein Heil suchen! Doch er sollte sich besser nicht wagen gegen unsere Verbündeten und uns kriegerische Akte in Erwägung zu ziehen.«

Die Höhlenelfen sahen sie ungläubig an.

»Ihr habt mich schon richtig verstanden. König Belmon ist bereit von einer Verhandlung und Bestrafung gegen Euch abzusehen. Gerichtet sind die Kriegerinnen, die sein Volk und das Menschendorf angegriffen haben, sie starben ausnahmslos im Kampf, wie ich ergründen konnte. Ihre Asche ist zur Strafe ihrer Tat in alle Winde verstreut worden. Prinz Albarell ist durch mein Eingreifen zu seinem Vater und seinem Volk zurückgekehrt und auch der Waffenmeister Ellaron, den Para-Saran opfern wollte, ist am Leben, daher ist der König bereit an Euch Gnade vor Recht ergehen zu lassen. Wohl auch, weil wir mittlerweile wissen, dass ich die Tochter seines ermordeten Bruders bin. Para-Saran gestand mir mit ihren letzten Worten den Mord an meiner Mutter – ihrer Schwester und meinem Vater. Nicht Trolle waren es, sondern sie, die mich zu einer Weise machte.«

»Was?«, entkam es Ellaron.

Sie sah Ellaron kurz an, wandte sich jedoch wieder an ihre Sippe. »Ich warne einen Jeden von Euch, der dieses Tal verlässt, um dann in der Absicht zurückzukehren, uns hier oder gar den Lichtelfen zu schaden. Sollte ich mich gezwungen sehen, zum Schutz der anderen und meiner lichtelfischen Familienseite, meine errungene Macht und Magie gegen solche Frevler einzusetzen, so werde ich dies ohne Gnade tun!« Alsi-Jatha sah erneut in die Runde. »Ein jeder von euch sei gewarnt! Ihr habt Zeit euch bis Morgen zu entscheiden, wohin euch der Weg führt!«, fügte sie an. »Am Abend des nächsten Tages werden jene das Tal für immer verlassen, die sich gegen die neuen Bestimmungen und Regeln entscheiden.« Sie sah zu Sarl-Marad hin, der von zwei Lichtelfen bewacht wurde. Er schien ihr die ganze Zeit schon seltsam abwesend. Sie hatte gesehen, dass er auch immer wieder zum Pfahl hingestarrt hatte, den Belmon hatte aufstellen lassen. Ein schwermütiger Blick zeichnete sich auf seinem Gesicht ab, bis seine Augen, die ihren fanden. Sie spürte, wie er unter ihrem Blick etwas zusammenzuckte.

König Belmon hatte ihm im Kerker gesagt, dass er sterben werde, egal was für die anderen Höhlenelfen entschieden würde, da er sich als Familienmitglied gegen Alsi-Jatha gestellt hatte, dies sehe selbst er als Hochverrat. Tasiana hatte, als man ihn aus dem Kerker geholt hatte noch auf die Anweisung ihres Herrn hin erklärt, was den Elfen als uneinsichtiger Hochverräter erwarten würde, sobald Alsi-Jatha ihre Rede beendet habe. Netterweise hatte die Lichtelfe ihm in allen Einzelheiten das Pfählen, wie es bei den Menschen schon mal als Todesstrafe üblich war, beschrieben.

»Sar-Marad«, sprach Alsi-Jatha fordernd, »trete näher!«

Tasiana, die ihn flankierte, gab ihm mit einem Stoß in die Seite zu verstehen, dass er zu gehorchen hatte.

Sarl-Marad funkelte die Kriegerin zwar kurz böse an, sah aber ohne ein Wort zu sagen wieder zu Alsi-Jatha.

»Sarl-Marad, möchtest du etwas zu meiner Entscheidung sagen?«

»Weshalb fragst du mich? Du bist es doch, die mich für dumm und schwach hält. Aber gut, es wird mein Schicksal wohl nicht noch verschlimmern. Du sagtest, dass ich für mich denken soll und nicht auf andere hören sollte. Ich befolge also deine Worte, die du im Kerker gesagt hast. Sei dir gewiss Alsi-Jatha, ich werde meine Knie und mein Haupt nicht demütig vor dir beugen. Mir ist egal wie viel Macht du besitzen magst, du bist in meinen Augen nichts anderes als meine Ziehschw… – ach nein … Cousine, wie du immer betonst, wir mittlerweile ja alle wissen! Also setzt mich als Hochverräter auf diesen Pfahl dort, den die Lichtelfen dir zu Ehren aufgestellt haben, damit du mich daran opfern kannst. Beende damit was du in der Folterkammer begonnen hast, als du diesen Ellaron befreitest und unsere Tante vernichtet hast, denn dieser Elfenheerscher und sein Volk möchten, so wie auch du, mich elendig dort zu Grunde gehen sehen.«

Alsi-Jatha sah ihn doch etwas verwirrt an und sah dann kurz zu Tasiana. Sie wandte den Kopf um schüttelte ihn verständnislos mit einem bedauernden Lächeln. »Sar-Marad, du bist wahrlich ein Dummkopf! Du hast es noch immer nicht verstanden, doch das Wort des Lichtelfenkönigs und das meine, sie gelten für jeden Höhlenelfen, somit auch dir. Du kannst gehen, wenn du es willst!«

Sar-Marad, der mit seinem Leben schon abgeschlossen hatte, sah sie einen Moment ungläubig an, dann zu König Belmon hinüber, der zu seinem Erstaunen zur Bestätigung nickte. Er zögerte einen Augenblick, setzte auf einmal zu einer Verbeugung an. »Ich danke dir, Cousine Alsi-Jatha!« sagte er. »Ich würde dir, als meine einstige Schwester, aber auch gerne noch etwas sagen!«

»Dann tu es!«, forderte sie ihn auf.

»Ich muss zugeben, ich habe über das was du und der Lichtelfenkönig mir im Kerker gesagt habt, wirklich nachgedacht. Wenn das Wort des Lichtelfen, auch für mich gilt, dann würde ich jedoch gerne bleiben, wenn du es mir gestattest?«

Alsi-Jatha ging ein paar Schritte auf ihn zu, sah ihn an und verneigte sich dann im Kriegerinnengruß vor ihm. Sie schloss die Augen und sandte ihm die Worte: »Tu es mir gleich, wenn du bereit bist wirklich zu bleiben!«, in seinen Verstand.

Er starrte sie kurz an, denn er war verwundert darüber ihre Stimme so klar in seinem Geist hören zu können. Dann kreuzte auch er seine Arme über der Brust und erwiderte den Kriegergruß mit ernster Entschlossenheit: »Ich werde dir folgen Cousine, verzeih ... Herrin unseres Volkes!«

»Dies erfreut mein Herz. Wir werden später noch einmal miteinander reden!« Alsi-Jatha fuhr fort und stellte die Frage jedem in ihrer Sippe, alle schienen sich schon entschieden zu haben, keiner wollte gehen.

Silz-Marla, ihre Lehrmeisterin, verbeugte sich besonders tief. »Alsi-Jatha, meine Herrin, es schmerzt mich sehr, einige können sich nicht mehr entscheiden. Kriegerinnen wie Krieger haben in diesem Kampf ebenso ihr Leben gelassen, wie im Wald der Lichtelfen einige deren Krieger. Einer unserer Gefallenen war Rass-Baran der Waffenmeister, Sar-Marads Vater, dein Ziehvater, den du in Ehren beigesetzt hast. Dafür gebührt dir meine Hochachtung.«

Alsi-Jatha sah Silz-Marla in die Augen: »Ich danke dir für diese Worte. Auch für deine Lehren, wenn sie auch nicht alle immer gut waren!«

Ihre Lehrmeisterin sah sie erschrocken an und fragte sich im Stillen: *Werde ich jetzt gestraft, für das was sie als Schülerin gelehrt habe und muss gehen und meine Heimat für immer verlassen?*

Alsi-Jatha konnte Silz-Marlas innere Aufruhr spüren. Milder im Ton fuhr sie fort: »Doch was das Kampftraining anbetrifft, Silz-Marla, da möchte ich, dass du die Lehren weiterführst, wenn du dazu bereit bist?«

Fast erleichtert schien ihre einstige Lehrerin, als sie Alsi-Jatha antwortete: »Wie du wünschst, Alsi-Jatha, Hohepriesterin und Herrin unseres Volkes!«

Der Herrscher der Lichtelfen war an Alsi-Jatha herangetreten. »Dann ist ja alles erst einmal in bester Ordnung«, stellte König Belmon fest.

»Was mein Volk angeht schon! Über den Pfahl und was man Sarl-Marad dazu gesagt hat, darüber würde ich doch gerne noch ein wenig mehr wissen.«

»Tasiana wird dir bestimmt gerne Auskunft darüber geben. Ich denke jedoch, er hat da etwas wirklich missverstanden, auch wenn dies anscheinend einen sehr befriedigenden Nutzen für sein Nachdenken hatte! Manche Dinge haben eben bei uns eine andere Bedeutung als bei den Menschen. So verhält es sich wohl auch bei der Bedeutung und der Nutzung von Pfählen.« Der König bemerkte, dass Alsi-Jatha ihm nicht wirklich bei den letzten Worten zugehört hatte, denn sie blickte sorgenvoll zu Ellaron hin.

Ein leicht verkniffenes Lächeln umspielte seine Lippen, als er ihren Blick erwiderte. Man merkte, dass er noch immer angeschlagen war, von dem was ihm widerfahren war. Auch machte ihm langes Stehen immer noch sichtlich zu schaffen.

»Jetzt musst du nur noch einen zum Bleiben überreden!«, flüsterte Belmon Alsi-Jatha leise zu. »Sollte er es wollen, dann gebe ich ihn notgedrungen frei!«

Ein tiefer Seufzer entfuhr Alsi-Jatha, als sie leise murmelte: »Es wäre leicht sich der Hoffnung hingeben zu können, doch töricht von mir, es zu erwarten. Tut er es jedoch nicht, so wird es mir das Herz brechen, Onkel!«

Dann ging sie zu Ellaron.

»Ellaron, könntest du dir vorstellen hier zu bleiben, ich meine … bei mir?«

Er musste sich zusammennehmen, um sie nicht einfach in seine Arme zu ziehen und sie zu küssen. Er wiegte den Kopf ein wenig. »Dein Vorschlag ist nicht unbedingt schlecht, Alsi-Jatha, doch ich muss erst einmal darüber nachdenken!«

»Was gibt es darüber nachzudenken?«, platzte es aus ihr heraus. Sie hoffte nur, dass keiner der Umstehenden ihren Aufruhr über seine Antwort bemerkte.

»Du musst wissen, das ist eine sehr schwerwiegende Entscheidung, dann müsste ich meinen König und Albarell, die mir wie eine Familie sind und natürlich auch mein Volk verlassen. Bitte verstehe mich nicht falsch, aber das wird auch ihnen allen nicht gefallen! Sie kamen, um mich zu retten!«

Alsi-Jatha sah hilfesuchend zu König Belmon herüber.

Ellaron grinste frech und küsste sie auf die Wange. »Du wirst meine Liebe nie mehr verlieren, Alsi-Jatha! Ich kann dich und deine nette Spinne doch hier unter diesen ganzen Höhlenelfen nicht alleine zurücklassen. Ich liebe dich, Alsi-Jatha, Herrin der Höhlenelfen!«

»Ich denke, ich habe mit dir als meinen Gemahl die richtige Wahl getroffen!«, sagte sie leise.

»Ja, das glaube ich auch! Und auch die Götter waren wohl dieser Meinung, als sie entschieden euch in Liebe zu einen! Ich denke Ellaron besitzt die nötige Kraft und Ausdauer, um mit dir die Macht zu teilen!«

Albarell nickte zustimmend, als sich die Augen seines Freundes weiteten.

Der König klopfte Ellaron väterlich auf die Schulter. »Sie meinte dich, als sie den zweiten Herrscher in ihrer Rede erwähnte, mein Junge!« An Albarell gerichtet sagte er: »Wir müssen uns nach einem neuen Waffenmeister umsehen, mein Sohn! Naja, ich muss auch zugeben, der Alte hatte sowieso so einige kleine Fehler in seinem Benehmen uns gegenüber, vor allem in der letzten Zeit!«

Ellaron machte ein ziemlich beleidigtes Gesicht und Belmon, Albarell und Alsi-Jatha, die ihrem Liebsten sanft mit der Hand über die Wange streichelte, brachen in Gelächter aus.

Alsi-Jatha traf wenige Zeit später Tasiana in der Feste. »Tasiana, bitte warte«, bat sie.

Herrin Alsi-Jatha, was wünscht Ihr?«, fragte die Elfe freundlich.

»Tasiana, lass das, für dich bin ich immer noch Alsi-Jatha. Ich möchte jedoch gerne wissen, was es mit Sar-Marads Bemerkung bezüglich des Pfahls und seiner angeblichen Opferung zu tun hat. Als Herrin meines Volkes, da sollte ich das schon wissen und König Belmon mein Onkel meinte, ich solle dich fragen.«

»Setzen wir uns einen Moment oder komm am besten mit, ich erkläre es dir am Pfahl draußen«, meinte Tasiana.

Die beiden Elfinnen standen kurz darauf vor dem Pfahl und Tasiana zeigte ihr die einzelnen Szenen, die Alsi-Jathas Lebensgeschichte erzählten. »Dies ist ein Geschichtspfahl, in der Art wie er im Buch der Altvorderen erwähnt ist. Unsere Ahnen haben solche benutzt, um Geschichten damit zu erzählen, als es noch kein Pergament gab. Eigentlich schmückten solche Pfähle den Eingangsbereich des Hauses – sie waren die Stützpfähle am Eingang, und diese Bedeutung hat dieser Pfahl auch.«

Alsi-Jatha sah sie an. »Aber was hat das mit einer Opferung zu tun?«

»Nichts!«, hörte sie Belmons Stimme. »Tasiana, du kannst gehen, ich erkläre es Alsi-Jatha doch besser selbst, denn es war ja auch meine Idee!«

Tasiana verabschiedete sich.

»Alsi-Jatha, du weißt die Menschen haben eine andere Gerichtsbarkeit als wir. Ihre Bestrafungen sind oft ebenso grausam, wie die deiner Sippe bei einer Opferung. Es gibt bei ihnen eine Strafe für besonders schwere Verbrechen, die nennt man Pfählen. Hierbei wird das Opfer oben entweder auf den runden, abgestumpften gut eingefetteten Pfahl gesetzt, in dem die abgerundete Spitze dem Opfer in dessen Anusöffnung getrieben wird. Oder dem Opfer wird ein Spitzer Pfahl durch den Leib getrieben und dieser dann senkrecht aufgestellt. Ein solcher Tod ist langsam und qualvoll, der Verurteilte treibt sich somit aufrecht sitzend oder aufgespießt durch die eigene Schwere, diesen langsam immer tiefer in den Körper. Das Eintreten des erlösenden Todes dauerte oft mehrere Tage. Das sollte Tasiana ihm von mir aus zu dem Pfahl erzählen. Ich denke, seine Furcht vor dieser lebensbedrohenden Bestrafung war zu groß und hat ihn auch noch ein wenig mehr zum Nachdenken gebracht.«

Alsi-Jatha sah den Onkel an und schüttelte den Kopf. »Da sage noch einmal einer, dass Lichtelfen nicht grausam seien.«

»Aber Alsi-Jatha, wir tun so etwas nicht!«

»Aber ihr erzählt es Gefangenen, um sie zu erschrecken!«

»Du kannst den Pfahl gerne wieder entfernen lassen«, erwiderte Belmon.

»Warum sollte ich, ich kenne doch seine wahre Bedeutung!«, lachte sie. »Er ist das Geschenk eines weisen Königs und er zeigt meine Lebensgeschichte bis zum heutigen Tag, und zwar sehr genau, denn ihr habt mir, einer Höhlenelfe, immer sehr gut und in Liebe zugehört! Danke! Wir sollten besser etwas ruhen, denke ich?«

Belmon nickte und Alsi-Jatha gab ihm einen Kuss auf die Wange.

»Ruhe wohl, mein Kind!«

Bund der Leidenschaft

Alsi-Jatha hatte Ellaron in ihre neuen gemeinsamen Räume geführt, in denen von Para-Sarans einstiger Anwesenheit kaum mehr etwas zu erkennen war. Die Lichtelfen hatten sich viel Mühe gegeben, um den Aufenthalt dort für Alsi-Jatha und Ellaron um einiges angenehmer zu gestallten. Die Räume waren mit neuen Möbeln bestückt und zweckmäßig gestaltet.

Dies war auch die vorletzte Nacht, bevor ihre Lichtelfen-freunde das Tal verlassen und in ihre Heimat aufbrechen würden.

Als Alsi-Jatha ihr Nachtgewand anlegte, musste sie schmunzeln, doch dann wurde ihr Blick auch ein wenig traurig. Sie dachte an Ellarons erstauntes Gesicht, als dieser Zillaria beim Eintreten in die Räume in ihrem Netz an einer der Wände hängend entdeckt hatte. Er hatte die Augen verdreht und nur mit dem Kopf geschüttelt. Ihre Hausspinne gehörte schon seit Ewigkeiten zu Alsi-Jatha, somit auch in ihre neuen Räume, das musste ihr Liebster und zukünftiger Gemahl wohl oder übel akzeptieren! Zillaria war eine nachtaktive Jägerin, die Insekten jagte und im Allgemeinen ein genügsames Spinnentier, und somit ein einfacher Pflegling. Tagsüber wollte sie meist ihre Ruhe haben und auch nicht unnötig gestört werden. Alsi-Jatha hatte ihrem Liebsten ein paar Verhaltensregeln erklärt, denn Zillaria war zwar keine aggressive Hausgenossin und dennoch: er sollte ihr gegenüber ein bisschen vorsichtig sein. Zwar konnte Ellaron sie bedenkenlos auf die Hand nehmen, sollte sie aber möglichst dann nicht reizen. Alsi-Jatha hatte ihm erklärt, dass wenn Zillaria ihren Vorderkörper aufrichtet, dies ein Zeichen sei, dass sie in Angriffsstellung ginge. Wenn er sie aber aus irgendeinem Grund auf die Hand nehmen wollte, dann solle er seine Hand flach vor Zillaria halten, und sie mit einem Finger der anderen Hand leicht anstoßen. Wenn Zillaria sich irgendwo an ihm dann festklammere, so sollte er nur versuchen, ganz vorsichtig die Beinchen zu lösen. Funktionierte das nicht, sollte er sie in Ruhe lassen und sie auf keinen Fall mit Gewalt wegreißen.

Er hatte sie nur kopfschüttelnd angesehen und gesagt: »Ich werde Zillaria nichts tun. Es ist auch wirklich nicht böse von mir gemeint, aber ich kann dir sagen ... ich werde Zillaria gewiss nicht dazu ermutigen auf mir herumzulaufen, da kannst du dir sicher sein.«

»Es könnte sein, dass sie dich mag, Liebster, und dann krabbelt sie wahrscheinlich auch gerne einmal auf dir und deiner Hand herum!«

»Ich werde mir Mühe geben, dass es nicht so weit kommt!«

Er hatte zur Spinne gesehen und gefragt: »Glaubst du, dass wir uns gegenseitig in Ruhe lassen können, auch wenn wir hier in den Räumen zusammenleben, weil wir beide Alsi-Jatha gleichermaßen lieben?«

Alsi-Jatha hatte gelacht: »Du glaubst doch nicht *im* Ernst, dass sie sich darauf einlässt? Wenn mein Liebling auf dir herumklettern will, dann wird sie es tun!«

»Wieso habe ich genau das befürchtet, dass du mir das sagen würdest?«, hatte er ihr ins Ohr geflüstert.

»Sie ist eben mein Haustier und sie ist gleichfalls das Haustier einer Höhlenelfe! Vertraue mir, denn ich werde dich immer lieben. Morgen werden wir Eins sein. Ich kann es kaum noch erwarten und das für Immer, auf Ewig und für alle Zeiten. Erinnerst du dich noch an meinen Körper und unsere gemeinsame Leidenschaft? Oder hat Para-Saran dich diese gemeinsamen Stunden unter ihrer Qual vergessen lassen?«

Er hatte sie angesehen und lächelnd den Kopf geschüttelt. »Was hat das mit Zillaria zu tun?«

»Es hat an sich nichts mit ihr zu tun, aber mit Vertrauen und das ich glaube, dass du dich vor Zillaria und vor körperlicher Nähe zurzeit mehr fürchtest, als für dich gut ist. Ellaron, deine Liebe ist das größte Geschenk, das ich von den Göttern je erhalten habe. Unsere Liebe ist eine Liebe, wie sie unsere Welt sie nur selten gesehen hat. Auch meine Eltern hatten für die Liebe den uralten Hass und das Misstrauen unserer Sippen gegeneinander überwunden. Wir fühlen wie sie damals, da dürfte meine Zillaria wohl kein Problem sein, oder? Du, Zillaria, Onkel Belmon und meine Cousengs Albarell und Sar-Marad, ihr seid alles für mich. Ihr seid das, was ich meine Familie nennen darf und kann, verstehst du?«

Er hatte genickt.

»Das Schlimmste für mich und für deine Freunde ist, dass wir das, was dir Para-Saran angetan hat, nicht haben verhindern können. Ein Moment kann ein Leben zerstören und Liebende in Ängste stürzen. Weder Zillaria noch ich möchten dir etwas Böses.«

»Ich weiß, Alsi-Jatha!«

»Ich denke, du solltest mit Albarell und Onkel Belmon reden. Ein Gespräch zwischen Elfenmännern, um mit der Situation besser umzugehen. Du musst das, was geschehen ist, nicht mit dir selbst ausmachen. Ich habe das Gefühl, du stehst im Moment immer noch ganz schön neben dir und dir wird alles zu viel, kann das sein? Ich habe den Eindruck, als ob dein Körper mit deinem Geist und deiner Seele nicht eins ist. Euer Leben war auch bis jetzt unzertrennlich miteinander verbunden, also ist zu verstehen, wenn du darunter leidest sie bald nicht mehr, um dich zu haben. Ellaron, ich weiß, dass Krieger wie du glauben keine Angst empfinden zu dürfen. Es wäre wichtig, diese Angstzustände auszusprechen. Gehe zu ihnen, sie warten auf dich.«

»Ich liebe dich Alsi-Jatha!«, hatte er gesagt und sich dann aufgemacht, um seinen König und seinen Freund aufzusuchen.

So in Gedanken an den Tag und das Gespräch versunken, stand Alsi-Jatha am Kamin, in dem ein wärmendes Feuer knisterte. Sie bürstete ihr Harr trocken und wartete auf ihren Liebsten.

Ellaron betrat das Schlafgemach und ihm stockte der Atem, als er sie so sah. Er trat zu ihr, nahm ihr die Bürste aus der Hand und zog sie in seine Arme, um sie zu küssen.

Kurz darauf trat er an die Bettstadt und begann sich ohne ein Wort zu sagen zu entkleiden. Alsi-Jatha jedoch hielt seine Hände fest und übernahm dann die Aufgabe ihm die Schnüre seiner Kleidung zu öffnen. Als sie ihm mit der Hand über den entblößten Brustkorb fuhr, meinte er leise: »Vielleicht sollten wir damit doch noch bis Morgen warten?«

Sie merkte, wie sich sein Kiefer anspannte, als sie kleine Liebesbisse auf seine Haut setzte, wobei sie auch gelegentlich ihre Zunge benutzte, um einige Stellen damit sanft zu malträtieren.

Ellarons Atem wurde zunehmend schwerer, doch er genoss die Aufmerksamkeit, die sie ihm schenkte und kostete das Gefühl aus, dass sie in ihm hervorrief. Sie zog ihn auf das Bett, dann streifte sie sich das Nachtgewand wieder ab, welches sie erst kurz zuvor angelegt hatte. Sie zog ihn einfach auf sich.

»Ich gebe auf und ergebe mich meiner verführerischen Herrin!«, hauchte er.

»Das könnte ganz vernünftig sein und dir einiges ersparen«, kicherte sie.

»Bei den Göttern, willst du mich mit deiner Liebe noch töten?«, seufzte er kurz darauf.

»Ich liebe dich! Ich werde dich in alle Ewigkeit lieben, Ellaron. Du bist die Sonne meines Lebens und mein Mond«, und sie küsste ihn leidenschaftlich. Dann gab sie sich in ungehemmter Hingebung ihm hin. Sich gegenseitig immer mehr bei Spiel erhitzend, verbrachten sie eine leidenschaftliche Liebesnacht.

Gelöbnisse der Liebe und Ehre

Der Innenhof der Höhlenfeste lag im hellen Licht des Morgens als Alsi-Jatha zufrieden den Kerker verließ. Aus dem Kerker waren die Folterinstrumente zum größten Teil entfernt, und die Folterbänke und Gestelle verbrannt worden. In der Feste selbst hatte sich in den letzten Tagen durch die Hilfe der Lichtelfen vieles verändert. Zufrieden lächelte sie und verspürte auf einmal Hunger. *Es ist Zeit für das Frühstück!*, stellte sie für sich fest.

Albarell fand Alsi-Jatha wenig später in der Hauptküche der Feste beim Frühstück vor. »Oh, die Hohepriesterin ist schon aufgestanden?«, neckte er, um sie etwas aufzuziehen.

»Ich hätte gerne noch etwas länger bei deinem Freund gelegen, werter Prinz«, äußerte sie mit einem heiteren Lächeln, »aber ich habe auch Pflichten und die Umstände des heutigen Tages, die ließen dies leider nicht länger zu.«

Albarell verstand die Anspielung natürlich nur zu gut, und nickte.

Ihr Gesicht zeigte ein kurzes Lächeln, wurde dann aber unbewegt und Albarell konnte sich denken, wie es in Wahrheit gerade um ihr Inneres bestellt war. Seine Cousine, verspürte eine seltsam widersprüchliche Mischung von Gefühlen in sich. Ellaron würde am Abend ihr Gemahl sein und sie einen Bund mit ihm eingehen, den bis auf ihre eigenen Eltern noch nie eine Höhlenelfenpriesterin zuvor gewagt hatte. Doch da war eben auch noch ihre Sippe … die Zeit bis dahin und sie fragte sich wohl, wie diese sich dann bei der Bundschließung verhalten würden.

Der Mittag ging vorüber. Die Lichtelfen spürten Alsi-Jathas Verschlossenheit an diesem Tag und ließen sie in Ruhe. Diese Zurückhaltung, war eine sehr schätzenswerte Eigenschaft. Alsi-Jatha hatte sich mittlerweile in ihre Räume zurückgezogen und schon für den Anlass angekleidet. Ihr Kleid war schwarz und im Kragenbereich und an den Ärmelsäumen mit goldenen Stickereien verziert. Sie trug einen goldbestickten Gürtel, in dem ihr Dolch steckte und ihr Haar wurde von einem goldenen Reifen aus dem Gesicht gehalten, in dem einige rote Edelsteine eingearbeitet waren.

So machte sie sich auf den Weg in die Weihhalle und sah auch hier die großen Veränderungen. In ihren Gedanken und Betrachtungen versunken bemerkte sie erst die Lichtelfenkriegerin, als diese fast vor ihr stand.

Tasiana neigte ihr Haupt und lächelte freundlich. »Es wird in Kürze alles bereit sein, Alsi-Jatha.«

Alsi-Jatha lächelte ein wenig verlegen. »Ich danke euch dafür und vor allem danke ich dir für deine Freundschaft. Ich wollte hier noch einmal alleine verweilen, bevor sich die Halle zum Bundschluss mit den Angehörigen meines Volkes füllt. Gibt es noch etwas zu besprechen, Tasiana?«

Tasiana nickte bejahend. »Sarl-Marad bat mich, dich zu fragen, ob er dich zuvor noch sprechen könnte!«

Alsi-Jatha sah die Elfe fragend an. »Warum das denn?«

»Tut mir leid, das kann ich dir auch nicht sagen. Er bat mich nur darum es zu tun, ohne mir den Grund zu nennen!«

Alsi-Jatha machte sich daher auf den Weg zu Sar-Marad, der sich in einem der großen Gemeinschaftsräume aufhielt.

Alle Anwesenden verbeugten sich, als Alsi-Jatha den Raum betrat und sie neigte zur Begrüßung ihr Haupt.

Sarl-Marad starrte sie regelrecht an, dann erst senkte er peinlich berührt seinen Blick, er bemerkte, dass die gesamte Aufmerksamkeit aller auf ihm ruhte, und er schaute auf den steinernen Boden vor sich. Zumindest für den Moment bis Alsi-Jatha vor ihm stand und das Wort ergriff: »Du wolltest mich vor dem Bundritual noch einmal sprechen. Weshalb Sar-Marad?«, fragte sie und gab den anderen Höhlen- und Lichtelfen, die sich in dem Raum befanden, ein Zeichen, sie allein zu lassen.

Alle zogen sich schnell und leise zurück. Dann schenkte sie

ihrem Cousin ein aufforderndes Lächeln.

»Ich habe wieder einmal nachgedacht, Alsi-Jatha.« Sarl-Marad strich sich eine Haarsträhne aus seinem Gesicht, kam noch einen Schritt näher und sah sie ernst von oben bis unten an. »Also über deine Worte, über uns und das Leben unseres Volkes. Ich sagte dir bereits, dass ich mich entschieden habe dir zu folgen und deine Entscheidung in Bezug auf unsere Sippe und die der damit verbundene Veränderungen anzunehmen.«

»Was mich sehr freut!«, warf Alsi-Jatha ein.

»Oh! Eine seltsame Anwandlung bei dir, dass dich in Bezug auf mich etwas erfreut«, stichelte er.

Alsi-Jatha verdrehte die Augen und seufzte: »Du hattest so einen klugen Anfang für diese Unterhaltung gewählt, mach ihn nicht gleich wieder zunichte, mit einem Zynismus, den du mir früher selbst immer unterstellt hast.«

»Was?«, stieß er empört hervor.

Sie sahen sich an, und er spürte, wie ihr Blick ihn abwartend musterte.

»Es tut mir leid! Man verfällt wohl gerne allzu schnell in alte Verhaltensmuster. Ich verstehe es nur noch nicht so wirklich, wohin die alte Alsi-Jatha, also die Höhlenelfe verschwunden ist, die oftmals sehr abfällig mir gegenüber war! Ich habe auch noch nicht wirklich begriffen, warum wir der Göttin völlig entsagen sollen, denn unsere Sippe hat für sie dieses gewaltige Heiligtum im innere unsere Feste erbaut. Einer so geehrten Göttin müsste doch eine Daseinsberechtigung zuzugestehen!«

Alsi-Jatha sah ihn nicht gerade begeistert wegen seiner letzten Äußerung an. »Schon möglich, dass unsere Sippe einige Traditionen und Symbole behalten kann. Aber das ist kein Grund, nicht an eine andere Zukunft zu glauben und an den zerstörerischen Werten von einst festzuhalten. Außerdem ist die Feste, in die sich unsere Sippe geflüchtet hat, nach dem wir Elfen uns entzweiten, unser Werk und nicht das der Göttin, die wir angebetet haben. Ich zweifle jetzt doch erneut an deinem Verstand, Sar-Marad. Geht es nicht in deinen Schädel, dass ich für uns alle nur das Beste will, aber vor allem auch für Euch Männer, die immer unterdrückt wurden, du Dummkopf?«

Er sah sie entgeistert an. »Vielleicht willst du das wirklich! Doch werdet ihr Frauen bereit sein, alle Rechte an uns über den Haufen zu werfen?«

Ihr Gesichtsausdruck war mehr als säuerlich, als sie sagte: »Würde ich Ellaron dann an meine Seite stellen und mit ihm heute den Bund eingehen, wenn es nicht so wäre?«

»Du weißt doch, du musst mir das erklären, denn ich bin ja etwas dumm im Kopf!«

Sie würde etwas tun, was keine Hohepriesterin je getan hatte, und zwar aus Liebe den Bund mit einem Elfenmann eingehen. Dies war wohl für keinen ihrer Sippe so einfach zu verstehen. Als sie sah, wie sich sein Gesichtsausdruck verändert hatte, fragte sie: »Du hast doch nicht etwa Angst vor dem was kommt?«, und ausnahmsweise klang die Frage nicht so spöttisch wie früher, wenn sie ihm unterstellt hatte, dass er ein Angsthase sei.

Das Schweigen, das sich zwischen ihnen ausbreitete, gefiel ihr nicht. Alsi-Jatha fürchtete schon ihn doch wieder einmal verletzt zu haben, ohne dass sie das gewollt hatte. »Es tut mir leid, wenn ich dich mit meinen Worten gekränkt haben sollte Sar-Marad, wirklich!«, begann sie zaghaft. »Du weißt glaube ich gar nicht, wie wichtig Ellaron mir ist und du bist es ebenso. Ja und ich weiß, diese Einsicht kommt spät, aber ich hoffe, ihr beide bleibt mir für den Rest unseres Lebens. Ich möchte euch nicht verlieren. Du bist wie ein Bruder für mich.«

Er sah sie an. »Mach dir keine Sorgen, du hast mich nicht gekränkt, denn ich verspüre wirklich eine Angst! Doch nicht für mich, sondern Angst um dich! Für einen Höhlenelfen wie mich, sind solche Gefühle auch seltsam und sehr ungewohnt.«

Sie griff nach seiner Hand und spürte, wie er leicht zitterte.

Es war ohne Zweifel ein sehr beeindruckendes Erlebnis für ihn, denn er war solche sanften Berührungen und eine solche Zuneigung nicht gewohnt. Ein beruhigendes Lächeln erschien auf ihren Zügen, und es vertiefte sich.

Sarl-Marad fühlte auf einmal eine beruhigende Wärme in sich, die er noch nie gespürt hatte. Mühsam riss er sich zusammen. »Vergiss nicht, Alsi-Jatha«, sagte er, »nicht jeder ist dir hier gänzlich geneigt. Einige unserer Sippe - vor allem einige der weiblichen Elfen, sie zweifeln noch an dir und deinem Vorhaben. Einigen gefällt gewiss die Änderungen in der Hierarchie zwischen männlichen und weiblichen Elfen nicht so recht. Die niedrigste weibliche Elfe unserer Sippe war immer noch mehr wert als der männliche Höhlenelf. Mein Vater war eine der wenigen Ausnahmen, und das höchstwahrscheinlich auch nur, weil sich keinen Ärger mit unserer Tante einhandeln wollte. Selbst die Mächtigsten sind in Gefahr, wenn man ihnen nach dem Leben trachtet. Vergiss bitte nicht, das unsterblich sein, nicht unverletzlich heißt, dass wir durchaus durch Waffengewalt und Tötung unsere Unsterblichkeit verlieren können! Höhlenelfen behandeln höhergestellte grundsätzlich mit Respekt, wenngleich dieser nur eine Fassade ist. Wenn eine von ihnen aus angeblichen Traditionsbewusstsein einen Vorteil sieht sich Macht zu ihrem Selbstzweck zu verschaffen, würde sie einen anderen von uns, ohne mit der Wimper zu zucken töten.«

Alsi-Jatha wusste, er meinte das als gut gemeinte Überlegung und auch als Warnung, doch es war keine, die er gegen sie aussprach, denn sie spürte: Er gebrauchte diese Worte wirklich nur aus Sorge um ihr Wohlergehen.

»Es war allein meine eigene Entscheidung was ich getan habe. Ich wäre auch nur zu gerne mit den Lichtelfen zurück in ihr Reich, das auch für einige Zeit mein Heim gewesen ist. Ich habe Para-Saran vernichtet, also werde ich die Konsequenzen für mein Handeln tragen und die daraus resultierende Pflicht gegenüber unserer Sippe übernehmen. Unsere Höhlenelfen sind besiegt worden und müssen die

Konsequenzen dafür tragen.« Sie sah ihm fest in die Augen. »Du bist ein Höhlenelf Sarl-Marad und vielleicht verfluchst du mich eines Tages auch für das, was ich hier gerade tue. Doch ich kann nicht anders handeln. Also lassen wir es erst einmal darauf ankommen. Ich überlasse es jedem von euch, ob er mir folgen möchte oder nicht, mehr kann ich nicht tun. Jeder einzelne hat ab sofort das Recht, seine eigene Entscheidung zu fällen, solange der damit der Gemeinschaft nicht schadet und mir ist gleich welchen Geschlechtes er ist. Ich werde niemanden zwingen, auch dich nicht.«

»Ich werde dir und deinem baldigen Gemahl zur Seite stehen, gleichgültig ob du mich weiter für einen Dummkopf hältst oder nicht! Danke auch, dass du unseren *Vater* so würdig und mit Ehren beigesetzt hast. Das wollte ich dir auch noch sagen.«

»Ich glaube das wir wohl alles zwischen uns erst einmal besprochen haben. Wir sollten in die Halle gehen, ich denke man erwartet uns!«

»Man erwartet dort eher dich!«, lachte Sar-Marad. »Unserem neuen Herrn werden die Augen aus dem Kopf fallen, wenn er dich so sieht!«

»Ist das etwa der Grund, warum du mich am Anfang unseres Gespräches so angestarrt hast. Ist es so schlimm?«

Er nickte. »Darf ich?« Dann zog er eine kurze Strähne ihres goldenen Haares aus dem Haarreif hervor, drehte diese um einen seiner Finger und ließ sie los. »Jetzt ist es erst perfekt! Du bist wunderschön!«

Mit einem Gefühl von Erleichterung in ihrem Herzen machte sich Alsi-Jatha, gefolgt von Sar-Marad, auf den Weg.

In der großen Halle würde sie in Kürze den Bund mit El-laron eingehen, um ihn danach als Herrscher an ihrer Seite auszurufen. Mit angespannter Ruhe sah sie zu den sich dort versammelnden Elfen. Ihr Blick glitt über die Reihen. Ruhe und Aufmerksamkeit spiegelte sich auf den Gesichtern der Lichtelfen, Misstrauen, teils sogar in manchen Augen etwas Furcht auf denen der Höhlenelfen. Denn an den sonst so harten, stolzen und überheblichen Höhlenelfen waren die Ereignisse der letzten Tage nicht spurlos vorübergegangen. Viele wiesen noch immer Verletzungen auf, die noch nicht gänzlich verheilt waren und andere trugen sogar Verstümmlungen, die sie auf ewig kennzeichnen würden. Viele trauerten um die Toten, selbst wenn sie es anderen und sich selbst nie eingestehen würden. Höhlenelfen zeigten nun mal keine offenen Gefühle.

Die Höhlenelfensippe hatte ihre Waffen und ihre Freiheit an die Lichtelfen verloren, und was für sie das Schlimmer war – sie sollten auf den Glauben an ihre Göttin, die ihnen über Jahrtausende Sicherheit und Stärke gegeben hatte, verzichten, um des Feindes- und Alsi-Jathas Willen. Die Zuversicht, jeden Feind besiegen zu können, dieser Gewissheit waren sie ebenfalls beraubt worden. Jetzt bekamen sie auch noch durch Ellaron einen Anführer an ihre Seite, der noch vor Tagen zu ihren größten und verachtenswertesten Feinden gehört hatte.

Eine der Kriegerinnen in den Reihen der Höhlenelfen nahm ihren ganzen restlichen Mut zusammen und brach das Schweigen, mit ihren Worten: »Warum ein Lichtelf an Eurer Seite als Führer, Herrin Alsi-Jatha? Wenn schon ein Krieger an der Seite unserer Hohepriesterin, warum nicht ein aus unseren Reihen? Dieser Lichtelf, kann wohl kaum der Richtige sein!«

Einige der Höhlenelfenkriegerinnen nickten zwar verhalten aber dennoch zustimmend und sie hörte sogar, wie der Name Sarl-Marad geflüstert wurde. Damit hatte Alsi-Jatha auch gerechnet.

»Ich werde über meine Entscheidung mit euch nicht diskutieren«, erklärte sie mit Nachdruck. »Hört mir zu! Wir alle sind einst ein Volk gewesen und es wird Zeit gemeinsam wieder ein Leben in Ehre zu führen. So war ich hier stehe, werde ich es auch tun, und zwar mit Ellaron an meiner Seite und keinem anderen!« Etwas unwirsch wandte sie sich an die Kriegerin die als erstes gesprochen hatte: »Wenn du meine Entscheidungen in dieser Angelegenheit nicht akzeptierst,

Pela-Samina, nimm einfach deine Sachen und geh. Dieser Weg steht dir immer noch frei. Es ist zu einer solchen Entscheidung niemals zu spät. Also entscheide dich!«

Ein Murmeln ging durch die Reihen der Höhlenelfen.

»Alle, die mir nicht folgen wollen, erfahren keinerlei Bestrafung. Doch ich verlange dann, dass diese die Halle verlassen, … und zwar jetzt.« Ihr Blick fiel in diesem Moment auf Sar-Marad, der sie offenbar schon länger ansah und stumm lächelnd den Kopf schüttelte. Alsi-Jatha sah ihn fragend an.

Ein noch breiteres Lächeln erschien in seinem zuvor so ernsten Gesicht. Seine Cousine hatte sich wirklich sehr verändert und er musste zugeben, es gefiel ihm.

Alsi-Jatha verstand auf einmal: sein Kopfschütteln galt nicht ihren Worten und sie lächelte ihn ebenfalls an.

Alsi-Jatha fuhr fort: »Ich kann euch nicht voraussagen, wie die Zukunft für uns alle hier aussieht oder ob es überhaupt eine solche gemeinsame Zukunft für uns im Frieden gibt, doch die meine ist an der Seite dieses Lichtelfenkriegers«, sagte sie und ihre Stimme hallte durch das Heiligtum. »Wir werden jeglichen Konflikt mit den Lichtelfen ab jetzt vermeiden.« *Oh, ihr Götter*, dachte sie, *Warum habt ihr ausgerechnet mich mit der Nachfolge von Para-Saran und mit dieser Aufgabe betraut?*

Sarl-Marad trat vor und fragte: »Darf ich sprechen Alsi-Jatha?«

»Tu es!«

Er lächelte, trat neben sie. »Hab Dank Cousine!«, und dann drehte er sich zu den Elfen in der Halle um. »Ich werde bleiben, das habe ich meiner Cousine versprochen. Mein Herz und meine Waffenhand gehören von nun an unsere Herrin Alsi-Jatha und nach dem Bund auch ihrem Gemahl Ellaron. Somit fordere ich als Mittglied der hohen Familie jeden zum Gehen auf, der mit ihr und ihren Entscheidungen nicht einverstanden ist.«

Sarl-Marad drehte sich wieder Alsi-Jatha zu, legte seine Hand zum Schwur auf sein Herz und ging vor ihr auf die Knie.

»Sar-Marad, erhebe dich sofort wieder!«, gebot sie ihm. »Der Schwur, den du eben geleistet hast, der reicht mir über allen Maßen.«

Er lachte: »Ich habe gesagt, dass ich mich zu einer solchen Huldigung gegenüber dir oder einem anderen nicht zwingen lassen werde. Ich sehe hier nur niemanden der mich dazu zwingt.« Sarl-Marad erhob sich und stand nun aufrecht vor ihr. Er sah sie ernst an. »Was ich von mir aus jedoch tue oder lasse, das ist laut deinen Worten doch nun allein meine Angelegenheit und daher wirst du das mal schön meinem denkenden Kopf selbst überlassen!«

Es herrschte eine Totenstille in der Halle, denn alle warteten auf eine Reaktion.

»Erhebe dich, Waffenmeister Sar-Marad!«

Sarl-Marad zog verwirrt die Stirn kraus. »Waffenmeister?«, wiederholte er verblüfft fragend. »Die Ausbildung dazu, die habe ich ja immerhin erhalten.«

»Ich denke in diesem Punkt teilen wir wohl auch einmal mehr meine Meinung, und ich weiß besser als jeder andere, dass keiner da ist, der dieser Aufgabe besser gewachsen sein könnte als du. Ich kenne dich schließlich ebenso gut, wie deine Ausbildung und deine Erziehung. Seit Jahrzehnten hat man dich darauf vorbereitet diese Verantwortung für unsere Sippe auf deinen Schultern zu tragen, sollte das Schicksal dich dazu auserwählen. Das Schicksal hat entschieden und auch ich. Ich denke auch nicht, dass alle Traditionen unseres Höhlenelfenvolkes in Vergessenheit geraten sollten, denn einige sind auch mir recht und nicht schlecht. Deine Aufgabe wird es sein, über das Geschick unseres Reiches ebenso zu wachen, wie auch Ellaron und ich es tun werden. Dazu erwählen wir auch noch einige andere unserer Sippe in den nächsten Tagen.«

»Gut, ich habe es vernommen und werde meiner neuen Herrschaft den Schwur leisten, den du mir damit abverlangst.«

Alsi-Jatha sah zu ihrer Lichtelfenfreundin hinüber und

sagte: »Tasiana, würdest du bitte?«

Die Elfe verstand, ging in den kleinen Raum in der Halle und kehrte kurz darauf zurück. Dann trat sie an Alsi-Jatha und Sarl-Marad heran, packte ein Schwert aus dem grauen Tuch aus. Sie reichte es Alsi-Jatha und diese nahm es dankend von ihr an: »Du bist dir bewusst, Sar-Marad, welche Verantwortung du damit übernehmen wirst. Unsere Sippe setzt ein gewaltiges Vertrauen in seinen Waffenmeister, somit in dich. So nimm dieses Schwert, wie dein Vater einst in diesem Amt das seine führte, neuer Waffenmeister.«

Der neu ernannte Waffenmeister der Höhlenelfen hatte sich gerade verbeugt und war wieder in die Reihe der Höhlenelfen zurückgetreten, in der er zuvor gestanden hatte.

Alsi-Jatha lächelte, als sie ihren Liebsten sah.

»Ellaron«, sagte sie sanft, als sie ihm entgegentrat und in ihren Augen konnte er die Liebe erkennen, die sie für ihn empfand.

»Alsi-Jatha!«, er verneigte sich.

»Ellaron!«, sie nahm ihn bei den Händen und erwiderte seinen Blick vollkommen ruhig. »Liebster!« Sie sah in lächelnd an und hakte sich unter seinem Arm ein. Zielstrebig führte sie ihn durch den Saal und steuerte auf die Stelle in der Mitte des Saales zu, an der noch vor Tagen der Altar stand.

Beide Elfen sahen zu Belmon und verneigten sich.

Mit einem Lächeln wiederholte der Herrscher der Lichtelfen diese Gäste und trat vor sie.

»Alsi-Jatha, Herrin des Höhlenelfenvolkes«, begann er, »dies ist heute für unsere beiden Völker ein großes Ereignis! Mein Herz ist erfreut. Es ist mir eine Ehre dir meiner Nichte, und meinem Waffenmeister, den Schwur zum Bundschluss abnehmen, und die Zeremonie durchführen zu dürfen.«

Sie reichte Belmon die Hand und schenkte ihm ein Lächeln. »Dies ist auch ein großer Tag für uns, mein Onkel. Es erfreut mein Herz ebenso, dass die Auseinandersetzung zwischen unseren Sippen dem Frieden und bei einigen von uns ebenso der Freundschaft Platz gemacht hat.« Ihr Kopf drehte sich den Anwesenden im Saal zu, dann sah sie Belmon wieder an.

»Nun«, sagte der König, »ich würde mich freuen, wenn wir diese Freundschaften im Laufe der Zeit noch vertiefen könnten. Mein Haus steht dir und meinem einstigen Waffenmeister, jederzeit offen!« Ein seltsamer Ausdruck lag in Belmons Blick, während er Ellaron ansah. Jeder, der den König kannte, der sah, dass es Stolz und Liebe war, die sich in den Augen des Königs widerspiegelten.

Ellaron straffte sich und verkündete laut: »Ich bin dazu bereit, denn ich liebe dich Alsi-Jatha. Doch ich kann dir nicht mehr bieten als meine Liebe und meine Treue zu dir.«

Belmon erteilte dem Paar den Segen.

Sarl-Marad und Silz-Marla traten in die Mitte des Saales an das neu verbundene Paar heran. Verschränkten im Kriegergruß die Arme vor der Brust und erwiesen ihre Ehrerbietung. Sarl-Marad reichte danach Ellaron die Hand. Beide Elfen sahen sich tief in die Augen, verneigten sich dann.

Sarl-Marad trat zurück, verneigte sich noch einmal mit den Worten: »Herr, mein Schwert und meine Kampfkraft gehören Euch sowie unserer Hohepriesterin, bis mich die Götter abrufen … seien es die Euren oder die meine, oder bis in alle Ewigkeit. Ich schwöre hier und heute meine Waffen nie gegen das Volk von König Belmon und Prinz Albarell zu erheben!« Dann trat er zurück und alle Höhlenelfen bekundeten ihrem neuen Herrscherpaar ihre Treue.

Pela-Samina war eine der Letzten des Höhlenelfenvolkes, die so ihre Ehrerbietung bekundete.

Sie war nicht gegangen, denn es gab etwas, dass sie hielt und sie verstand Alsi-Jatha nur zu gut, als sie in Sar-Marads Augen blickte, der sie anlächelte.

Am nächsten Tag zogen die Lichtelfen zurück in ihre Heimat. Der Abschied war herzlich und ebenso traurig.

Belmon setzte ein bewusst ernstes Gesicht auf. Schritt, ohne ein Wort zu sagen auf Alsi-Jatha zu und zog sie einfach in seine Arme. Dann sagte er leise: »Ich bedaure auf Höflichkeiten verzichten zu müssen, aber mir war einfach danach zu Mute, mein Kind! Wir und vor allem ich, wir werden dich und Ellaron so sehr vermissen!«

Alsi-Jatha schlug sich tapfer, schniefte nur kurz: »Wir Euch auch!«

Dann verabschiedete man sich endgültig.

Albarell und der König saßen auf ihren Pferden auf. »Dann wollen wir mal!«

Epilog

Zwei Jahresläufe später, im Tal der Höhlenelfen ....

Das Leben im Tal hatte sich sehr verändert. Es war zu einem harmonischen und respektvollen Zusammenleben zwischen Kriegerinnen und Kriegern geworden. Der Glaube an Treue und Beständigkeit hatte in den Herzen der Paare, die sich zusammengefunden hatten, Einzug gehalten. Auch das Streben nach blinder Machtgier und Herrschaft über andere, hatte das Volk in diesem Tal gänzlich abgelegt. So hatten die von ihrem eigenen Volk einst so gekränkten Höhlenelfen nach Jahrhunderten wieder in ihren Herzen Frieden gefunden.

Natürlich blieben auch immer die Schmerzen der Erinnerung; an die, die man verloren hatte. Die Zeit konnte den Schmerz des Verlustes zwar schwächen, aber nichts konnte das Band der Erinnerungen lösen, das Leben der Elfen und ihre Unsterblichkeit blieben fest mit den gegangenen Seelen verknüpft.

Die Blätter der Bäume rauschten leise im Garten vor der schwarzen Feste und die Sonne lachte dem neuen Tag entgegen. Es war ein perfekter Tag, der noch einige Überraschungen mit sich bringen sollte.

Alsi-Jatha kamen die Worte in Bezug auf sie selbst, aus dem Buch der Altvorderen wieder einmal in den Sinn. Das Schicksal hatte nicht nur sie auf den rechten Pfad geleitet.

Alsi-Jatha atmete tief die Luft in ihre Lungen und lies ihren Blick über die Wiese, bis zu einem kleinen Brunnen mit einem Wasserspiel wandern, der wenige Meter vor ihr dahinplätscherte. *Der Blütenduft ist wohlriechender als jedes bekannte Parfüm.* Die Zeit schien dahin zu fliesen, als sei sie bedeutungslos im Zyklus der Natur und im Leben der Elfen. Sie sah auf den schlafenden Elfling auf ihrem Schoß.

Die Geburt ihres Sohnes vor zwei Mondläufen war schmerzhaft gewesen. Alsi-Jatha hatte eine Weile gebraucht, um sich von den Strapazen der Niederkunft zu erholen.

Sie dachte an den Augenblick zurück, als sie ihren Sohn in die Arme gelegt bekommen hatte. Es war ein unglaubliches Gefühl. Sie hatte gesehen, dass selbst Ellaron Tränen des Glücks über die Wangen liefen, als er den Sonnenschein ihrer Liebe erblickt hatte.

»Hallo, wir sind da!«, hörte Alsi-Jatha auf einmal eine ihr wohlbekannte Stimme. Abrupt fuhr ihr Kopf herum.

Albarell stand da und an seiner Seite eine sehr hübsche Elfenfrau. Die Elfin hatte langes, blondes Haar und graublaue Augen. Ihre Haut war zart und hell wie Alabaster. Keine Frage, sie war eine atemberaubende Schönheit, selbst noch für das Lichtelfenvolk.

Albarell strahlte und sie konnte den Stolz in seinem Blick erkennen, als er sagte: »Alsi-Jatha, ich möchte dir meine Gemahlin vorstellen. Prinzessin Yvendil.«

Die Elfe trat ebenso wie Albarell näher. Yvendils Kopf war gesenkt, ihre Bewegungen waren anmutig und fließend.

»Seid gegrüßt und von Herzen willkommen, Yvendil!«, begrüßte Alsi-Jatha sie und schenkte der Elfe ein freundliches Lächeln. »Entschuldige auch du, Albarell mein Freund, dass ich nicht aufstehe, um Euch gebührend zu begrüßen. Ich habe hier jemanden auf meinem Schoß liegen, und der schläft gerade!« Alsi-Jatha sah kurz noch einmal über ihre Schulter und sagte leise: »Kommt doch bitte zu mir, damit ich Euch richtig begrüßen kann.

Als sie Albarell aus den Augenwinkeln ansah, sah sie, wie er sie fragend taxierte. Er runzelte ein wenig die Stirn. Dann platzte es aus ihm heraus: »Doch nicht etwa wieder eine deiner kleinen, ach so niedlichen Spinnen?«

Alsi-Jatha musste lachen. Jetzt verstand sie erst! Ellaron hatte seinen Freund gebeten zu kommen, wenn es seine Zeit erlaubte, doch ihr Gemahl hatte anscheinend kein Wort über seine Vaterfreuden und ihr Mutterglück ausrichten lassen.

»Er hat es euch also nicht mitgeteilt? Und auch nicht, warum wir leider zu eurer Vermählung nicht anwesend sein konnten?«

»Was war eigentlich geschehen, dass ihr nicht kommen konntet?«, fragte Albarell etwas besorgt.

Alsi-Jatha wollte ihren Freund nicht länger auf die Folter spannen. Sie stand vorsichtig auf, um ihr Kind nicht zu wecken. »Darf ich Euch unseren Sohn Danariell vorstellen?«

Albarell sah den kleinen Elfling erstaunt an und dann lächelte er. Auf einmal wurde sein Gesicht schlagartig wieder ernst, während Yvendil selig lächelnd über ihren Bauch fuhr.

Die Elfe brauchte nichts zu sagen, denn Alsi-Jatha wusste zu genau was diese Hand auf dem Bauch zu bedeuten hatte. Sie kannte diese Geste einer werdenden Mutter nur zu gut von sich selbst.

»Es freut mich für Euch!«, sagte Alsi-Jatha.

Die Elfe verstand sie und hauchte: »Danke!«

Albarell hingegen ließ seinen Blick abwesend in der Gegend umherschweifen. »Wo ist er, dieser verdammte Nichtsnutz, der meine Cousine zur Mutter gemacht hat, ohne uns zu verständigen?«, fragte er und man konnte hören, dass er höchst ungehalten war.

»Wenn du mit *Er* und verdammter Nichtsnutz Ellaron meinen solltest, er ist in der Feste bei einer Besprechung mit unserem Cousin Sarl-Marad und einigen Angehörigen unseres Rates. Er müsste aber bald erscheinen, man wird ihm Eure Ankunft schon mitgeteilt haben.«

Albarell sah sie an. »Sag, möchtest du dich von ihm noch verabschieden? Ich meine, bevor ich ihn, den Herrn der Höhlenelfen, ob seines Verhaltens mir gegenüber den Hals umdrehe?«

Mahnend blickte Alsi-Jatha ihren Cousin an. »Albarell, es wäre nett, wenn du von diesem Vorhaben Abstand nehmen könntest. Die Tötung meines Gemahls durch deine Hand, könnte unsere Freundschaft und auch unsere familiäre Bindung, ein kleinwenig gefährden!«

Er zuckte mit der Schulter. »Das und deinen Missmut Cousine werde ich dann wohl in Kauf nehmen müssen!«

Abrupt blieb Ellaron auf dem Gartenweg stehen, der die Worte seines erregten Freundes gehört hatte und sah Albarell ernst an.

Albarell, der seine Schritte längst vernommen hatte, fuhr herum und sah seinen Freund an, als er hervorstieß: »Nun hast du dir wirklich etwas Unglaubliches geleistet, Ellaron. Sag mal, hast du, seit du Herr der Höhlenelfen bist deinen Anstand verloren?«

Ellaron tat unwissend. »Um was geht es, Albarell?«

»Kannst du dir das nicht denken?«

»Nein! Ansonsten würde ich dich das nicht fragen!«

»Wirklich nicht?«, fragte Albarell grimmig.

»Nein, bei den Göttern!«, fuhr Ellaron aufgebracht fort. »Kannst du mir gefälligst sagen, um was es geht und warum du so ungehalten auf mich bist, Albarell, und vor allem warum du vor meiner Gemahlin und der hübschen Elfendame an deiner Seite, die wohl deine Gemahlin ist, mir so feindselig gegenübertrittst?«

»Naja«, warf Alsi-Jatha lachend ein, »nachdem ich ihm gesagt habe, dass wir einen Sohn haben, da hat er mich gefragt, ob ich was dagegen hätte, wenn er dich umbringe!«

Ellaron lachte: »Ach so! Ja, natürlich, deshalb! Albarell mag ja keine Überraschungen.«

Verlegen sah Yvendil zu Boden, der das Verhalten ihres Gemahles etwas peinlich zu sein schien.

Sie hatten sich seit zwei Jahren nicht gesehen und es hatte auch nur selten Kontakt über die Boten gegeben, die man hin und her geschickt hatte. Doch nun war Albarell da und ein wenig ungehalten, dennoch auch er war glücklich mit seiner Gemahlin und sie lebten ihr Leben, so wie Alsi-Jatha und Ellaron das ihre. Es war bei beiden Paaren ein Leben, dass sie zu oft für ihre Aufgabe dem jeweiligen Volk gegenüber widmeten, denn Elfen glaubten eben immer, sie hätten ewig Zeit.

»Darf ich meine Gemahlin wenigstens noch einmal

umarmen, bevor du dein Vorhaben in die Tat umsetzt, Prinz der Lichtelfen?«, fragte Ellaron gespielt verzweifelt.

Albarell nickte, und musste herzhaft lachen. »Einem Todgeweihten soll man ja immer noch einen letzten Wunsch gewähren, bevor man das Urteil an ihm vollstreckt. Ich glaube mein Vater hat mir das beigebracht und er würde Dich an meiner Stelle bestimmt auch von deiner Unsterblichkeit erlösen wollen! Was glaubst du wie wütend er erst ist, wenn er davon erfährt, dass er Großonkel ist und nichts davon mitgeteilt bekommen hat?«

»Oh, ich danke dir sehr für deinen unendliche Großmut, mein Freund!«

Ohne, dass Alsi-Jatha einen Einwand erhob, trat er hinter sie umschlang ihre Taille und presste sie eng an sich. Anstatt sich jedoch dagegen zu wehren, kuschelte sie sich mit dem Rücken an seine Brust. Er sah über ihre Schulter auf seinen Sohn herunter, den sie in den Armen hielt und der gerade aufzuwachen schien, da der Kleine herzhaft gähnte.

Albarell folgte dem Blick seines Freundes, der, seit er mit Alsi-Jatha verbunden war, auch ein angeheirateter Verwandter war. »Wir werden auch bald zu dritt sein«, gestand er und lächelte.

Ellaron löste sich von Frau und Kind. Er eilte auf seinen Freund zu und schloss Albarell in seine Arme. »Schön, dass Ihr gekommen seid!« Dann verbeugte er sich vor Yvendil, die noch etwas verwirrt zwischen den drei hin und her sah. »Seid willkommen in unserem Tal und unserer Familie, Prinzessin Yvendil!«

»Danke!«, sagte sie. »Könntet ihr mich bitte, da Ihr mit meinem Gemahl befreundet und Ihr Herrin mit ihm verwandt seid, einfach nur Yvendil nennen?«

Alsi-Jatha lächelte. »Na dann, komm bitte mit Cousine Yvendil, denn nach der Reise bedarf es dir vielleicht nach ein wenig Ruhe. Ich zeige dir die euch zugedachten Räumlichkeiten.« Alsi-Jatha drehte sich noch einmal zu den Herren der Schöpfung um. »Ihr zwei hört sofort mit den Kindereien auf euch die Köpfe einschlagen zu wollen, ansonsten lernt ihr uns kennen.«

Die Zeit verging wie im Flug und der Abschied des Prinzenpaares war einen Monat später.

Albarell und Yvendil bekamen im nächsten Frühsommer ein Mädchen.

König Belmon war der glücklichste Großvater und las E-mariell jeden Wunsch von den Augen ab.

Er erfreute sich jedoch auch sehr an seinem Großneffen und an den anderen Elfenkindern, wenn sie zu Besuch in der Lichtelfenstadt waren oder er bei den Höhlenelfen weilte.

Sarl-Marad ehelichte Pela-Samina und sie bekamen Zwillinge, ein Junge namens Bara-Ralis und ein Mädchen namens Fela-Sina. Wo Bara-Ralis war, da konnte man sicher sein, da steckte auch seine Schwester Fela-Sina. Es hatte noch nie zwei Höhlenelfengeschwister gegeben, die so aneinanderhingen und miteinander verbunden waren. In früheren Zeiten des Tals und unter den anderen Hohepriesterinnen, wäre dies auch nie möglich gewesen. Fela-Sina wäre zu diesen Zeiten schon früh gelehrt worden, dass ihr Bruder Bara-Ralis nicht besonders von Wert für das Volk der Höhlenelfen gewesen wäre. Doch diese Zeiten waren schon lange vorbei.

Man traf sich immer in Abständen von einigen Jahren wieder. Frieden herrschte zwischen den beiden Elfenvölkern und Freundschaft zwischen den Herrscherhäusern.

Die Höhlenelfenfeste war von außen immer ein dunkles Bollwerk geblieben, doch in ihrem inneren strahlte sie. Man hatte viele Fenster eingebaut, so dass es Licht- und Sonnen durchflutet war. Das Tal davor war im Sommer einem Blumenmeer gleich. Der Boden war gut, und so bauten die Elfen auch hier ihr Korn und Gemüse an.

Als die Menschen 700 Jahre später den Wald der Lichtelfen überrannten, zogen diese ins dunkle Tal, zu ihren Brüdern und Schwestern und sie waren wieder zu einem Volk geworden.

Alsi-Jathas und Belmons Macht, machte es möglich, dass sie den Eingang zum Tal für die Außenwelt unsichtbar und undurchdringbar machen konnten.

Gelegentlich sahen die Elfen jedoch nach, was vor ihrem Tal geschah. Die Völker draußen, kämpften noch immer gegeneinander, bekriegten sich und mordeten, während in Tal Frieden herrscht. Doch wird dieses Tal kein Mensch finden.

Zwerge, Trolle und viele Wesen, die die Menschen heute den Mythen zuordnen, wanderten schon vor Jahrhunderten in andere Gegenden ab. Die sie auf natürliche Weise von den Blicken der Menschen verborgen halten.

Ende

Protagonisten - Liste

Höhlenelfen ~

Hauptprotagonisten

Alsi-Jatha - Ziehtochter von Ras-baran, Ziehschwester von
        Sar-Marad
Sarl-Marad - Alsi-Jathas Ziehbruder
Rass-Baran - Ziehvater von Alsi-Jatha
Para-Saran - Hohepriesterin

Nebenprotagonisten

Alri-Lob - Niederer Höhlenelf
Belo-Retz - Wächter
Irla-Selesa - Kriegerin
Kala-Masa - Kriegerin
Klea-Balet - Kriegerin
Kran-Sila - Kriegerin
Navi-Sart - Kriegerin
Pata-Rillis - Wächter
Raka-Saris - Kriegerin
Silz-Marla - Lehrmeisterin
Toli-Selia - Kriegerin
* Bara-Ralis - Zwillingsbruder von Fela-Sina, Sohn von
        Sarl-Marad und Pela-Samina (Epilog)
* Fela-Sina - Zwillingsschwester von Bara-Ralis, Tochter von
        Sarl-Marad und Pela-Samina (Epilog)
* Sarl-Marad ehelichte Pela-Samina und sie bekamen Zwillinge,
ein Junge namens Bara-Ralis und ein Mädchen namens Fela-Sina.
Wo Bara-Ralis war, da konnte man sich sicher sein, da steckte
auch seine Schwester Fela-Sina. Es hatte noch

Lichtelfen ~

Hauptprotagonisten

Albarell - Prinz, Sohn von Belmon Freund von Alsi-Jatha und
    Waffenmeister Ellaron
Belmon - König, Vater von Prinz Albarell
Ellaron - Waffenmeister, Freund von Prinz Albarell und späterer
    Gemahl von Alsi-Jatha

Nebenprotagonisten

Atharis - Berater von König Belmon
Esmaros - Krieger
Ilanis - Elfling
Kesirel - Krieger
Landos - Krieger
Melura - Dienerin in Belmons Palast
Neoran - Krieger
Parin - Elfling
Rilaron - Krieger
Silmenia - Lichtelfe
Sonariell - Krieger
Tasiana - Kriegerin
Tilos - Krieger und Heiler
Emariell - Tochter von Albarell und Yvendil (Epilog)
Yvendil - Prinzessin und Gemahlin von Albarell (Epilog)

Licht- und Höhlenelfen Halbelf

Danariell - Sohn von Alsi-Jatha und Ellaron (Epilog)

Menschen

Barano - Dorfältester
Borga - Baranos ältester Freund
Hasarel - Dorfbewohner
Lobelia - Schwiegertochter von Barano, Gemahlin von Tanzold
und Mutter von Sieli
Sieli - die Enkelin von Barano
Tanzold - Sohn von Barano, Gatte von Lobelia und Vater von
Sieli
Warons - Sohn von Borga.

Tiere

Zillaria - Alsi-Jathas Hausspinne

Über Gabi Haug / H.G. Lumiell

Gabi Haug, Jahrgang 1961, lebt mit ihrem Mann in Frankfurt am Main.

Besuchen Sie Gabi Haug / H.G. Lumiell / im Internet!
Entdecken Sie alle Bücher der Autorin, ihre Autorenfanseiten,
Hobbys und vieles mehr auf ihrer Homepage:

https://www.nefhithiels-fantasiewelt.de/

Oder in den sozialen Netzwerken:

https://www.facebook.com/Gabis.Romane/

https://www.instagram.com/gabi.haug/

Projekt Elf
Gabi Haug
Paperback

276 Seiten
ISBN-13: 9783744899390
Verlag: Books on Demand
Erscheinungsdatum: 29.08.2017
Sprache: Deutsch

ePUB
1,3 MB
DRM: Wasserzeichen
ISBN-13: 9783744862899

Feuer der Herzen
Gabi Haug

Paperback
568 Seiten
ISBN-13: 9783746067667
Verlag: Books on Demand
Erscheinungsdatum: 10.01.2018
Sprache: Deutsch

ePUB
1,6 MB
DRM: Wasserzeichen
ISBN-13: 9783746023724

Galgenstrick und Liebesglück
Gabi Haug

Paperback
396 Seiten
ISBN-13: 9783748158936
Verlag: Books on Demand
Erscheinungsdatum: 16.01.2019
Sprache: Deutsch

ePUB
656,7 KB
DRM: Wasserzeichen
ISBN-13: 9783748162230

Träume des Highlanders
Highland-Saga Teil 1
Gabi Haug

Paperback
240 Seiten
ISBN-13: 9783749467747
Verlag: Books on Demand
Erscheinungsdatum: 13.08.2019
Sprache: Deutsch

ePUB
526,3 KB
DRM: Wasserzeichen
ISBN-13: 9783749444281

Herzens Dieb
Highland-Saga Teil 2
Gabi Haug

Paperback
396 Seiten
ISBN-13: 9783751983181
Verlag: Books on Demand
Erscheinungsdatum: 21.08.2020
Sprache: Deutsch

ePUB
835,4 KB
DRM: Wasserzeichen
ISBN-13: 9783752632569